Stefan Zweig

Legenden

SEVERUS Verlag

ISBN: 978-3-95801-414-5
Druck: SEVERUS Verlag, 2015

Der SEVERUS Verlag ist ein Imprint der Diplomica Verlag GmbH.
Bibliografische Information der Deutschen Nationalbibliothek:
Die Deutsche Nationalbibliothek verzeichnet diese Publikation in der Deutschen Nationalbibliografie; detaillierte bibliografische Daten sind im Internet über http://dnb.d-nb.de abrufbar.

Stefan Zweig

Legenden

SEVERUS

FSC www.fsc.org
MIX
Papier aus verantwortungsvollen Quellen
Paper from responsible sources
FSC® C105338

STEFAN ZWEIG

LEGENDEN

INHALT

RAHEL RECHTET MIT GOTT

Abermalens hatte das halsstarrige und wetterwendische Volk zu Jerusalem des geschworenen Bundes vergessen, abermalens hatten sie den erzenen Götzen von Tyr und Ammon blutige Gabe gebracht. Und nicht genug des Frevels, daß sie jenen räucherten auf Höhen und steinernen Altären – auch in Gottes leibeigenes Haus, das Salomo, sein Knecht, ihm gebaut, stellten sie Bildnis des Baal und schwemmten die Fliesen mit Schlachtwerk, bis die heilige Stätte stank von Räucher und Blut.

Als nun Gott sah, daß sie seiner spotteten bis in das innerste Herz seines Heiligtums, da entbrannte mächtig sein Zorn. Er reckte die Rechte, und sein Schrei zerschlug lang alle Himmel: zu Ende sei nun seine Langmut, austilgen wolle er die sündige Stadt und ihre Völker wie Streu zersprengen über den Rücken der Erde. Ein Donner, sprang diese Verkündigung auf und dröhnte von einem bis zum andern Ende seiner Unendlichkeit.

Schaudernd erbebten, als so der Ingrimm Gottes zur Stimme ward, die gefesselte Erde und die Höhen des Himmels. Es flohen die Ströme davon und beugten sich die Meere, es wankten die Berge Trunkenen gleich, und sanken die Felsen ins Knie. Die Vögel stürzten tot aus den Lüften, und selbst die Engel bargen ihr Haupt unter die riesigen Flügel, denn auch sie, die Fühllosen, vermochten den Blitz seines Zornblickes nicht zu schauen, und der Schrei seines Ingrimms fuhr ehern in ihr Ohr.

Einzig tief unten die Menschen in ihrer gerichteten Stadt, dem Himmlischen taub, sie wußten nichts von dem Spruch ihres Endes. Nur dies gewahrten sie, daß mit einemmal die Festen der Erde erbebten und auslosch das Helle am leuchtenden Tag und ein Sturmwind anhub, unter dem die Zedern wie Halme brachen und die Büsche sich duckten wie kleines Getier. Auf dem Rücken des Sturmes aber kamen Wolken gefahren und verhängten den Himmel mit Finsternis, ob ihren Häuptern hob Verderbnis sich und unter ihren Füßen schwankte gleich Wasser der Grund. Da entstürzten jäh die Geschreckten ihren Häusern, damit der First nicht über sie falle, und als sie aufsahen, erschraken sie abermals, denn schon hing das Gewölk über ihnen dräuender als Fels, und feurig von Schwefelfaden schmeckte die sausende Luft. Vergebens, daß sie nun Irrwitzigen gleich ihre Kleider sich abrissen und die Haare vollwühlten mit Staub, vergebens, daß sie ihr Antlitz zur Erde warfen und den Herrn um Vergebung anriefen für ihren Vorwitz – die Wolke wuchs weiterhin schwarz, und es erlosch das lebendige Licht über dem Lande.

So dröhnend aber war der Ingrimm Gottes ins Wort gefahren, daß nicht nur die Lebendigen seine Kündung hörten; auch die Toten wachten auf in ihren Gräbern, und die Seelen der Verstorbenen schraken wach aus ihrem beinernen Schlaf. Denn so ist es geteilt und bestimmt: nicht dürfen die Toten Gottes Antlitz schauen – einzig die Engel ertragen solch ein Unmaß lodernden Lichts –, doch die Posaunen des Gerichts zu hören und seine Stimme zu vernehmen ist ihnen gegönnt. So stunden die Toten senkrecht auf in ihren Gräbern und fuhren nach oben. Flatternd wie Vögel wider großen Wind, scharten sich die Seelen der Väter und Urväter alldort im Kreise, damit sie vereint den Allmächtigen anflehten und die Rache wendeten von ihren Kindern und den Zinnen der heiligen Stadt. Isaak und Jakob und Abraham, die Erzväter, einer gedrängt an den andern, traten vor zur rauschenden Bitte. Doch der Donner zerbrach ihren Ruf, und in ihr Stammeln fuhr neuerdings des Herrn Wort: überlang schon habe er geduldet das Unmaß des Undanks, jetzt aber wolle er den Tempel zerschmettern, damit im Zorn ihn erkenneten, die seiner Liebe sich gewehrt. Und da nun die Erzväter hinsanken in die Ohnmacht des Worts, traten vor die Propheten Moses, Samuel, Elias und Elisa, die Gottes eigene Rede im Munde trugen, sie traten vor, die Männer der feurigen Zunge, und hoben ihr Herz an die Lippe. Doch der Herr achtete ihrer Rede nicht, und sein Wind schlug den Uralten ihr Wort zurück in die Bärte. Und schon schärften sich die Blitze, um ihr fressendes Feuer in Turm und Tempel zu werfen.

So war den heiligen Männern der Mut genommen, wie zertreten Gras schauerten ihre Seelen leer vor dem Herrn, und kein Wort wagte zu atmen wider seinen Zorn. Verschüchtert schwieg jede irdische Stimme – da trat Rahel, die Erzmutter Israels, allein aus dem Wald ihres Ängstens. Auch sie hatte in ihrem Grabe zu Ramah Gottes Zornwort vernommen, und die Tränen rannen ihr nieder, da sie ihrer Kindeskinder gedachte. So packte sie stark die Kraft im eigenen Leibe und stieß sich hin vor den Unsichtbaren. Kniend erhob sie ihre Hände, kniend erhob sie ihr Wort zu dem Herrn:

«Das Herz bebt mir im Leibe, zu dir zu sprechen, Allmächtiger, doch wer denn du schufst mir dies Herz im

Leibe, daß es bebend werde in deiner Furcht, und wer die Lippe, daß sie ihre Angst ausgieße ins Gebet? Aus deiner Furcht schreie ich mich auf in deine Liebe, aus meiner Kinder Not hebe ich mein klein Wort in deine Unendlichkeit. Nicht Klugheit gabst du mir, noch List, und nichts finde ich, um dein Zürnen zu beschwichtigen, denn von mir selber zu sprechen, wie ich einstens meinem Zorn obsiegte. Wohl weiß ich, du kennst meine Rede, ehe sie geredet, ist doch in ihr jedes Wort längst gestaltet, ehe es Laut wird an der Menschen Lippe, und jede Tat, ehe sie ausfährt unserer irdischen Hand. Dennoch aber, ich flehe dich an, höre mich geduldig um der Sündigen willen.»

So geredet, beugte Rahel ihr Antlitz. Gott aber sah die Gebeugte und sah ihre Tränen. Da hielt er einen Atemzug inne in seinem Ingrimm, auf daß er der Leidenden lausche.

Das Lauschen Gottes aber in seinen Himmeln füllt alle Räume mit Leere und tötet die Zeit. Kein Wind wagte zu wehen, es verbarg sich der Donner, das Kriechende kroch nicht, das Beflügelte flog nicht, und kein Hauch ging keinem vom Munde. Stille standen die Stunden und erzen harrten die Cherubim. Denn das Lauschen Gottes zieht den Atem ein alles Lebens und endet das Rauschen der Himmel; selbst die Sonne wandelte nicht und es rastete der Mond, und alle Ströme gingen stumm ein in seine Gegenwärtigkeit.

Tief unten aber auf Erden kauerten die Menschen und ahneten von Rahels Fürspruch nichts und nichts vom Lauschen in Gottes Ohr. Denn unwissend sind sie allezeit des Göttlichen und können nicht raten, was in den Himmeln geschieht. Nur dies gewahrten sie, daß mit einemmal das Stürmen innehielt über ihnen. Aber als sie hoffend aufblickten zur Höhe, stand die Wolke noch schwarz gefügt wie der ebene Deckel eines Sarges, und ohne Atem drohte die Finsternis. Da erschraken sie abermals sehr, und so kalt umfing sie die Stille wie das Hemd der Toten den verstorbenen Leib.

Rahel aber, da sie das Lauschen Gottes fühlte, sich zugewandt, hob das Antlitz aus ihren Tränen und sprach mit dem Mute der Angst:

«Hirtin war ich, Labans Tochter – du weißt es – im Lande Haran, das gen Morgen liegt, und hütete meines Vaters Schafe nach seinem Gebot. Da wir sie aber eines Morgens zur Tränke führten und die Mägde nicht wußten den Stein des Brunnens zu rücken, sprang ein Jüngling helfend ein, fremd und wohlgestalt, und wir standen erstaunt von seines Leibes Kraft. Jakob war es, den du uns gesandt, meines Vaters Schwestersohn, und kaum daß er sich nannte, führte ich ihn hin in meines Vaters Haus. Nur eine Stunde war es, daß wir einer den andern gesehen, und schon brannten unsere Blicke inwendig uns ein und unsere Herzen sehnten sich eines dem andern zu. Und ich lag nachts wach, seiner begehrend – doch siehe, Herr, ich schämte mich meines Blutes nicht, denn wer, wenn nicht du, Herr, hast dies in uns getan, daß jählings das Herz uns aufbricht zum flammenden Dornbusch der Liebe? Von dir, Herr, von dir allein ist es gewollt, daß die Jungfrau sich öffne dem Manne, daß Blick in Blick und Leib zum Leibe stürmig sich dränge. Darum wehrten wir unserem Feuer nicht, sondern tauschten ein Gelöbnis der Verbindung an jenem ersten Tage noch, da Jakob mich, Rahel, sah.

Mein Vater Laban aber – Herr, du weißt es – war ein

harter Mann, hart wie die steinige Erde, die er wundriß mit dem Pfluge, hart wie das Horn seiner Stiere, die er niederbeugte ins Joch. Und als Jakob mich heimzuführen begehrte, wollte er ernstlich erproben, ob jener Mann wäre nach seinem Willen, hart im Dienste und ehern in Geduld. So heischte er von dem Werbenden – Herr, du weißt es –, daß er ihm vorerst sieben Jahre um meinetwillen diene. Meine Seele erbebte, dies lauschend, und abstarb das Blut in Jakobs Wangen, so unendlich lang schien uns Ungeduldigen die Frist. Denn sieben Jahre, Herr, ich weiß es, für dich sind sie bloß ein Tropfen, der niederfällt, ein Wimperschlag kaum deinem ewigen Auge, geht doch wie Rauch die Zeit durch die Himmel deiner Urewigkeit. Doch sieben Jahre, Herr, geruhe es zu bedenken, uns Menschen sind sie ein Zehent des Lebens, denn kaum daß wir die Augen aufschlagen vom Dunkel in dein heiliges Licht, schon schließt sie uns neu die Nacht unseres Todes. Wie ein Strom im Frühling strömt rasch unser Leben, und keine Welle kehrt da nochmals zurück. Sieben Jahre darum, eine Ewigkeit dünkte sie uns Ungeduldigen, nie zu durchmessen, sieben Jahre der Ferne, indes doch ein Leib nahe weilte dem andern und die Lippe verdurstete nach des Geliebtesten Kuß. Aber dennoch, Herr, beugte sich Jakob dem Spruche, dennoch neigte ich mich meines Vaters Geheiß. Und wir faßten unser Herz in die Hände, daß wir es zähmten zu Gehorsam und großer Geduld.

Herr, aber wie schwer ist dies Gedulden deinen Geschöpfen, denn heiß hast du uns das Herz in den lebendigen Leib getan und tief innen ein wissend Ängsten gepflanzt um die Kürze unserer irdischen Frist. Wir wissen, Herr, nah hängt der Herbst unserem Frühling, und der

Sommer unseres Lebens, er währet nicht lange; darum wogt solch ein Ungedulden in unserem irdischen Blut, darum fährt so gierig unsere Hand aus, Geliebtes zu greifen und selbst des Vergänglichen sich eilends zu freuen. Wie sollten wir warten lernen, die wir altern in der Zeit, wie uns gedulden, die wir auslöschen über Nacht, wie sollten wir nicht brennen, an denen Zeit zehrt mit sausender Flamme, nicht eilen, die wir verfolgt sind von tödlichem Schritt! Dennoch aber, Herr, dennoch haben wir uns bezähmt und blieben mächtig wider unser Verlangen. Jeder Tag dauerte tausend Tage unserer Sehnsucht, so liebten wir einander. Und doch, als sie vergangen waren, dünkten die sieben Jahre des Wartens uns nicht mehr denn ein einziger Tag. So habe ich, Herr, auf Jakob gewartet, so hat mich Jakob geliebt.

Als dann zum siebentenmal das Jahr sich wendete, trat ich freudig vor Laban, meinen Vater, und heischte das Zelt der Vermählung. Doch Laban, mein Vater, sah hinweg über meine Freude, eine Wolke war seine Braue und ein starres Siegel sein Mund. Dann aber befahl er mir, Lea zu holen, meine Schwester.

Lea, meine Schwester – Herr, du weißt es –, war die Erstgeborene und zwei Jahre vor mir kommen aus meiner Mutter Schoß. Unschön hattest du das Antlitz ihr gestaltet – so achteten die Männer ihrer nicht, und daß keiner ihrer begehrte, grämte sie sehr. Eben aber um ihres Leidens willen und ihrer Linde war sie mir lieb. Doch da mein Vater mir gebot, sie vor ihn zu führen, und mich auswies vom Zelte, da ahnte mir eilends, er wolle ein Trügliches mit ihr sinnen. So verbarg ich mich nebenan, ihrer Abrede zu lauschen. Mein Vater aber redete so:

«Höre, Lea, mein Schwestersohn Jakob ist gekommen

und dient sieben Jahre schon, um Rahel zu freien. Doch dies dulde ich nicht um deinetwillen, denn wie ginge es an, daß die Jüngere das Haus vor der Älteren verlasse und die Erstgeborene unbemannt bleibe, den Mägden zum Spott. Wider Gottes Willen, lästerlich und töricht wäre solcher Brauch. Denn an den Anfang der Welt, in die Morgenfrühe der Erde hat der Herr uns gesetzt, daß wir sein Weltall ihm füllten mit Menschen und daß Myriaden einst seien, seinen Namen zu loben. Nicht will er, daß sein Boden brach bleibe und, was er lebend gezeugt, ohne Zeugung hingehe und Frucht. Kein Widder und keine Färse nächten in meinem Stalle, ohne daß sie sich mehrten – wie sollte ich da dulden, daß mein eigen Kind verschlossen bleibe in Schande und Scham. Darum rüste dich, Lea, nimm den bräutlichen Schleier und schließe ihn dicht über deinem Antlitz, daß ich dich zu Jakob führe an Rahels Statt.» So sprach mein Vater zu Lea, die ängstlich erbebte und schwieg. Kaum hatte mein Herz solche Trugrede vernommen, so entbrannte es in Zorn wider Laban, meinen Vater, und wider Lea, meine Schwester – verzeihe es, Herr! Aber bedenke, Herr, bedenke doch nur, sieben Jahre hatte jener gedient einzig um meinetwillen, sieben Jahre hatten wir liebend gedarbt eines des andern, und nun sollte die Schwester umfangen, der meiner Seele inniger war denn der eigene Leib? Da stemmte mein Sinn sich störrig auf und ich empörte mich wider meinen Vater, so wie meine Kinder sich empörten wider dich, ihren ewigen Vater, denn auch dies, Herr, hast du in uns getan, daß starr uns der Nacken wächst im Zorn, sobald uns ein Unrecht geschieht. So drängte ich mich heimlich zu Jakob und mahnte ihn flüsternd, er möge sich wahren, daß morgen mein Vater nicht eine andere ihm zulege an meiner Statt. Und damit er kundig sei wider jedweden Trug, lehrte ich ihn ein Zeichen des Erkennens. Dies Zeichen des Erkennens aber war, daß die Braut zu dreien Malen ihm die Stirn küßte, ehe sie eintrat in sein Zelt. Und Jakob verstand mich und merkte das Zeichen.

Des Abends ließ Laban die bräutlichen Schleier für Lea rüsten. Zwiefach umtat er ihr Antlitz, damit Jakob nicht vorzeit, ehe er ihren Leib erkannt, die Unterschobene erkenne. Mich aber verwies er in den Speicher, daß nicht einer der Diener mich gewahre und den Betrogenen warne. Eine Eule saß dort im Dunkel, und so wie die Stunde wuchs gegen Abend, so wuchs auch der Ingrimm in meinem Herzen, daß ich meinte, ausspringen müsse das Schmerzhafte meiner zuckenden Brust, denn – Herr, du weißt es – ich gönnte meiner Schwester Jakobs Beilager nicht. Und ich biß die Zähne in die Fäuste, als unten der Zimbeln Frohlocken anhub, und Schmerz und Neid zerrissen wie zwei Löwen meine Seele.

So lag ich versperrt und vergessen und fraß meinen eigenen Zorn, und schon ward es dunkel unter dem Dache, gleich dem Dunkel mir innen, da ging mit einemmal leise die Tür. Und siehe, Lea, meine Schwester, sie war es, die heimlich zu mir schlich vor ihrem bräutlichen Weg. Schon an dem Schritt erkannte ich sie, allein, obzwar ich sie erkannte, wandte ich mich feindlich ab, als erkennete ich sie nicht, denn mein Herz stand starr gegen sie. Milde jedoch nahte mir Lea, zart rührend an mein Haar mit ihren Händen, und als ich aufschaute, gewahrte ich, daß eine Wolke der Angst den Stern ihrer Augen verhüllte. Siehe, Herr – ja, ich gestehe es dir –, in diesem Augenblick frohlockte das Böse in mir. Wohl tat mir ihre Bangigkeit, wohl tat mir ihr Ängsten, und wie Rache letzte dies Fühlen mich, daß auch ihr bitter worden mein eigener bräutlicher Tag. Sie aber, die Unselige, sie ahnete nichts von meiner bösen Freude, hatten wir doch die Milch der Mutter geschwisterlich geteilt und liebten einander ohne Abbruch von Kindheit her. So kam sie vertraulich und umfing meine Schulter. Ihre Lippen aber bebten noch blaß vor Angst, da sie klagte:

«Wie soll das werden, Rahel, meine Schwester? Mir ist so weh dessen, was der Vater getan. Dir hat er den Geliebten genommen und mir ihn gegeben – mich aber widert's, den Arglosen zu trügen, denn wie könnte ich aufrechten Hauptes zu ihm gehen, der deiner begehrt, und mich ihm zugesellen? Ich fühle es, mein Schritt will mich nicht tragen und mein Herz redet mir ab, ich habe Angst, Rahel, ich habe Angst, denn wie könnte es sein, daß jener mich nicht erkennete beim ersten Blick? Und Schande, wird sie nicht siebenfach auf mich fallen, wenn er mich unerbrochen jagt aus seinem Haus und Gezelt? Bis ins dritte Geschlecht werden die Kinder dann wider mich spotten: Lea ist dies, die Häßliche, die gierig zu einem Manne lief, damit er sie erkenne, und die er von sich gejagt wie ein räudiges Tier. Was soll ich tun, Rahel, hilf mir, du lieb Geschwister, soll ich es wagen oder soll ich Trotz bieten dem Vater, dessen Hand schwer auf uns liegt? Was soll ich tun, Rahel, damit Jakob nicht vorzeit mich erkenne und nicht Schande auf mich Schuldlose falle? Hilf mir, Schwester Rahel, hilf mir, ich flehe dich an um des Allerbarmenden willen!»

Herr, noch stand der Zorn mir aufrecht im Leibe, und obzwar ich jene liebte, frohlockte noch immer das Böse in mir und ihre Angst letzte mich wie ein köstlich Gericht.

Da sie aber deinen heiligen Namen nannte, Herr, deinen heiligsten Namen, den Namen des Allerbarmers – Herr, da durchfuhr's mich wie ein feuriger Strahl, umgeschüttelt ward mir mein Herz im geweiteten Leibe, und deiner Güte Gewalt, deines Erbarmens rauschende Macht, Herr, süß fühlte ich sie eindringen in die verdunkelte Seele. Denn dies ist deiner ewigen Wunder eines, Herr, daß die Wand des eigenen Leibes von uns fällt, sobald wir die Qualen des Nächsten erkennen und wissend eingehen in seine schmerzende Brust. Als die meine fühlte ich meiner Schwester Angst mit einemmal innen, und nicht meiner dachte ich mehr, sondern einzig ihrer schreienden Not. Und, mitleidend meiner Schwester Leid, erbarmte ich mich ihrer, ich, deine törichte Magd – Herr, höre jetzt wohl auf mein Wort! – ich erbarmte mich ihrer zu jener Stunde, weil sie in Tränen vor mir stand, so wie ich in Tränen vor dir stehe. Ich erbarmte mich ihrer, weil sie meine Barmherzigkeit anrief, so wie ich die deine nun anrufe mit brennendem Mund. Und wider mich selber lehrte ich sie, Jakob zu trügen, und verriet ihr das abgeredete Zeichen. Ich hieß sie, dreimal ihm die Stirne zu küssen, ehe sie eintrete in sein Zelt – so, Herr, schlug ich, Rahel, meiner Eifersucht ins Antlitz, so verriet ich Jakob und meine eigene Liebe um deiner Liebe willen.

Da ich also getan und Lea meinen Sinn erkannte, da vermochte sie nicht mehr an sich zu halten, sie fiel hin zu meinen Füßen und küßte meine Hände und meiner Kleider Saum, denn auch dies hast du in die Menschen getan, daß, wo immer sie deiner heiligen Güte ein Zeichen spüren, die Demut sie faßt und der Dank sie bewegt. Und wir umhalsten einander und küßten uns und näßten die Wangen mit unserer Tränen Salz. Schon war Lea getröstet und wollte hinab in das bräutliche Zelt. Doch da sie aufstund von der Erde, erdunkelte ihr abermals das Auge in Sorge, und abermals bebte blaß ihr die Lippe.

«Ich danke dir, Schwester, du Gütige», sprach sie zu mir. «Ich danke dir und will tun nach deinem Geheiß. Aber wie, wenn auch dies Zeichen ihn nicht täuschte? Noch einmal rate mir, Schwester, noch einmal berate mich. Sag mir an, was soll ich tun, so er mich anspricht mit deinem Namen? Kann ich denn schweigsam verharren, so er mich anspricht, der Bräutigam die Braut, und darf doch nicht reden mit der eigenen Stimme, ohne daß er vorzeit den Trug schon erkennte? Was soll ich tun, Schwester, wenn er zu mir spricht, wie soll ich ihm antworten mit deiner Stimme, wenn er mich fragt? Hilf mir, Rahel, hilf mir, du Kluge, hilf mir, du Hilfreiche, um des Allerbarmenden willen!»

Und abermals, Herr, da sie mich anrief mit dem heiligsten deiner Namen, abermals ging dieser feurige Strahl durch mich hin und zertrennte jedwede Härte in meiner Seele, daß sie helle ward und offen ihrer klagenden Not. Und zum andernmal nahm ich mein eigenes schreiendes Herz, abermals trat ich das Schmerzhafte hin unter die Füße. Und als ich es aufhob und wieder faßte, war es lind in Erbarmen und jedem Opfer bereit. So antwortete ich ihr:

«Sei getrost, Lea, meine Schwester, und sorge dich nicht. Denn um des Allerbarmenden willen will ich dies auf mich nehmen, daß Jakob dich nicht erkenne, ehe er nicht deinen Leib erkannt. So will ich's tun: indes der Vater dich ihm verschleiert bindet, will ich mich einschleichen in Jakobs Kammer und dort im Dunkeln kauern neben eurem bräutlichen Lager. Und spricht er dich an, so will ich mit meiner Stimme ihm antworten an deiner Statt. Derart wird sein Argwohn weichen, und er wird dich umfangen und deinen Leib segnen mit seinem Samen. Dies aber will ich tun, Lea, um der Liebe willen, die wir eine zur andern hegten von Kindheit an, und um des Allbarmherzigen, den du angerufen, damit auch er dereinst barmherzig sei meinen Kindern, wann immer sie ihn anrufen mit seinem heiligsten Namen.»

Herr, da umfaßte mich Lea, küßte die Lippen mir, eine andere und Erneute stand die Gebeugte auf von ihren Knien. Ohne Sorge nun ging sie hinab, sich im Schatten des Schleiers Jakob darzubieten. Ich aber tat meine bittere Tat: in Jakobs Zelt schlich ich mich heimlich und barg mich im Dunkel hart neben seinem Lager. Bald dröhnten die Zimbeln jauchzend heran, die Bräutlichen zu geleiten, und schon standen sie beide im Schatten des Eingangs. Ehe aber Jakob das Linnen aufhob, der Verschleierten den Segen des Eingangs zu geben, zögerte er eine Weile, meines heimlichen Zeichens gewärtig. Da küßte ihm Lea, wie ich sie gewiesen, dreimalens die Stirn. Und Jakob, zufrieden des Zeichens, nahm, mich vermeinend, Lea liebend an sich und trug sie hin auf die Lagerstatt, einen Atem nah von meiner zuckenden Lippe. Aber ehe er sie umfaßte, fragte er noch einmal: «Bist du es wahrhaft, Rahel, die ich fühle?» Und da, Herr, – hart ward es mir, du weißt es, Allwissender! –, da riß ich die Stimme aus mir wie einen Nagel vom Fleische und flüsterte von nahe: «Ich bin es, Jakob, mein Gemahl.» Des ward er getröstet und brach in sie ein mit seiner Liebe Gewalt. Ich aber – Herr, du weißt es, denn wie die Sense das Gras, so schneidet dein Blick durch die Dunkel – ich aber, Herr, ich kauerte eines Fingers Spanne nur von ihnen, und mir war, als läge ich lebendigen Leibes im Feuer, da jener liebend Lea umfaßte und meinte, mich zu nehmen, die ihm offenstand mit aller Glut ihres Blutes. Herr, entsinne dich, Allgegenwärtiger du, entsinne dich jener Nacht, da ich sieben Stunden mit schmerzenden Knien und schmerzender Seele neben ihnen kauerte und hören mußte, was mir galt und mir selbst zu fühlen versagt war! Sieben Stunden, sieben Ewigkeiten lag ich gebückt, den Atem verpreßt, und rang wider den eigenen Schrei, wie Jakob einst rang mit deinem Engel, und siebenzigmal dünkten sie mich länger, diese Stunden, als die sieben Jahre des Wartens. Und ich hätte sie nicht ertragen, diese Nacht meiner Langmut, hätte ich nicht immer wieder deinen heiligen Namen angerufen und mich gestärkt im Gedanken deiner unendlichen Geduld.

Dies, Herr, war meine Tat, die einzige, deren ich mich rühme auf Erden, weil ich in ihr dir selber ähnlich ward in Langmut und Erbarmen – denn über aller Menschen Maß litt meine Seele Not und ich weiß nicht, ob du jemals, Herr, ein Weib so hart versucht hast auf Erden denn mich in jener unseligen Nacht. Und doch, Herr, habe ich sie durchduldet, diese Nacht aller Nächte, und als die Hähne krähten, raffte ich mich auf mit ausgeschöpftem Leib, indes jene ruhten in großer Müdigkeit. Eilig flüchtete ich hin in meines Vaters Haus, denn bald mußte doch klärlich werden, was wir trügerisch getan, und die Kiefer bebten mir im Munde von Jakobs Zorn. Und wehe, wie ich's geahnet, so erfüllte sich's. Kaum ruhte ich im Hause meines Vaters, so brüllte des Getrogenen Stimme her wie eines zornigen Stieres, und er stürmte heran, ein Schlagbeil in Händen, daß er Laban, meinen Vater, treffe. Meinem Vater Laban, dem alten, ihm lähmte Schrecken die Hände, da er den Wütigen hörte. Schauernd sank er zur Erde und rief deinen heiligen Namen. Und abermals, Herr, da ich deinen heiligsten Namen hörte, überkam mich jenes heiligen Mutes Kraft, und ich warf mich dem Stürmenden entgegen, damit sein Wüten über mich fahre an meines Vaters Statt. Jakobs Augen aber hitzte das Blut des Zornes, und kaum sah er mich, die ihn trügen geholfen, schlug er mit Fäusten in mein Antlitz, daß ich stürzte. Aber, Herr, ich duldete es ohne Klage, wußte ich doch, daß ein großes Lieben in seinem Zorne war. Und hätte er mich damals getötet – schon hob er rasend das Beil –, Herr, ich wäre nicht klagend getreten vor deinen ewigen Thron, denn um eines großen Leidens willen hatte ich ihn getrogen, und ich wußte, um einer großen Liebe willen wütete sein Zorn.

Kaum daß der Wütige mich hingeschlagen zu seinen Füßen sah, blutend und verstörten Blicks – siehe, Herr, da kam auch über ihn das Erbarmen. Lahm fiel das Beil, das gehobene, aus seinen Händen, er beugte sich nieder und küßte mein Blut von der Lippe. Und nicht nur meiner erbarmte er sich, auch meinem Vater, Laban, verzieh er um meinetwillen und verstieß nicht Lea aus seinem Zelte. Mein Vater gab mich nach sieben Jahren als zweite Gattin ihm zu und er weckte mir Kinder aus meinem Schoß – Kinder, die ich nährte mit der Milch meines Leibes und dem Worte deiner Verheißung. Kinder, die ich mahnte, in höchster Not kühnlich dich anzurufen mit dem Geheimnis deines unverstellten Namens. Und mit diesem deinem Namen des Allerbarmers, Herr, rufe ich dich heute aus meiner letztlichen Not: tue, wie jener getan, lasse sinken das Schlagbeil deines Ingrimms und verwehen die Wolke deines Zornes! Um Rahels Erbarmens willen erbarme dich noch einmal, Herr, übe Geduld für meine Geduld und spare deine heilige Stadt! Schone, Herr, meiner Kinder und Enkel, verschone Jeruscholajim!»

Rahel hatte die Stimme aufgehoben, als müßte sie hundert Himmel durchfahren; so entsank nach dem flehenden Anruf ihrer Seele die Kraft. Sie brach in die Knie, das erschütterte Haupt beugte sich nieder zur Erde, und wie ein schwarzrinnend Wasser strömten die Strähnen ihres Haares über den zitternden Leib. – So kniete Rahel und lebte und wartete auf Gottes Antwort.

Gott – aber – schwieg. Und nichts ist furchtbarer auf Erden und in den Himmeln und in den schwebenden Wolken zwischen ihnen denn Gottes Schweigen. Wenn Gott schweigt, dann endet die Zeit und vergehet das Licht, dann ist Tag von Nacht nicht mehr geschieden und in allen Welten nur mehr das Leere des Anbeginns. Was Regung hat, hört auf, sich zu regen, was fließt, stockt in dem Flusse, das Blühende kann nicht mehr blühen, das Meer nicht mehr strömen ohne sein innerlich Wort. Kein irdisches Ohr aber kann es tragen, das Dröhnen dieser Stille, kein irdisches Herz sich halten wider den Andrang dieses Leeren, darin nur Gott ist und er selbst der Lebendige nicht, solange er schweigt, das Leben alles Lebens.

Und auch Rahel, auch sie, die Geduldigste, auch sie konnte es nicht ertragen, dieses endlose Schweigen Gottes über ihrer schreienden Not. Noch einmal hob sie ihre Augen wider den Unsichtbaren, noch einmal stieß sie auf ihre mütterlichen Hände, und der Zündstein des Zorns schlug ihr das Wort rot wie einen Funken vom Munde:

«Hast du mich denn nicht gehört, Allgegenwärtiger, hast du mich nicht verstanden, Allverstehender – oder muß ich mein Wort dir noch deuten, ich, deine unkunde

Magd? So begreife, Hartköpfiger – auch ich war in Eifersucht verfallen, weil Jakob an meine Schwester sich ausgoß, so wie du nun eiferst, weil meine Kinder andern Göttern räucherten an deiner Statt. Aber doch, ich schwach Weib, ich bezähmte mein Grollen, ich erbarmte mich um deinetwillen, den ich einen Barmherzigen meinte, ich erbarmte mich Leas, und Jakob erbarmte sich meiner, merke es, Gott: wir alle, die wir nur Menschen sind, arm und vergänglich, wir bezwangen das Böse des Neidens – du aber, du Allmächtiger, der alles erschaffen und alles erschöpft, du, aller Wesen Anbeginn und Übermaß, du, dem alles Meer ward, des wir nur Tropfen haben – du wolltest dich nicht erbarmen? Wohl weiß ich's, ein starrnackig Volk ist mein Kindvolk, und immer löken sie wider dein heilig Joch, aber doch, so du Gott bist und Herr aller Fülle, muß da nicht deine Langmut ihren Übermut übermessen und dein Erbarmen ihre Fehle? Denn dies darf nicht sein, daß vor deiner Engel Antlitz ein Mensch dich beschämte und jene redeten: es war ein Weib einst auf Erden, ein schwach, sterblich Weib, Rahel genannt, die bezähmte ihren Ingrimm. Er aber, Gott, der Herr aller ist und des Alls, er diente seinem Zorn als ein Knecht. Nein, Gott, das darf nicht sein, denn so dein Erbarmen nicht ohne Ende ist, dann bist du selber unendlich nicht – *dann – bist – du – nicht – Gott*. Dann bist du der Gott nicht, den ich schuf aus meinen Tränen und dessen Stimme mich anrief in meiner Schwester geängstetem Schrei – ein Fremdgott dann bist du, ein Zorngott, ein Strafegott, ein Rachegott, und ich, Rahel, ich, die nur den Liebenden liebt und nur dem Barmherzigen diente, ich, Rahel – ich verwerfe dich vor dem Antlitz deiner Engel! Mögen diese hier, mögen deine Erwählten und Propheten sich beugen – siehe, ich, Rahel, die Mutter, ich beuge mich nicht – aufrecht recke ich mich auf und trete in deine eigene Mitte, ich trete zwischen dich und dein Wort. Denn ich will rechten mit dir, ehe du rechtest mit meinen Kindern, und so klage ich dich an: dein Wort, Gott, ist Widerspruch wider dein Wesen, und dein zorniger Mund verleugnet dein eigentlich Herz. So richte, Gott, zwischen dir und deinem Wort! Bist du wahrhaft der Zornige, den du kündest, dann wirf auch mich in Finsternis zu meinen Kindern, denn als eines Zorngottes Antlitz will ich das deine nicht schauen, und mich widert die Wut deiner Eifersucht. So du aber der Barmherzige bist, den ich liebte von Anfang an und dessen Lehre ich lebte – dann laß dich endlich erkennen von mir, dann sieh mir ins Antlitz mit dem Leuchten deiner Milde und spare die Kinder, verschone die heilige Stadt.»

Nachdem Rahel so das Schwert ihres Wortes in die Himmel gestoßen, brach ihr abermals die Kraft. Sie fiel hin in die Knie, rückgelehnt das Haupt in Erwartung des oberen Wortes, und ihre Lider lagen verschlossen gleich denen einer Toten.

Ängstend aber wichen die Erzväter und Propheten von Rahels Nähe, denn ein Blitz, fürchteten sie, müsse niederfahren auf die Frevlerin, die mit Gott gerechtet. Scheuen Auges starrten sie in die Himmel. Kein Zeichen jedoch kam ihnen zu.

Die Engel aber, die vor Gottes düsterer Braue ihr Haupt unter den Fittichen verbargen und schauernd hin auf die Verwegene blickten, die ihres Herrn Allmacht geleugnet, sie sahen, daß mit einemmal ein Licht ausging von Rahels Antlitz und ihre Stirne erglänzte. Wie von innen hob ihres Leibes Haut an zu strahlen, und die Tränen auf ihren Wangen, den mütterlichen, funkelten morgenrötlich wie Tau. Des erkannten die Engel, daß Gott mit all seiner atmenden Liebe Rahel ins Antlitz gesehen. Und sie erkannten, daß Gott die Leugnerin seines Worts mehr liebte um ihres Glaubens Unmaßes und Ungeduld willen denn die Diener, die frommen seines Worts, um ihrer Hörigkeit. Da schwand der Engel Ängsten, sie hoben getrost ihre Augen, und siehe: es war wieder Helle und Herrlichkeit um Gottes Gegenwart, und seines Lächelns beseligend Blau überglänzte unendlich die Räume. Da rauschten die Cherubim auf mit klingenden Flügeln, und silbernen Fußes sprang der Wind ihren Fittichen nach, daß ein flüssig Tönen ging von Chorälen in des Himmels weißem Gezelt. Das Leuchten aber auf Gottes Antlitz wuchs zu unendlichem Glanz, bis die Firmamente solche Fülle nicht mehr trugen und zu strömen begannen vom Brausen des Lichts. Und aufklangen darin heiliger Eintracht die Stimmen der Engel und die Stimmen der Toten und aller jener, die Gott noch nicht zur Erde gerufen, bis alles ein selig Atmen ward und ein großer Gesang.

Die Menschen aber tief unten, ewig dem Ratschluß der Himmlischen fremd, sie ahnten noch immer nicht, was ob ihren Häuptern geschah. In Sterbegewänder gehüllt, beugten sie dumpf die Stirn zur verdunkelten Erde. Da war plötzlich dem einen und andern, als ob über ihnen ein sanftes Sausen anhübe gleich einem märzlichen Wind. Unsicher blickten sie auf und erstaunten. Denn auf der zerspaltenen Wand des Gewölks stieg mit einmal ein Regenbogen herrlich nach oben und trug in den sieben Farben des Lichts ihre Tränen Rahel, der Mutter, entgegen.

DIE AUGEN DES EWIGEN BRUDERS

Nicht durch Vermeidung jeder Tat wird wahrhaft man vom Tun befreit,
Nie kann man frei von allem Tun auch einen Augenblick nur sein.

BHAGAVAD-GITA, 3. GESANG

Was ist denn Tat? was ist Nichttun? – Das ist's, was Weise selbst verwirrt.
Denn achten muß man auf die Tat, achten auf unerlaubtes Tun.
Muß achten auf das Nichttun auch – der Tat Wesen ist abgrundtief.

BHAGAVAD-GITA, 4. GESANG

Dieses ist die Geschichte Viratas,

den sein Volk rühmte mit den vier Namen der Tugend, von dem aber nicht geschrieben ist in den Chroniken der Herrscher noch in den Büchern der Weisen und dessen Andenken die Menschen vergaßen.

In den Jahren, ehe noch der erhabene Buddha auf Erden weilte und die Erleuchtung der Erkenntnis eingoß in seine Diener, lebte im Land der Birwagher bei einem König Rajputas ein Edler, Virata, den sie den Blitz des Schwertes nannten, weil er ein Krieger war, kühn vor allen andern, und ein Jäger, dessen Pfeile nie fehlten, dessen Lanze nie sich vergeblich schwang und dessen Arm niederfiel wie ein Donner über den Schwung seines Schwertes. Seine Stirne war hell, aufrecht standen seine Augen vor der Frage der Menschen: nie ward seine Hand gekrümmt gesehen zum bösen Knollen der Faust, nie seine Stimme gehört im Schreie des Zorns. Er diente als ein Treuer dem Könige, und seine Sklaven dienten ihm in Ehrfurcht, denn keiner war als rechtlicher gekannt an den fünf Strömungen des Flusses: vor seinem Hause beugten sich die Frommen, wenn sie vorübergingen, und die Kinder lächelten in den Stern seines Auges, wo sie ihn erblickten.

Es geschah aber, daß Unheil fiel über den König, dem er diente. Seines Weibes Bruder, den er zum Verwalter gesetzt über die Hälfte seines Reiches, gelüstete es nach der Gänze, und er hatte heimlich die besten Krieger des Königs mit Geschenken verlockt, daß sie ihm dienten. Und er hatte die Priester beredet, daß sie nächstens die heiligen Reiher des Sees ihm brachten, die ein Zeichen der Herrschaft waren seit tausend und tausend Jahren in dem Geschlecht der Birwagher. Elefanten und Reiher rüstete der Feindliche im Felde, sammelte die Unzufriedenen der Berge zu einem Kriegsheer und zog drohend gegen die Stadt.

Der König ließ von morgens bis abends die kupfernen Becken schlagen und aus den weißen Hörnern von Elfenbein blasen; nachts zündeten sie Feuer auf den Türmen und warfen die zerriebenen Schuppen der Fische in die Lohe, daß sie gelb aufglühten unter den Sternen als Zeichen der Not. Aber wenige nur kamen; die Kunde vom Raube der heiligen Reiher war schwer auf die Herzen der Führer gefallen und machte sie zag: der oberste der Krieger und der Hüter der Elefanten, die bewährtesten unter den Feldherren, weilten schon im Lager des Feindes, vergebens blickte der Verlassene nach Freunden (denn er war ein harter Herr gewesen, streng im Gericht und ein grausamer Eintreiber der Fron). Und er sah keinen von den bewährten unter den Hauptleuten und keinen der Anführer des Feldes vor seinem Palaste, nur ratlose Schar von Sklaven und Knechten.

In dieser seiner Not gedachte der König Viratas, der ihm Botschaft der Treue gesandt bei dem ersten Ruf der Hörner. Er ließ die Sänfte von Ebenholz rüsten und sie hintragen vor sein Haus. Virata neigte sich zur Erde nieder, da der König der Trage entstieg, aber der König umfing ihn wie ein Flehender und bat ihn, das Heer zu führen wider den Feind. Virata neigte sich und sprach: «Ich will es tun, Herr, und nicht wiederkehren in dies Haus, ehe die Flamme des Aufruhrs erstickt ist unter dem Fuß deiner Knechte.»

Und er sammelte seine Söhne, seine Sippen und Sklaven, stieß mit ihnen zu dem Haufen der Getreuen und reihte ihn zum Kriegszuge. Den ganzen Tag wanderten sie durch das Dickicht bis zum Flusse, auf dessen anderem Ufer die Feinde in unendlicher Zahl gesammelt waren, prahlend ihrer Menge und Bäume fällend für eine Brücke, daß sie des Morgens kämen und, selbst eine Flut, das Land mit Blut überschwemmten. Aber Virata kannte von der Jagd des Tigers eine Furt oberhalb der Brücke, und als das Dunkel gesunken war, führte er Mann für Mann die Getreuen durch das Wasser, und nachts fielen sie unversehens über den schlafenden Feind. Sie schwangen Pechfackeln, daß die Elefanten und Büffel scheu wurden und die Schlafenden auf ihrer Flucht zerstampften und die Lohe weiß in die Zelte sprang. Virata aber war als erster in das Zelt des Widerkönigs gestürmt, und ehe die Schlafenden aufschreckten, hatte er schon zwei mit dem Schwerte geschlagen und den dritten, als er eben auffuhr und nach dem seinen griff. Den vierten und den fünften aber schlug er Mann wider Mann im Dunkel, dem einen die Stirn, dem andern in die noch nackte Brust. Sobald sie aber lautlos lagen, Schatten zwischen Schatten, stellte er sich quer vor den Eingang des Zeltes, jedem zu wehren, der eindringen wollte, das Zeichen des Gottes, die weißen Reiher, zu retten. Doch es kamen der Feinde nicht mehr, sie jagten hin in sinnlosem Schrecken und hinter ihnen mit Jubelschreien die siegreichen Knechte. Flucht fuhr vorüber und ward ferner und ferner. Da setzte sich Virata gequerten Knies vor das Zelt beruhigt nieder, das blutige Schwert in Händen, und wartete, bis die Gefährten wiederkämen von ihrer brennenden Jagd.

Es dauerte aber nur ein geringes, da ward Gottes Tag wach hinter dem Walde, die Palmen brannten im goldenen Rot der Frühe und funkelten wie Fackeln in den Strom. Blutig brach die Sonne auf, die feurige Wunde im Osten. Da erhob sich Virata, legte das Gewand ab, trat zum Strome, die Hände über dem Haupte erhoben, und neigte sich betend vor Gottes leuchtendem Auge; dann stieg er nieder in den Strom zur heiligen Waschung, und das Blut floß ab von seinen Händen. Nun aber das Licht in weißer Welle sein Haupt anrührte, trat er zurück an das Ufer, hüllte sich in sein Gewand und ging hellen Antlitzes wieder zum Zelte, die Taten der Nacht im Morgen zu beschauen. Schreck in den Zügen starr bewahrend, aufgesperrten Auges und zerrissener Gebärde lagen die Toten: mit gespellter Stirne der Widerkönig und mit aufgestoßener Brust der Ungetreue, der vordem Heerführer gewesen im Lande der Birwagher. Virata schloß ihnen die Augen und schritt weiter, die andern zu sehen, die er im Schlafe geschlagen. Sie lagen, noch halb verhüllt von ihren Matten, zweier Antlitz ließ ihn fremd, es waren Sklaven des Verführers aus dem Südland mit wolligem Haar und von schwarzem Gesicht. Da er aber des letzten Antlitz zu sich wandte, ward es ihm dunkel vor den Blicken, denn sein älterer Bruder Belangur, der Fürst der Gebirge, war dies, den jener zur Hilfe gezogen und den er nächtens unwissend erschlagen mit eigener Hand.

Zuckend beugte er sich nieder zu des Hingekrümmten Herzen. Aber es schlug nicht mehr, starr standen die offenen Augen des Erschlagenen, und ihre schwarzen Kugeln bohrten sich ihm bis ins Herz. Da ward Viratas Atem ganz klein, und wie ein Abgestorbener saß er zwischen den Toten, abgewandten Blicks, daß nicht das starre Auge jenes, den seine Mutter vor ihm geboren, ihn anklage um seiner Tat willen.

Bald doch flog Rufen her; wie die wilden Vögel jauchzten von der Verfolgung die Knechte sich heran zum Zelt, reich bebeutet und heiteren Sinns. Da sie den Widerkönig geschlagen fanden in der Mitte der Seinen und geborgen die heiligen Reiher, tanzten sie und sprangen, küßten Virata, der achtlos zwischen ihnen saß, das niederhangende Gewand und rühmten ihn mit neuem Namen als den Blitz des Schwertes. Und immer mehr kamen, sie luden die Beute auf Karren, doch so tief sanken die Räder unter der Last, daß sie mit Dornen die Büffel schlagen mußten und die Barken zu sinken drohten. Ein Bote sprang in den Fluß und eilte voraus, Kunde dem Könige zu bringen, die andern aber säumten bei der Beute und jubelten ihres Sieges. Schweigend indes und wie ein Träumender saß Virata. Nur einmal erhob er die Stimme, als sie den Toten das Gewand rauben wollten vom Leibe. Dann stand er auf, befahl, Balken zu raffen und die Leichname auf die Scheiter zu schichten, damit sie verbrannt würden und ihre Seelen rein eingingen in die Verwandlung. Die Knechte wunderten sich, daß er so tat an Verschwörern, deren Leiber zerrissen werden sollten von den Schakalen des Walds und deren Gebeine verbleichen im Grimm der Sonne; doch sie taten nach seinem Geheiß. Als die Scheiterhaufen geschichtet waren, entzündete Virata selber die Flamme und warf Wohlgeruch und Sandel in das glimmende Holz – dann wandte er sein Antlitz und stand in Schweigen, bis die Hölzer rot stürzten und in Asche die Glut zu Boden sank.

Inzwischen hatten die Sklaven die Brücken geendigt, die gestern prahlend die Knechte des Widerkönigs begonnen, voran zogen die Krieger, gekränzt mit Pisangblüten, dann folgten die Knechte und zu Pferde die Fürsten. Virata ließ sie voran, denn ihr Singen und Schreien gellte ihm in der Seele, und als er ging, war ein Abstand zwischen jenen und ihm nach seinem Willen. In der Mitte der Brücke hielt er inne und sah lange hinab in das fließende Wasser zur Rechten und zur Linken – vor ihm aber und hinter ihm hielten, daß sie den Raum wahrten, staunend die Krieger. Und sie sahen, wie er den Arm hob mit dem Schwerte, als wollte er es schwingen wider den Himmel, doch im Sinken ließ er den Griff lässig gleiten, und das Schwert sank in die Flut. Von beiden Ufern sprangen nackte Knaben ins Wasser, um es wieder emporzutauchen, vermeinend, es sei ihm versehentlich entglitten, doch Virata wies sie strenge zurück und schritt weiter, unbewegten Gesichtes und dunkelnder Stirne, zwischen den verwunderten Knechten. Kein Wort bog mehr seine Lippe, indes sie Stunde um Stunde die gelbe Straße der Heimat entgegenzogen.

Noch waren sie ferne den Jaspistoren und zackigen Türmen Birwaghas, da stieg schon eine Wolke weiß in den Himmel, und die Wolke rollte heran, Läufer und Reiter, den Staub überjagend. Und sie hielten inne, da sie den Heerzug sahen, und breiteten Teppiche auf die Straße zum Zeichen, daß der König ihnen entgegenkäme, dessen Sohle irdischen Staub nie berührt von der Stunde der Geburt bis zum Tode, da die Flamme seinen geläuterten Leib umfängt. Und schon nahte von ferne auf dem uralten Elefanten der König, umringt von seinen Knaben. Der Elefant sank, dem Stachel gehorchend, in die Knie, und der König stieg nieder auf den gebreiteten Teppich. Virata wollte sich beugen vor seinem Herrn, aber der König schritt auf ihn zu und umfing ihn mit beiden Armen, eine Ehrung an einem Geringeren, wie sie noch nicht erhört war in der Zeit oder verzeichnet in den Büchern. Virata ließ die Reiher bringen, und als sie die weißen Flügel schlugen, brach Jubel aus, daß die Rosse sich bäumten und die Führer mit dem Stachel die Elefanten zähmen mußten. Der König umarmte, da er die Zeichen des Sieges erschaute, Virata zum andernmal und winkte einem Knechte. Der brachte das Schwert des Heldenvaters der Rajputas, das seit siebenmal siebenhundert Jahren in der Schatzkammer der Könige gelegen, ein Schwert, dessen Griff weiß war von Edelsteinen und in dessen Klinge mit goldenen Zeichen geheime Worte des Sieges geschrieben standen in der Vorväter Schrift, die selbst die Weisen nicht mehr wußten und die Priester des großen Tempels. Und der König reichte Virata das Schwert der Schwerter als die Gabe seines Dankes und zum Wahrbild, daß er von nun ab der oberste seiner Krieger sei und der Heerführer seiner Völker.

Aber Virata beugte sein Antlitz zur Erde und hub es nicht auf, indem er sagte:

«Darf ich eine Gnade erbitten von dem gnädigsten und eine Bitte von dem großmütigsten der Könige?»

Der König sah nieder zu ihm und sagte:

«Sie ist gewährt, noch ehe du dein Auge aufschlägst zu

mir. Und fordertest du die Hälfte meines Reiches, so ist sie dein eigen, sobald du die Lippe rührst.»

Da sprach Virata:

«So gestatte, mein König, daß dies Schwert im Schatzhause bleibe, denn ich habe ein Gelöbnis getan in meinem Herzen, kein Schwert mehr zu fassen, seit ich heute meinen Bruder erschlug, den einzigen, der mit mir aus einem Schoß wuchs und der mit mir spielte auf meiner Mutter Händen.»

Erstaunt blickte ihn der König an. Dann sprach er:

«So sei ohne Schwert der oberste meiner Krieger, damit ich mein Reich sicher wisse vor jedem Feind, denn nie hat einer der Helden besser ein Heer geführt gegen die Übermacht: nimm meinen Gurt als Zeichen der Macht und dies mein Roß, daß dich alle erkennen als höchsten meiner Krieger.»

Aber Virata beugte noch einmal sein Antlitz zur Erde und erwiderte:

«Der Unsichtbare hat mir ein Zeichen gesandt, und mein Herz hat es verstanden. Ich erschlug meinen Bruder, auf daß ich nun wisse, daß jeder, der einen Menschen erschlägt, seinen Bruder tötet. Ich kann nicht Führer sein im Kriege, denn im Schwerte ist Gewalt, und Gewalt befeindet das Recht. Wer teilhat an der Sünde der Tötung, ist selbst ein Toter. Ich aber will, daß nicht Furcht ausgehe von mir, und lieber das Brot des Bettlers essen, denn unrecht tun wider dies Zeichen, das ich erkannte. Ein kurzes ist das Leben in der ewigen Verwandlung, laß mein Teil mich leben als ein Gerechter.»

Des Königs Antlitz ward dunkel eine Weile, und solche Stille des Schreckens stand um ihn, wie vordem Fülle des Lärmes gewesen, denn noch nie ward es erhört in den

Zeiten der Väter und Urväter, daß ein Freier des Königs sich gewehrt und ein Fürst ein Geschenk nicht nahm von seinem Könige. Dann aber blickte der Herrscher auf zu den heiligen Reihern, den Zeichen des Sieges, die jener erbeutet, und sein Antlitz erhellte sich von neuem, da er sagte:

«Als tapfer habe ich dich von je erkannt wider meine Feinde, Virata, und als einen Gerechten vor allen Dienern meines Reiches. Muß ich dich missen im Kriege, so will ich dich nicht entbehren in meinem Dienste. Da du Schuld kennst und Schuld wägst als ein Gerechter, sollst du der oberste meiner Richter sein und Urteil sprechen auf der Treppe meines Palastes, damit die Wahrheit gewahrt sei in meinen Mauern und das Recht gehütet im Lande.»

Virata neigte sich vor dem König und faßte sein Knie zum Zeichen des Dankes. Der König hieß ihn den Elefanten besteigen zu seiner Seite, und sie zogen ein in die sechzigtürmige Stadt, deren Jubel wider sie schlug wie ein stürmendes Meer.

Von der Höhe der rosenfarbenen Treppe, im Schatten des Palastes sprach nun Virata im Namen des Königs Recht von Sonnenaufgang bis Sonnenuntergang. Sein Wort aber war gleich einer Waage, die lange zittert, ehe sie eine Schwere mißt; klar ging sein Blick in die Seele des Schuldigen und seine Fragen drangen in die Tiefe der Verbrechen beharrlich hinab wie ein Dachs in das Dunkel der Erde. Strenge war sein Spruch, doch nie fällte er gleichen Tages das Urteil, immer legte er die kühle Spanne der Nacht zwischen Verhör und Bannung: die langen Stunden bis Sonnenaufgang hörten ihn die

Seinen dann auf dem Dache des Hauses oft ruhelos schreiten, nachsinnend über Recht und Unrecht. Ehe er aber ein Urteil sprach, tauchte er die Hände und die Stirne in das Wasser, daß sein Spruch lauter sei von Hitze der Leidenschaft. Und immer, da er ihn gesprochen, fragte er den Missetäter, ob sein Wort ihm Irrtum dünke; doch selten nur geschah es, daß einer dawider redete; stumm küßten sie die Schwelle seines Sitzes und nahmen gesenkten Hauptes die Strafe wie von Gottes Mund.

Niemals aber sprach Viratas Mund Botschaft des Todes auch über den Schuldigsten und wehrte denen, die ihn mahnten. Denn er scheute das Blut. Den runden Brunnen der Urväter Rajputas, über dessen Rand der Henker die Häupter zum Hiebe beugte und dessen Steine schwarz waren von geronnenem Blute, wusch der Regen wieder weiß in den Jahren. Und doch ward im Lande des Unheils nicht mehr. Er verschloß die Missetäter in den felsenen Kerker oder tat sie in die Berge, wo sie Steine brechen mußten für die Mauern der Gärten, und in die Reismühlen am Flusse, wo sie die Räder mit den Elefanten drehten. Aber er ehrte das Leben, und die Menschen ehrten ihn, denn nie war ein Fehl ermessen an seinem Spruche, nie Lässigkeit in seiner Frage, nie Zorn in seinem Worte. Weit vom Lande kamen die Bauern im Wagen der Büffel mit ihrem Streit, daß er ihn schlichte, die Priester horchten seiner Rede und der König seinem Rat. Sein Ruhm wuchs, wie der junge Bambus wächst, aufrecht und hell in einer Nacht, und die Menschen vergaßen seines Namens von einst, da sie ihn als Blitz des Schwertes priesen, und nannten ihn weithin im Lande Rajputas die Quelle der Gerechtigkeit.

Im sechsten Jahre nun, da Virata Recht sprach von der Stufe des Vorhofs, geschah es, daß Kläger einen Jüngling vom Stamme der Kazaren brachten, der Wilden, die über den Felsen hausen und andern Göttern dienen. Seine Füße waren wund, so viele Tagereisen hatten sie ihn hergetrieben, und vierfach umschlangen Fesseln seine mächtigen Arme, daß er niemandem Gewalt anhaben konnte, wie es sein Auge drohend verhieß, das zornig rollte unter den verfinsterten Brauen. Sie stellten ihn an die Treppe und warfen den Gebundenen gewaltsam ins Knie vor dem Richter, dann neigten sie sich selbst und hoben die Hände zum Zeichen der Klage.

Virata sah staunend auf die Fremden: «Wer seid ihr, Brüder, die ihr von ferne kommt, und wer ist dieser, den ihr in Fesseln vor mich bringt?»

Es neigte sich der Älteste unter ihnen und sprach:

«Hirten sind wir, Herr, friedlich wohnende im östlichen Lande, dieser aber ist der Böseste des bösen Stammes, ein Untier, das mehr Menschen geschlagen, als Finger sind an seiner Hand. Ein Mann unseres Dorfes hat ihm die Tochter verweigert zum Weibe, weil jene von unfrommen Sitten sind, Hundeesser und Kuhtöter, und sie einem Kaufmann des Tales zur Gattin gegeben. Da ist er in seinem Zorne als Räuber in unsere Herde gefahren, er hat den Vater geschlagen und seine drei Söhne des Nachts, und wann immer ein Mann jenes Mannes Vieh trieb an die Grenzen des Gebirges, hat er ihn getötet. Elf aus unserem Dorfe hat er so vom Leben zum Tode gebracht, bis wir uns zusammentaten und den Bösen jagten wie ein Wild und ihn herbrachten zu dem gerechtesten aller Richter, damit du das Land erlösest von dem Gewalttäter.»

Virata hob das Antlitz dem Gefesselten entgegen: «Ist es wahr, was jene sprechen?»

«Wer bist du? Bist du der König?»

«Ich bin Virata, sein Diener und der Diener des Rechts, da ich um Sühne sorge für Schuld und das Wahre sondere vom Falschen.»

Der Gefesselte schwieg lange. Dann gab er strengen Blick:

«Wie kannst du wissen, was wahr ist und was falsch, aus der Ferne, da dein Wissen sich nur tränkt von der Rede der Menschen!»

«Gegen ihre Rede möge deine Widerrede streiten, damit ich die Wahrheit erkenne.»

Verächtlich hob der Gefesselte die Brauen:

«Ich streite nicht mit jenen. Wie kannst du wissen, was ich tat, da ich selbst nicht weiß, was meine Hände tun, wenn Zorn über mich fällt. Ich habe recht getan an jenem, der ein Weib verkaufte um Geld, recht getan an seinen Kindern und Knechten. Mögen sie klagen wider mich. Ich verachte sie und ich verachte deinen Spruch.»

Wie ein Sturm fuhr Zorn durch die andern, da sie hörten, daß der Verstockte den gerechten Richter schmähte, und der Knecht des Gerichtes hob den dornigen Stock schon zum Schlage. Aber Virata winkte ihren Zorn nieder und wiederholte noch einmal Frage um Frage. Immer wenn ihm Antwort ward von den Klägern, fragte er von neuem den Gefesselten. Doch der preßte die Zähne in ein böses Lachen zusammen und sprach nur noch einmal:

«Wie willst du die Wahrheit wissen aus den Worten der andern?»

Die Sonne stand steil über ihren Häuptern im Mittag. da Viratas Fragen zu Ende war. Und er erhob sich und wollte, wie es sein Brauch war, heimgehen und den Spruch erst künden am nächsten Tage. Aber die Kläger hoben die Hände. «Herr», sagten sie, «sieben Tage sind wir gewandert vor dein Antlitz, und sieben Tage heimwärts will unsere Reise. Wir können nicht warten bis morgen, denn das Vieh verdurstet ohne Tränke und der Acker will unseren Pflug. Herr, wir flehen, sprich deinen Spruch!»

Da setzte sich Virata wieder nieder auf die Stufe und sann. Sein Antlitz war gespannt wie das eines, der schwere Last trägt auf seinem Haupte, denn nie war es ihm geschehen, Urteil wider einen zu sprechen, der nicht Gnade erbat und sich wehrte im Wort. Lange sann er, und die Schatten wuchsen auf mit den Stunden. Dann trat er zum Brunnen, wusch Antlitz und Hände in der Kühle des Wassers, damit sein Wort frei sei von der Hitze der Leidenschaft, und sagte: «Möge mein Spruch gerecht sein, den ich spreche. Todschuld hat dieser auf sich geladen, elf Lebendige gejagt aus ihrem warmen Leib in die Welt der Verwandlung. Ein Jahr reift das Leben des Menschen verschlossen im Schoße der Mutter, so sei dieser für jeden, den er getötet, verschlossen ein Jahr im Dunkel der Erde. Und weil er Blut gestoßen elfmal aus der Menschen Leib, sei er elfmal des Jahres gegeißelt, bis das Blut aus ihm springe, damit er zahle mit der Zahl seiner Opfer. Seines Lebens aber sei er nicht gestraft, denn von den Göttern ist das Leben, und nicht darf der Mensch an Göttliches rühren. Möge der Spruch gerecht sein, den ich sprach keinem zu Willen als der großen Vergeltung». Und wiederum setzte sich Virata auf die Stufe, die Kläger küßten die Treppe zum Zeichen der Ehrfurcht. Der Gefesselte aber starrte finster in des

Richters Blick, der ihm fragend entgegenkam. Da sagte Virata:

«Ich habe dich gerufen, daß du mich zur Milde mahnest und mir helfest wider deine Kläger, doch deine Lippen blieben verschlossen. Ist ein Irrtum in meinem Spruch, so klage vor dem Ewigen mich nicht an, sondern dein Schweigen. Ich wollte dir milde sein.»

Der Gefesselte fuhr auf: «Ich will deine Milde nicht. Was ist deine Milde, die du gibst, gegen das Leben, das du mir nimmst in einem Atemzuge?»

«Ich nehme dir dein Leben nicht.»

«Du nimmst mir mein Leben und nimmst es grausamer, als es die Häuptlinge unseres Stammes tun, den sie den wilden nennen. Warum tötest du mich nicht? Ich habe getötet, Mann gegen Mann, du aber läßt mich einscharren wie ein Aas ins Dunkel der Erde, daß ich faule an den Jahren, weil dein Herz feig ist vor dem Blute und dein Eingeweide ohne Kraft. Willkür ist dein Gesetz und Marter dein Spruch. Töte mich, denn ich habe getötet.»

«Ich habe deine Strafe gerecht gemessen...»

«Gerecht gemessen? Wo aber ist dein Maß, du Richter, nach dem du missest? Wer hat dich gegeißelt, daß du die Geißel kennst, wie zählst du die Jahre spielerisch an den Fingern, als ob sie ein gleiches wären, wie Stunden im Licht und die verschütteten im Dunkel der Erde? Hast du im Kerker gesessen, daß du weißt, wie viele Frühlinge du nimmst von meinen Tagen? Ein Unwissender bist du und kein Gerechter, denn nur wer ihn fühlt, weiß um den Schlag, nicht wer ihn führt; nur wer gelitten hat, darf Leid messen. Schuldige vermißt sich dein Hochmut zu strafen, und bist selbst der Schuldigste aller, denn ich habe im Zorn Leben genommen, im

Zwange meiner Leidenschaft, du aber tust kalten Blutes mein Leben von mir und mißt mir ein Maß, das deine Hand nicht gewogen und dessen Wucht sie nie geprüft. Steh weg von der Stufe der Gerechtigkeit, du Richter, daß du nicht herabgleitest! Weh dem, der mißt mit dem Maße der Willkür, weh dem Unwissenden, der meint, er wisse um das Recht. Steh weg von der Stufe, unwissender Richter, und richte nicht lebendige Menschen mit dem Tode deines Wortes!»

Bleich fuhr dem Schreienden Haß vom Munde, und wieder fielen die andern zornig über ihn. Aber Virata wehrte ihnen nochmals, wandte sein Haupt vorbei von dem Wilden und sagte leise: «Ich kann den Spruch nicht zerbrechen, der auf dieser Schwelle getan wird! Möge er ein gerechter gewesen sein.»

Dann ging Virata, indes sie jenen faßten, der sich wehrte in seinen Fesseln. Aber noch einmal hielt der Richter inne und wandte sich zurück: da standen starr und böse ihm des Hingeschleppten Augen entgegen. Und mit einem Schauer fuhr es Virata ins Herz, wie ähnlich sie seines toten Bruders Augen waren in jener Stunde, da er damals von seiner eigenen Hand erschlagen lag im Zelte des Widerkönigs...

An jenem Abend sprach Virata kein Wort mehr zu Menschen. Des Fremden Blick stak in seiner Seele wie ein brennender Pfeil. Und die Seinen hörten ihn die ganze Nacht, Stunde um Stunde, schlaflos auf dem Dache seines Hauses schreiten, bis der Morgen rot zwischen den Palmen aufbrach.

In dem heiligen Teiche des Tempels nahm Virata das Bad der Frühe und betete gen Osten, dann trat er wieder in sein Haus, wählte das gelbe Gewand des Festes, grüßte ernst die Seinen, die staunend und doch ohne Frage sein feierlich Tun betrachteten, und ging allein zu dem Palaste des Königs, der ihm offenstand zu jeder Stunde des Tages und der Nacht. Virata neigte sich vor dem Könige und berührte den Saum seines Kleides zum Zeichen der Bitte.

Der König sah hell zu ihm nieder und sagte: «Dein Wunsch hat mein Kleid berührt. Er ist erfüllt, ehe du ihm Worte gibst, Virata.»

«Du hast mich zum obersten deiner Richter gesetzt. Sieben Jahre richte ich in deinem Namen und weiß nicht, ob ich recht gerichtet habe. Gönne mir einen Mond lang Stille, damit ich einen Weg zur Wahrheit gehe, und gönne mir, daß ich den Weg verschweige vor dir und allen andern. Ich will eine Tat tun ohne Unrecht und leben ohne Schuld.»

Der König staunte:

«Arm wird mein Reich sein an Gerechtigkeit von diesem Monde zum andern. Doch ich frage dich nicht nach deinem Wege. Möge er dich zur Wahrheit führen.»

Virata küßte die Schwelle zum Zeichen des Dankes, neigte nochmals das Haupt und ging.

Aus der Helle trat er in sein Haus, rief Weib und Kinder zusammen: «Einen runden Mond lang werdet ihr mich nicht schauen. Nehmt Abschied von mir und fraget nicht.»

Scheu blickte die Frau, fromm blickten die Söhne. Zu jedem beugte er sich und küßte ihn zwischen die Augen. «Nun geht in eure Räume, schließt euch ein, daß keiner mir nachsehe in meinen Rücken, wohin ich gehe, wenn ich aus der Türe trete. Und fraget nicht nach mir, ehe der Mond sich erneut.»

Und sie wandten sich, jeder in Schweigen.

Virata tat ab das festliche Kleid und tat ein dunkles an, betete vor den Bildnissen des tausendgestaltigen Gottes, ritzte in Palmblätter viele Schrift, die er rollte zu einem Brief. Mit dem Dunkel machte er sich dann auf aus seinem schweigenden Hause und ging zum Felsen vor der Stadt, wo die Erzgruben der Tiefe waren und die Gefängnisse. Er schlug an des Pförtners Tür, bis von der Matte der Schlafende aufstand und rief, wer ihn fordere:

«Virata bin ich, der oberste der Richter. Ich bin gekommen, nach jenem zu sehen, den sie gestern brachten.»

«In der Tiefe ist er verschlossen, Herr, im untersten Raume der Dunkelheit. Soll ich dich führen, Herr?»

«Ich kenne den Raum. Gib mir den Schlüssel und lege dich zur Ruhe. Morgens wirst du den Schlüssel finden vor deiner Tür. Und schweige zu jedem, daß du mich heute gesehen.»

Der Pförtner neigte sich, brachte den Schlüssel und eine Leuchte. Virata winkte ihm, stumm trat der Dienende zurück und warf sich auf die Matte. Er aber tat das kupferne Tor auf, das die Höhlung des Felsens verschloß, und stieg nieder in die Tiefe des Kerkers. Vor hundert Jahren schon hatten die Könige Rajputas in diese Felsen ihre Gefangenen zu verschließen begonnen, und jeder der Verschlossenen höhlte Tag für Tag tiefer den Berg hinab und schuf neue Gelasse in dem kalten Gestein für neue Knechte des Kerkers nach ihm.

Einen Blick noch warf Virata, ehe er nun die Türe zutat, nach dem aufgetanen Viereck des Himmels mit den weißen, springenden Sternen, dann schloß er die Pforte, und Dunkel schwoll ihm feucht entgegen, über das unsicher der Schein seiner Leuchte sprang wie ein suchendes Tier. Noch hörte er das weiche Rauschen des Windes in den Bäumen und die gellen Schreie der Affen: in der ersten Tiefe war aber dies nur mehr ein leises Brausen von weit, in der zweiten Tiefe stand schon Stille wie unter dem Spiegel des Meeres, reglos und kalt. Von Steinen wehte nur Feuchte und nicht mehr Duft irdischer Erde, und je tiefer er stieg, desto härter hallte sein Schritt in dem Starren der Stille.

Im fünften Gelaß, tiefer unter der Erde, als die höchsten Palmen aufgreifen zum Himmel, war des Gefangenen Zelle. Virata trat ein und hob die Leuchte wider den dunklen Klumpen, der kaum sich regte, bis Licht über ihn strich. Eine Kette klirrte.

Virata beugte sich über ihn: «Erkennst du mich?»

«Ich erkenne dich. Du bist der, den sie zum Herrn setzten über mein Schicksal und der es zertreten unter seinem Fuß.»

«Ich bin keines Herr. Ein Diener bin ich des Königs und der Gerechtigkeit. Ich bin gekommen, ihr zu dienen.»

Finster sah der Gefangene auf und starrte in des Richters Gesicht: «Was willst du von mir?»

Virata schwieg lange, dann sagte er:

«Ich habe dir wehe getan mit meinem Wort, aber auch du hast mir ein Weh getan mit deinen Worten. Ich weiß nicht, ob mein Spruch gerecht gewesen, aber eine Wahrheit war in deinem Wort: es darf keiner messen mit einem Maße, das er nicht kennt. Ein Unwissender war ich und will wissend werden. Hunderte habe ich gesandt in diese Nacht, vielen habe ich vieles getan und weiß nicht um meine Tat. Nun will ich es erfahren, will lernen, um gerecht zu sein und ohne Schuld einzugehen in die Verwandlung.»

Der Gefangene starrte noch immer. Leise klirrte die Kette.

«Ich will wissen, was ich dir zusprach, den Biß der Geißel will ich kennen am eigenen Leib und die gefesselte Zeit in meiner Seele. Für einen Mond will ich an deine Stelle treten, damit ich wisse, wieviel ich dir zugezählt an Sühne. Dann erneuere ich den Spruch von der Schwelle, wissend um seine Wucht und Schwere. Du gehe inzwischen frei. Ich will dir den Schlüssel geben, der dich ins Licht führt, und dir einen Mond lang dein Leben frei lassen, so du mir Wiederkehr gelobst – dann wird von dem Dunkel dieser Tiefe Licht sein in meinem Wissen.»

Wie Stein stand der Gefangene. Die Kette klirrte nicht mehr.

«Schwöre mir bei der unbarmherzigen Göttin der Rache, die jeden erreicht, daß du schweigst wider alle diesen Mond lang, und ich will dir den Schlüssel geben und mein eigenes Kleid. Den Schlüssel legst du vor des Pförtners Gelaß und gehst frei. Doch mit deinem Eide bleibst du gebunden vor dem tausendförmigen Gotte, daß du nach des Mondes Umkreis dieses Schreiben hinbringst dem Könige, damit ich gelöst werde und nochmals richte nach Gerechtigkeit. Schwörst du, dies zu tun, beim tausendförmigen Gotte?»

«Ich schwöre» – wie aus der Tiefe der Erde brach es dem Bebenden von der Lippe.

Virata löste die Kette und streifte sein eigen Kleid von der Schulter.

«Hier, nimm dies Kleid, gib mir das deine und verdecke dein Antlitz, daß kein Wächter dich erkenne. Und nun fasse dies Schermesser und schere mir Haar und Bart, daß auch ich jenen nicht kenntlich sei.»

Der Gefangene nahm das Schermesser, doch bebend sank ihm die Hand. Gebietend aber drang des andern Blick in ihn ein, und er tat, wie ihm geheißen. Lange schwieg er. Dann warf er sich hin, und schreiend sprang ihm das Wort aus dem Munde:

«Herr, ich dulde nicht, daß du leidest um meinetwillen. Ich habe getötet, habe Blut vergossen mit heißer Hand. Gerecht war dein Spruch.»

«Nicht du kannst es wägen und nicht ich, doch bald werde ich erleuchtet sein. Geh nun hin, wie du geschworen, und tritt am Tage des gerundeten Monds vor den König, daß er mich löse: dann werde ich wissend sein um die Taten, die ich tue, und mein Wort für immer ohne Unrecht. Geh!»

Der Gefangene beugte sich und küßte die Erde... Schwer fiel die Türe in das Dunkel, noch einmal sprang Licht von der Leuchte gegen die Wände, dann stürzte die Nacht über die Stunden.

Am nächsten Morgen wurde Virata, den niemand erkannte, auf das Feld vor die Stadt geführt und dort gegeißelt. Als ihm der zuckende Hieb zum erstenmal auf den nackten Rücken sprang, schrie Virata auf. Dann preßte er die Zähne zusammen. Bei dem siebzigsten Streich aber ward es dunkel vor seinen Sinnen, und sie trugen ihn fort wie ein totes Tier.

In der Zelle hingestreckt erwachte er wieder, und ihm war, als läge er mit dem Rücken über brennendem Feuer. Um seine Stirn aber war Kühle, Duft von wilden

Kräutern sog er ein mit dem Atem: er fühlte, daß eine Hand war über seinem Haar und daß Lindes von ihr niederträufelte. Leise öffnete er den Spalt der Lider und sah: die Frau des Pförtners stand neben ihm und wusch ihm sorgend die Stirne. Und als er jetzt das Auge voll aufschlug zu ihr, strahlte der Stern des Mitleids ihm aus ihrem Blick entgegen. Und durch den Brand seines Leibes erkannte er den Sinn alles Leidens in der Gnade der Güte. Leise lächelte er auf zu ihr und spürte nicht mehr seine Qual.

Am zweiten Tage konnte er sich schon erheben und sein kaltes Geviert abtasten mit den Händen. Er fühlte, wie eine Welt neu wuchs mit jedem Schritt, den er tat, und am dritten Tage narbten die Wunden. Sinn und Kraft kehrten zurück. Nun saß er still und spürte die Stunden an den Tropfen nur, die niederfielen von der Wand und das große Schweigen teilten in viele kleine Zeiten, die still wuchsen zu Tag und Nacht, wie ein Leben aus Tausenden von Tagen selbst wieder wächst zu Mannheit und Alter. Niemand sprach auf ihn ein, Dunkel stand starr in seinem Blut, aber von innen stieg nun bunt Erinnerung in leisem Quell, floß mählich zusammen in einen ruhenden Teich der Schau, darin sein ganzes Leben gespiegelt war. Was er verteilt erlebt, rann nun in eines, und kühle Klarheit ohne Wellenschlag hielt das gereinigte Bild in der Schwebe des Herzens. Nie war sein Sinn so rein gewesen wie in diesem Gefühl reglosen Schauens in gespiegelte Welt.

Mit jedem Tage nun ward Viratas Auge heller, aus dem Dunkel hoben sich die Dinge ihm entgegen und vertrauten seinem Spüren die Formen. Und auch innen ward alles heller in gelassener Schau: die lindere Lust der

Betrachtung, wunschlos hinschwellend über den Schein eines Scheines, die Erinnerung, spielte mit den Formen der Verwandlung wie die Hände des Gefesselten mit den zerstreuten Kieseln der Tiefe. Selbst sich entschwunden, reglos gebannt, unkund der Formen eigenen Wesens im Dunkel, spürte er stärker des tausendförmigen Gottes Gewalt und sich selbst hinwandern durch die Gestalten, keiner anhängend, klar gelöst von der Knechtschaft des Willens, tot im Lebendigen und lebendig im Tode... Alle Angst der Vergängnis ging hin in sanfte Lust der Erlösung vom Leibe. Ihm war, als sänke er mit jeder Stunde tiefer ins Dunkel hinab, zu Stein und schwarzer Wurzel der Erde, und doch trächtig neuen Keims, Wurm vielleicht, dumpf wühlend in der Scholle oder Pflanze, aufstrebend mit stoßendem Schaft, oder Fels nur, kühl ruhend in seliger Unbewußtheit des Seins.

Achtzehn Nächte genoß Virata das göttliche Geheimnis hingegebenen Schauens, losgelöst von eigenem Willen und ledig des Stachels zum Leben. Seligkeit schien ihm, was er als Sühne getan, und schon fühlte er in sich Schuld und Verhängnis nur wie Traumbilder über dem ewigen Wachen des Wissens. In der neunzehnten Nacht aber fuhr er auf aus dem Schlaf: ein irdischer Gedanke hatte ihn angerührt. Wie glühende Nadel bohrte er sich ein in sein Hirn. Schreck schüttelte ihm graß seinen Leib, und die Finger zitterten an seiner Hand wie Blätter am Holze. Dies aber war der Gedanke des Schreckens: der Gefangene könnte untreu werden an seinem Schwur und ihn vergessen, und er müsse hier liebenblieben tausend und tausend und tausend Tage, bis das Fleisch ihm von den Knochen fiele und die Zunge erstarrte im Schweigen. Noch einmal sprang der Wille zum Leben wie ein

Panther auf in seinem Leibe und zerriß die Hülle: Zeit strömte ein in seine Seele und Angst und Hoffen, die Wirrnis des Menschen. Er konnte nicht mehr denken an den tausendförmigen Gott des ewigen Lebens, sondern nur an sich, seine Augen hungerten nach Licht, seine Beine, die sich scheuerten am harten Stein, wollten Weite, wollten Sprung und Lauf. An Weib und Söhne, an Haus und Habe, an die heiße Versuchung der Welt mußte er denken, die mit Sinnen getrunken wird und gefühlt mit der wachen Wärme des Blutes.

Von diesem Tage des Erinnerns schwoll die Zeit, die bisher zu seinen Füßen stumm gelegen wie ein schwarzer, spiegelnder Teich, empor in sein Denken; wie ein Strom schoß sie her, aber immer wieder wider ihn. Er wollte, daß sie ihn mitreiße und hinschwemme wie einen springenden Balken zu der erstarrten Stunde der Befreiung. Aber gegen ihn strömte sie: mit ringendem Atem quälte er, ein verzweifelter Schwimmer, ihr Stunde um Stunde ab. Und ihm war, als zögerten mit einemmal die Tropfen des Wassers an der Wand im Falle, so weit schwoll die Spanne der Zeit zwischen ihnen. Er konnte nicht mehr länger verweilen auf seinem Lager. Der Gedanke, jener würde seiner vergessen und er müsse hier faulen im Keller des Schweigens, trieb ihn wie einen Kreisel zwischen den Wänden. Die Stille würgte ihn: er schrie die Steine an mit Worten des Schimpfens und der Klage, er fluchte sich und den Göttern und dem Könige. Mit blutenden Nägeln krallte er am spottenden Felsen und rannte mit dem Schädel gegen die Türe, bis er sinnlos zu Boden fiel, um wachend wieder aufzuspringen und, eine rasende Ratte, auf und ab durch das Viereck zu rennen.

In diesen Tagen, vom achtzehnten der Abgeschiedenheit bis zum neuen Monde, durchlebte Virata Welten des Entsetzens. Ihn widerte Speise und Trank, denn Angst füllte seinen Leib. Keinen Gedanken mehr konnte er halten, nur seine Lippen zählten die Tropfen, die niederfielen, um die Zeit, die unendliche, zu zerteilen von einem Tage zum andern. Und ohne daß er es wußte, war das Haupt grau geworden über seinen hämmernden Schläfen.

Am dreißigsten Tag aber erhob sich ein Lärmen vor der Türe und fiel zurück in eine Stille. Dann hallten Schritte, auf sprang die Tür, Licht brach ein, und vor dem Begrabenen des Dunkels stand der König. Und er umfaßte ihn liebend, da er sprach: «Ich habe von deiner Tat vernommen, die größer ist als eine, die je vernommen ward in den Schriften der Väter. Wie ein Stern wird sie hoch glänzen über dem Niedern unseres Lebens. Tritt heraus, daß das Feuer Gottes dich beglänze und das Volk seligen Auges einen Gerechten schaue.»

Virata hob die Hand vor das Auge, denn das Licht stach dem Entwöhnten zu grell den Blick, und innen wogte purpurn das Blut. Wie ein Trunkener stieg er auf, und die Knechte mußten ihn stützen. Ehe er aber vor das Tor trat, sprach er:

«Du hast mich, König, einen Gerechten genannt, ich aber weiß nun, daß jeder, der Recht spricht, unrecht tut und sich anfüllt mit Schuld. Noch sind Menschen in dieser Tiefe, die leiden durch mein Wort, und nun erst weiß ich um ihr Leiden und weiß: nichts darf mit nichts vergolten werden. Laß, König, jene frei und scheuche das Volk vor meinem Schritt, denn ich schäme mich seines Rühmens.»

Der König tat einen Wink, und die Knechte scheuchten das Volk. Es war wieder Stille um sie. Dann sagte der König:

«Auf der obersten Stufe des Palastes saßest du, um Recht zu sprechen. Nun aber, da du weiser warst, als je ein Richter gewesen, durch wissendes Leiden, sollst du neben mir sitzen, daß ich deinem Worte lausche und selber wissend werde an deiner Gerechtigkeit.»

Virata aber faßte sein Knie zum Zeichen der Bitte: «Laß mich ledig sein meines Amtes! Ich kann nicht mehr wahrsprechen, seit ich weiß: keiner kann keines Richter sein. Es ist Gottes, zu strafen, und nicht der Menschen, denn wer an Schicksal rührt, fällt in Schuld. Und ich will mein Leben leben ohne Schuld.»

«So sei», antwortete der König, «nicht Richter im Reiche, sondern Ratgeber meines Tuns, daß du mir weisest Krieg und Frieden, Steuer und Zins in Gerechtigkeit und ich nicht irre im Entschluß.»

Nochmals umfaßte Virata des Königs Knie:

«Nicht Macht gib mir, König, denn Macht reizt zur Tat, und welche Tat, mein König, ist gerecht und nicht wider ein Schicksal? Rate ich Krieg, so säe ich Tod, und was ich rede, wächst zu Taten, und jede Tat zeugt einen Sinn, den ich nicht weiß. Gerecht kann nur sein, der nicht teilhat an keines Geschick und Werk, der einsam lebt: nie war ich näher der Erkenntnis, als da ich einsam war, ohne der Menschen Wort, und nie freier von Schuld. Laß mich friedsam leben in meinem Hause, ohne andern Dienst als den des Opfers vor den Göttern, daß ich rein bleibe aller Schuld.»

«Ungern lasse ich dich», sagte der König, «aber wer darf einem Weisen widerreden und eines Gerechten Willen verderben? Lebe nach deinem Willen, es ist Ehre meines Reiches, daß einer in seinen Grenzen lebt und wirkt ohne Schuld.»

Sie traten vor das Tor, dann ließ ihn der König. Allein ging Virata und sog die süße Luft der Sonne, leicht war ihm die Seele wie nie, da er heimging, ein Freier alles Dienstes, in sein Haus. Hinter ihm klang leise ein fliehender Tritt nackten Fußes, und als er sich wandte, war es der Verurteilte, dessen Qual er genommen. Er küßte den Staub seiner Spur, beugte sich scheu und entschwand. Da lächelte Virata seit jener Stunde, da er seines Bruders starres Auge gesehen, wieder zum erstenmal und ging froh in sein Haus.

In seinem Hause lebte Virata Tage des Lichts. Sein Erwachen war dankbares Gebet, daß er die Helle des Himmels sehen durfte statt der Finsternis, daß er Farbe und Duft der heiligen Erde spürte und die klare Musik, die im Morgen wirkt. Täglich nahm er wie ein großes Geschenk das Wunder des Atems und den Zauber der freien Glieder, fromm fühlte er den eigenen Leib, den weichen seines Weibes, den starken seiner Söhne, allüberall der Gegenwart des tausendförmigen Gottes beseligt gewahr, beflügelt die Seele von lindem Stolz, daß er nirgends über sein Leben hinaus an fremdes Schicksal griff und niemals feindlich rührte an eine der tausend Formen des unsichtbaren Gottes. Von morgens bis abends las er in den Büchern der Weisheit und übte sich in den Arten der Andacht, die da sind: das Schweigen der Versenkung, die liebende Vertiefung im Geiste, das Wohltun an den Armen und das opfernde Gebet. Sein Sinn aber war heiter geworden, milde seine Rede auch zum geringsten seiner Knechte, und die Seinen liebten ihn mehr, als sie ihn jemals geliebt. Den Armen war er ein Helfer und den Unglücklichen ein Tröster. Vieler Menschen Gebet schwebte um seinen Schlaf, und sie nannten ihn nicht mehr wie einst den «Blitz des Schwertes» und «die Quelle der Gerechtigkeit», sondern «den Acker des Rats». Denn nicht nur die Nachbarn kamen von der Straße, sondern von ferne auch zogen die Fremden vor ihn, daß er ihren Streit schlichte, obwohl er nicht mehr Richter im Lande war, und fügten sich ohne Zögern seinem Wort. Virata war des glücklich, denn er fühlte, daß Raten besser sei als Befehlen, und Schlichten besser als Richten: ohne Schuld empfand er sein Leben, seit er kein Schicksal mehr zwang und doch an vieler Menschen Schicksal schaltend rührte. Und er liebte den Mittag seines Lebens mit aufgeheiterten Sinnen.

So gingen drei Jahre und noch drei dahin wie ein heller Tag. Immer linder ward Viratas Gemüt: wenn ein Streit vor ihn kam, verstand er kaum mehr in seiner Seele, daß so viel Unruhe war auf Erden und die Menschen sich drängten mit der kleinen Eifersucht des Eigenen, da sie doch das weite Leben hatten und den süßen Duft des Seins. Er beneidete keinen, und keiner beneidete ihn. Wie eine Insel des Friedens stand sein Haus im geebneten Leben, unberührt von den Sturzbächen der Leidenschaft und dem Strom der Begier.

Eines Abends, im sechsten Jahre seiner Stille, war Virata schon zur Ruhe gegangen, als er plötzlich gelles Schreien hörte und das nasse Geräusch von Schlägen. Er sprang auf von seinem Lager und sah, daß seine Söhne einen Sklaven in die Knie geworfen hatten und mit der Nilpferdpeitsche über den Rücken schlugen, daß Blut aufsprang. Und die Augen des Sklaven, in gepreßter

Qual aufgerissen, starrten ihn an: wieder sah er des gemordeten Bruders Blick von einst in seiner Seele. Virata eilte zu, hielt ihren Arm an und fragte, was hier geschehen.

Es ergab sich aus der Rede und Widerrede, daß jener Sklave, dessen Dienst es war, das Wasser aus dem Felsenbrunnen zu schöpfen und in hölzernen Kufen zum Hause zu bringen, mehrmals schon in der Hitze des Mittags, Erschöpfung vorgebend, zu spät mit seiner Last angelangt und wiederholt gezüchtigt ward, bis er gestern, nach einer sonderlich harten Bestrafung, entlaufen war. Die Söhne Viratas hatten ihm zu Pferde nachgesetzt und ihn schon jenseits des Flusses in einem Dorf erreicht, mit einem Seil an den Sattel des Rosses gebunden, so daß er, halb gezerrt, halb laufend, mit zerrissenen Füßen wieder heim mußte, wo ihm eben noch unerbittlichere Züchtigung zur eigenen Warnung und jener der andern Sklaven (die schauernd, mit zitternden Knien den Hingestreckten betrachteten) verabreicht wurde, bis Virata durch sein Kommen die gewalttätige Peinigung unterbrach.

Virata blickte hinab auf den Sklaven. Der Sand unter seinen Sohlen war gefeuchtet von Blut. Die Augen des Verschreckten standen offen wie die eines Tieres, das geschlachtet werden sollte, und Virata sah hinter ihrer schwarzen Starre das Grauen, das einst in seiner eigenen Nacht gewesen. «Laßt ihn los», sagte er zu den Söhnen, «sein Vergehen ist gesühnt.»

Der Sklave küßte den Staub vor seinen Schuhen. Zum erstenmal traten die Söhne verdrossen von des Vaters Seite. Virata kehrte in seinen Raum zurück. Unbewußt, was er tat, wusch er sich Stirn und Hände, um bei der Berührung plötzlich erschreckt zu erkennen, was sein wacher Sinn vergessen: daß er zum erstenmal wieder Richter gewesen und Spruch gesprochen in ein Schicksal. Und zum erstenmal seit sechs Jahren floh ihn wieder der Schlaf.

Da er aber schlaflos im Dunkel lag, kamen die Augen, die erschreckten, des Sklaven auf ihn zu (oder waren es jene des gemordeten Bruders?) und die zornigen seiner Söhne, und er fragte und fragte sich, ob nicht ein Unrecht geschehen sei von seinen Kindern an diesem Knecht. Blut hatte um geringer Lässigkeit willen den Sand seines Hauses genetzt, Geißel war in lebendigen Leib gefahren für kleinliche Versäumnis, und diese Schuld brannte ihn mehr als die Geißelschläge, die er selbst dereinst aufspringen gefühlt wie heiße Nattern über seinen Rücken. Keinem Freien freilich war diese Züchtigung geschehen, sondern einem Sklaven, dessen Leib sein eigen war vom Mutterschoße an nach dem Gesetze des Königs. War aber dies Gesetz des Königs auch ein Recht vor dem tausendförmigen Gotte, daß eines Menschen Leib ganz in fremdem Willen floß, frei jeder Willkür, und jeder schuldlos sei wider ihn, ob er ihm auch dies Leben zerriß oder verstörte?

Virata stand auf von seinem Lager und entzündete ein Licht, um in den Büchern der Unterweisung ein Zeichen zu finden. Nirgends traf sein Blick Unterscheidung zwischen Mensch und Menschen als in der Ordnung der Kasten und Stände, nirgends aber war im tausendförmigen Sein Unterschied und Abstand in der Forderung der Liebe. Immer durstiger trank er Wissen in sich ein, denn nie war seine Seele aufgespannter gewesen in der Frage; da warf sich die Flamme am Span des Lichts noch einmal hoch und erlosch.

Wie aber jetzt Dunkel von den Wänden stürzte, überkam es Virata geheimnisvoll: nicht sein Raum sei dies mehr, den er blinden Blickes umtaste, sondern der Kerker von einst, in dem er damals schreckfühlend erkannt, daß Freiheit das tiefste Anrecht des Menschen sei und keiner keinen verschließen dürfe, nicht auf ein Leben und nicht auf ein Jahr. Diesen Sklaven aber, so erkannte er, hatte er eingeschlossen in den unsichtbaren Kreis seines Willens und gekettet an den Zufall seiner Entschließung, daß kein eigener Schritt seines Lebens ihm mehr frei war. Klarheit kam in ihn, indes er still saß und fühlte, wie die Gedanken seine Brust so aufweiteten, bis von unsichtbarer Höhe Licht in ihn eindrang. Nun ward ihm bewußt, daß auch hier noch Schuld in ihm gewesen, solange er Menschen in seinen Willen tat und Sklaven nannte nach einem Gesetz, das nur jenes brüchige der Menschen war und nicht jenes ewige des tausendförmigen Gottes. Und er neigte sich im Gebet: «Dank dir, Tausendförmiger, der du mir Boten sendest aus allen deinen Formen, daß sie mich aufjagen aus meiner Schuld, immer näher dir entgegen auf dem unsichtbaren Wege deines Willens! Gib, daß ich sie erkenne in den ewig anklagenden Augen des ewigen Bruders, der allorts mir begegnet, der aus meinen Blicken sieht und dessen Leiden ich leide, damit ich mein Leben rein wandle und atme ohne Schuld.»

Viratas Antlitz war wieder heiter geworden, hellen Auges trat er in die Nacht, trank den weißen Gruß der Sterne, das schwellende Sausen des Frühwinds tiefatmend in sich und ging durch die Gärten zum Flusse. Als die Sonne sich von Osten erhob, tauchte er nieder in die heilige Flut und kehrte heim zu den Seinen, die versammelt waren zum Gebet des Morgens.

Er trat in ihren Kreis, grüßte mit gutem Lächeln, winkte die Frauen in ihre Gemächer zurück, dann sprach er zu seinen Söhnen:

«Ihr wißt, daß seit Jahren nur eine Sorge meine Seele bewegt: ein Gerechter zu sein und ohne Schuld zu leben auf Erden; nun ist es gestern geschehen, daß Blut floß in die Scholle meines Hauses, Blut eines lebendigen Menschen, und ich will frei sein dieses Blutes und Sühne tun für das Vergehen im Schatten meines Daches. Der Sklave, der um ein Geringes zu hart gebüßt ward, soll Freiheit haben von dieser Stunde und gehen, wohin es ihn gelüstet, damit er nicht vor dem letzten Richter einst klage wider euch und mich.»

Schweigend standen die Söhne, und Virata fühlte ein Feindliches in diesem Verstummen.

«Ich spüre ein Schweigen wider mein Wort. Auch wider euch will ich nichts tun, ohne euch zu hören.»

«Einem Schuldigen, der sich verging, willst du Freiheit schenken, Belohnung statt Bestrafung», begann der älteste Sohn. «Viele Diener haben wir im Haus, und es zählte nicht dieser eine. Aber jede Tat wirkt über sich hinaus und ist verknüpft mit der Kette. Lässest du diesen ledig, wie darfst du die andern, die dein eigen sind, dann halten, wenn sie fortbegehren?»

«Wenn sie fortbegehren aus meinem Leben, so muß ich sie lassen. Keines Lebendigen Schicksal will ich halten, denn wer Schicksale formt, fällt in Schuld.»

«Aber du lösest das Zeichen des Rechts», hub der zweite Sohn an, «diese Sklaven sind unser eigen wie die Erde und der Baum dieser Erde und die Frucht dieses Baumes. So sie dir dienen, sind sie gebunden an dich und du gebunden an sie. An eine Reihe rührst du, die seit Jahrtausenden wächst durch die Zeiten: der Sklave ist nicht Herr seines Lebens, sondern Diener seines Herrn.»

«Es gibt nur ein Recht vom Gotte, und dies Recht ist das Leben, das jedem eingetan ward mit dem Atem seines Mundes. Zum Guten mahnst du mich, der ich verblendet war und frei zu sein meinte von Schuld: fremdes Leben habe ich genommen seit Jahren. Nun aber sehe ich klar und weiß: ein Gerechter darf nicht Menschen zum Tiere machen. Ich will allen die Freiheit geben, damit ich ohne Schuld sei wider sie auf Erden.»

Trotz stand auf den Stirnen der Söhne. Und hart antwortete der Älteste:

«Wer wird die Felder tränken mit Wasser, daß der Reis nicht verschmachte, wer die Büffel führen im Felde? Sollen wir Knechte werden um deines Wahns willen? Du selbst hast die Hände nicht gemüht mit Arbeit ein Leben lang und nie dich bekümmert, daß dein Leben wuchs auf fremdem Dienst. Und ist doch auch fremder Schweiß in der geflochtenen Matte, darauf du lagst, und über deinem Schlaf wachte der Wedel der Diener. Und mit einmal willst du sie von dir jagen, daß niemand sich mühe als wir, dein eigenes Blut? Sollen wir vielleicht noch die Büffel lösen vom Pfluge und die Stränge ziehen an ihrer Statt, damit sie die Geißel nicht treffe? Denn auch ihnen fließt des Tausendförmigen Atem vom Munde. Nicht rühre, Vater, an das Bestehende, denn auch dies ist von dem Gotte. Nicht willig tut die Erde sich auf, Gewalt muß ihr getan werden, damit Frucht ihr entquelle, Gewalt ist Gesetz unter den Sternen, nicht können wir ihrer entbehren.»

«Ich aber will ihrer entbehren, denn Macht ist selten im Recht, und ich will ohne Unrecht leben auf Erden.»

«Macht ist in allem Haben, sei es Mensch oder Tier oder die geduldige Erde. Wo du Herr bist, mußt du auch Herrscher sein: wer besitzt, ist gebunden an das Schicksal der Menschen.»

«Ich aber will mich lösen von allem, was mich in Schuld bringt. So befehle ich euch, die Knechte freizugeben im Hause und selbst zu schaffen für unsere Notdurft.»

Zorn schwoll in den Blicken der Söhne, kaum konnten sie ihr Murren verhalten. Dann sagte der Älteste:

«Du hast gesagt, keines Menschen Wille wollest du beugen. Nicht befehlen magst du deinen Sklaven, damit du nicht fallest in Schuld; uns aber befiehlst du und stößt in unser Leben. Wo ist, ich frage dich, hier Recht vor Gott und den Menschen?»

Virata schwieg lange. Als er den Blick hob, sah er die Flamme der Habgier in ihren Blicken, und Grauen kam über seine Seele. Dann sagte er leise:

«Ihr habt mich recht belehrt. Ich will nicht Gewalt tun wider euch. Nehmt das Haus und teilt es nach eurem Willen, ich habe nicht teil mehr an der Habe und nicht an der Schuld. Wohl hast du gesprochen: wer herrscht, macht unfrei die andern, doch seine Seele vor allem. Wer leben will ohne Schuld, darf nicht teilhaben an Haus und fremdem Geschick, darf sich nicht nähren von fremder Mühe, nicht trinken von anderer Schweiß, darf nicht hängen an der Wollust des Weibes und der Trägheit des Sattseins: nur wer allein lebt, lebt seinem Gotte, nur der Tätige fühlt ihn, nur die Armut hat ihn ganz. Ich aber will dem Unsichtbaren näher sein als der eigenen Erde, ich will leben ohne Schuld. Nehmt das Haus und teilt es in Frieden.»

Virata wandte sich und ging. Seine Söhne standen erstaunt; die gesättigte Habsucht brannte ihnen süß im Leibe, und doch waren sie beschämt in ihrer Seele.

Virata aber schloß sich ein in seine Kammer, hörte auf Ruf nicht und Mahnung. Erst als die Schatten in die Nacht fielen, rüstete er sich zum Wege, nahm einen Stab, die Almosenschale, ein Beil zum Werk, eine Handvoll Früchte zur Zehrung und die Palmblätter mit den Schriften der Weisheit zur Andacht, schürzte sein Gewand über die Knie hoch und ließ schweigend sein Haus, ohne sich noch einmal umzuwenden nach Weib, Kindern und aller Gemeinschaft seiner Habe. Die ganze Nacht wanderte er bis zu dem Flusse, in den er einst in bitterer Stunde des Erwachens sein Schwert gesenkt, überquerte die Furt und zog dann stromaufwärts am andern Ufer, wo nirgends Bebautes war und die Erde den Pflug noch nicht kannte.

Um die Morgenröte kam er an eine Stelle, wo der Blitz in einen uralten Mangobaum gefahren und eine Lichtung in das Dickicht gebrannt. Der Fluß strich lind im Bogen vorbei, und ein Schwarm von Vögeln umschwärmte das niedere Wasser, um furchtlos zu trinken. Helle war hier vom offenen Strom und Schatten im Rücken von den Bäumen. Zersplittert vom Schlage lag noch Holz umher und geknicktes Gesträuch. Virata besah das einsam lichte Geviert inmitten des Waldes. Und er beschloß, hier eine Hütte zu bauen und sein Leben ganz der Betrachtung zu leben, abseits von den Menschen und ohne Schuld.

Fünf Tage zimmerte er an der Hütte, denn seine Hände waren der Arbeit entwöhnt. Und auch dann noch war sein Tagewerk voll Mühe, denn er mußte sich Früchte suchen für seine Nahrung, das Dickicht von seiner Hütte wehren, das gewaltsam wieder heranwuchs, und einen Raum roden im Kreise mit spitzen Pflöcken, damit die Tiger, die hungrig im Dunkel brüllten, nicht herankämen des Nachts. Kein Laut von Menschen aber drang in sein Leben und verstörte ihm die Seele, still strömten die Tage vorbei wie das Wasser im Strome, sanft erneuert von unendlicher Quelle.

Nur die Vögel kamen noch immer, der ruhende Mann ängstigte sie nicht, und bald nisteten sie an seiner Hütte. Er streute ihnen Samen der großen Blumen und harte Früchte hin. Willig sprangen sie zu und scheuten nicht mehr seine Hände, sie flogen von den Palmen nieder, wenn er sie lockte, er spielte mit ihnen, und sie ließen sich vertraut von ihm berühren. Einmal fand er in dem Walde einen jungen Affen, der, ein Bein gebrochen und kindisch schreiend, auf dem Boden lag. Er nahm ihn zu sich und zog ihn auf, bis er gelehrig wurde und ihm in spielhafter Weise nachahmerisch diente wie ein Knecht. So war er sanft umgeben von Lebendigem, aber er wußte immer, daß auch in den Tieren die Gewalt schlummerte und das Böse wie im Menschen. Er sah, wie die Alligatoren einander bissen und jagten im Zorne, wie Vögel Fische mit spitzem Schnabel aus der Flut rissen und wiederum wie Schlangen die Vögel plötzlich ringelnd umpreßten: die ungeheure Kette der Vernichtung, die jene feindliche Göttin um die Welt geschlungen, ward ihm offenbar als Gesetz, dagegen das Wissen sich nicht weigern konnte. Doch dies tat wohl, nur als Schauender über diesen Kämpfen zu sein, unteilhaft jeder Schuld am wachsenden Kreise der Vernichtung und Befreiung.

Ein Jahr und manche Monde hatte er keinen Menschen gesehn. Einmal aber geschah es, daß ein Jäger eines Elefanten Spur folgte zur Tränke und vom jenseitigen Ufer seltsames Bild erschaute. Da saß, umleuchtet vom gelben Schimmer des Abends, vor schmaler Hütte ein Weißbart, Vögel nisteten friedlich in seinem Haar, ein Affe schlug mit hellen Schlägen ihm Nüsse vor den Füßen entzwei. Er aber sah auf zu den Wipfeln, wo blau und bunt die Papageien schaukelten, und als er mit einmal die Hand erhob, rauschten sie, eine goldene Wolke, herab und flogen in seine Hände. Dem Jäger aber dünkte, er hätte den Heiligen gesehen, von dem verheißen war, «die Tiere werden zu ihm sprechen mit der Stimme von Menschen, und die Blumen wachsen unter seinen Schritten. Er kann die Sterne pflücken mit den Lippen und weghauchen den Mond mit einem Atem seines Mundes». Und der Jäger ließ seine Jagd und eilte heimwärts, das Erschaute zu berichten.

Am nächsten Tage schon drängten Neugierige her, das Wunder vom andern Ufer zu erspähen, immer mehr wurden der Erstaunten, bis einer unter ihnen Virata erkannte, den Verschollenen seiner Heimat, der Haus und Erbe gelassen um der großen Gerechtigkeit willen. Weiter flog die Kunde, und sie erreichte den König, der schmerzlich den Getreuen vermißte, und er ließ eine Barke rüsten mit viermal sieben Ruderknechten. Und sie schlugen die Ruder, bis das Boot stromaufwärts kam an die Stelle von Viratas Hütte, dann warfen sie Teppiche vor des Königs Fuß, der dem Weisen entgegenschritt. Es waren aber ein Jahr und sechs Monde, daß Virata die Stimme von Menschen nicht mehr gehört; scheu stand er und zögernd vor seinen Gästen, vergaß die Beugung des Dieners vor dem Gebieter und sagte nur: «Gesegnet sei dein Kommen, mein König.»

Der König umfing ihn:

«Seit Jahren sehe ich deinen Weg entgegengehen der Vollendung, und ich bin gekommen, das Seltene zu schauen, wie ein Gerechter lebt, auf daß ich von ihm lerne.»

Virata neigte sich:

«Mein Wissen ist einzig dies, daß ich verlernte, mit Menschen zu sein, um ledig zu bleiben aller Schuld. Nur sich selbst kann der Einsame belehren. Nicht weiß ich, ob es Weisheit ist, was ich tue, nicht weiß ich, ob es Glück ist, was ich fühle – nichts weiß ich zu raten und nichts zu lehren. Die Weisheit des Einsamen ist eine andere denn die der Welt, das Gesetz der Betrachtung ein anderes denn das der Tat.»

«Aber schon Schauen, wie ein Gerechter lebt, ist Lernen», antwortete der König. «Seit ich dein Auge gesehn, fühle ich schuldlose Freude. Mehr begehre ich nicht.»

Virata neigte sich abermals. Und abermals umfaßte ihn der König:

«Kann ich dir einen Wunsch erfüllen in meinem Reiche oder ein Wort bringen an die Deinen?»

«Nichts ist mein mehr, mein König, oder alles auf dieser Erde. Ich habe vergessen, daß mir einst ein Haus war unter andern Häusern und Kinder unter andern Kindern. Der Heimatlose hat die Welt, der Abgelöste die Gänze des Lebens, der Schuldlose den Frieden. Ich habe keinen Wunsch, denn schuldlos zu bleiben auf Erden.»

«So lebe wohl und gedenke mein in dieser Andacht.»

«Ich gedenke des Gottes, und so gedenke ich auch dein und aller auf dieser Erde, die sein Teil sind und sein Atem.»

Virata beugte sich. Das Boot des Königs glitt wieder abwärts den Strom, und viele Monde hörte der Einsame keines Menschen Stimme mehr.

Noch einmal hob der Ruhm Viratas die Flügel auf und flog wie ein weißer Falke über das Land. Bis in die fernsten Dörfer und an die Hütten des Meeres ging die Kunde von jenem, der Haus und Erbe gelassen, um das wahre Leben der Andacht zu leben, und die Menschen nannten den Gottfürchtigen mit dem vierten Namen der Tugend, den «Stern der Einsamkeit». Die Priester rühmten seine Entsagung in den Tempeln und der König vor seinen Dienern; sprach aber ein Richter im Lande einen Spruch, so fügte er bei: «Möge mein Wort gerecht sein, wie jenes Viratas gewesen, der nun dem Gotte lebt und um alle Weisheit weiß.»

Es geschah nun manchmal und immer öfter mit den Jahren, daß ein Mann, wenn er das Unrecht seines Tuns und den dumpfen Sinn seines Lebens erkannte, Haus und Heimat ließ, sein Eigen verschenkte und in den Wald wanderte, sich wie jener eine Hütte zu zimmern und dem Gotte zu leben. Denn das Beispiel ist das stärkste Band auf Erden, das die Menschen bindet; jede Tat weckt in andern den Willen zum Rechten, daß er aufspringt vom Schlummer seines Träumens und tätig die Stunden erfüllt. Und diese Erwachten wurden inne ihres leeren Lebens, sie sahen das Blut an ihren Händen und die Schuld in ihren Seelen; so huben sie sich auf und gingen ins Abseits, sich eine Hütte zu zimmern wie jener, nur noch der nackten Notdurft des Körpers zu leben und der unendlichen Andacht. Wenn sie einander begegneten beim Früchtesuchen am Wege, sprachen sie kein Wort, um nicht neue Gemeinschaft zu schließen, aber ihre Augen lächelten einander freudig zu und ihre Seelen boten sich Frieden. Das Volk aber nannte jenen Wald die Siedlung der Frommen. Und kein Jäger streifte durch seine Wildnis, um die Heiligkeit nicht durch Mord zu verstören.

Einmal nun, als Virata morgens im Walde schritt, sah er einen der Einsiedler reglos auf die Erde hingestreckt, und als er sich über ihn beugte, um den Gesunkenen aufzurichten, merkte er, daß kein Leben mehr in seinem Leibe war. Virata schloß dem Toten die Augen, sprach ein Gebet und suchte die entseelte Hülle aus dem Dikkicht zu tragen, damit er einen Scheiterhaufen rüste und der Leib dieses Bruders rein eingehen könne in die Verwandlung. Aber die Last ward seinen Armen zu schwer, die sich entkräftet hatten in der kärglichen Nahrung der Früchte. So ging er, um Hilfe zu erbitten, über die Furt des Stromes zum nächsten Dorf.

Als die Bewohner des Dorfes den Erhabenen ihre Straße wandeln sahen, kamen sie, ehrfürchtig seinen Willen zu hören, und gingen sogleich, Bäume zu fällen und den Toten zu bestatten. Wo aber Virata ging, beugten sich die Frauen, die Kinder blieben stehen und sahen ihm staunend nach, der schweigend schritt, und mancher Mann trat aus seinem Hause, des erhabenen Gastes Kleid zu küssen und den Segen des Heiligen zu empfangen. Virata aber ging lächelnd durch diese blinde Welle und fühlte, wie sehr und wie rein er die Menschen wieder zu lieben vermochte, seit er ihnen nicht mehr verbunden war.

Als er aber an dem letzten niedern Hause des Dorfes vorbeischritt, überall heiter den guten Gruß der Nahenden erwidernd, sah er dort die zwei Augen eines Weibes voll Haß auf sich gerichtet – er schrak zurück, denn ihm war, als hätte er wieder die starren, seit Jahren vergessenen Augen seines gemordeten Bruders gesehen. Jach fuhr er zurück, so entwöhnt war seine Seele aller Feindlichkeit in der Zeit der Abkehr geworden. Und er beredete sich, es möge ein Irrtum gewesen sein seiner Augen. Aber die Blicke standen noch immer schwarz und starr gegen ihn. Und als er, wieder Herr seiner Ruhe, den Schritt löste, um auf das Haus zuzutreten, fuhr die Frau feindselig in den Gang zurück, aus dessen dunkler Tiefe er aber das Glimmern jenes Blickes noch auf sich brennen fühlte wie das Auge eines Tigers im reglosen Dickicht.

Virata ermannte sich. «Wie kann ich in Schuld sein wider jene, die ich niemals gesehen, daß ihr Haß gegen mich springt», sagte er sich. «Es muß ein Irrtum sein, ich will ihn klären.» Ruhig trat er hin an das Haus und klopfte mit dem Knöchel an die Tür. Nur der nackte Schall schlug zurück, und doch fühlte er die haßerfüllte Nähe des fremden Weibes. Geduldig pochte er weiter, wartete und pochte wie ein Bettler. Endlich trat die Zögernde vor, finster und feindlich den Blick gegen ihn gewandt.

«Was willst du noch von mir?» fuhr sie ihn fauchend an. Und er sah, sie mußte sich an den Pfosten halten, so schüttelte sie der Zorn.

Virata aber sah nur in ihr Antlitz, und sein Herz ward leicht, da er gewiß ward, daß er sie niemals zuvor gesehen. Denn sie war jung und er war seit Jahren aus dem Wege der Menschen; nie konnte er ihren Pfad gekreuzt haben und etwas wider ihr Leben getan.

«Ich wollte dir den Gruß des Friedens geben, fremde Frau», antwortete Virata, «und dich fragen, weshalb du im Zorne auf mich blickst. War ich dir etwa feind, habe ich etwas wider dich getan?»

«Was du mir getan hast?» – ein böses Lachen ging ihr

um den Mund – «was du mir getan hast? Ein Geringes nur, ein ganz Geringes: mein Haus hast du von Fülle zu Leere getan, mir Liebstes geraubt und mein Leben zum Tode geworfen. Geh, daß ich dein Antlitz nicht mehr sehe, sonst verschließt sich nicht länger mehr mein Zorn.»

Virata sah sie an. So irr war ihr Auge, daß er meinte, Wahnwitz hätte die Fremde erfaßt. Schon wandte er sich, weiterzugehen, und sagte: «Ich bin nicht der, den du meinst. Ich lebe abseits von den Menschen und trage keines Schicksals Schuld. Dein Auge verkennt mich.»

Aber ihr Haß fuhr hinter ihm her:

«Wohl erkenne ich dich, den alle kennen! Virata bist du, den sie den Stern der Einsamkeit nennen, den sie rühmen mit den vier Namen der Tugend. Aber ich werde dich nicht rühmen, mein Mund wird schreien wider dich, bis er den letzten Richter der Lebendigen erreicht. So komm, da du fragst, und sieh, was du an mir getan.»

Und sie faßte den Erstaunten und riß ihn in das Haus, stieß eine Türe auf zu jenem Raum, der nieder und dunkel war. Und sie zog ihn zur Ecke, wo auf dem Boden etwas auf einer Matte reglos lag. Virata beugte sich nieder, und schauernd fuhr er zurück: ein Knabe lag dort tot, und seine Augen starrten zu ihm auf wie einst die Augen des Bruders in der ewigen Klage. Neben ihm aber schrie, geschüttelt von Schmerz, das Weib: «Der dritte, der letzte war es meines Schoßes, und auch ihn hast du gemordet, du, den sie den Heiligen nennen und den Diener der Götter.»

Und als Virata fragend das Wort aufheben wollte zur Abwehr, riß sie ihn weiter: «Hier, sieh den Webstuhl, den leeren! Hier stand Paratika, mein Mann, des Tages und webte weißes Linnen, kein besserer Weber war im

Lande. Von ferne kamen sie und brachten ihm Arbeit, und die Arbeit brachte uns Leben. Hell waren unsere Tage, denn ein Gütiger war Paratika und sein Fleiß ohne Abbruch. Er mied die Verworfenen und mied die Gasse, drei Kinder weckte er meinem Schoß, und wir zogen sie auf, daß sie Männer würden nach seinem Ebenbilde, gütig und gerecht. Da vernahm er – wollte Gott, nie wäre der Fremde gekommen – von einem Jäger, daß einer wäre im Lande, der hätte Haus und Habe gelassen, um einzugehen als Irdischer in den Gott, und hätte ein Haus gebaut mit den Händen. Da wurde der Sinn Paratikas dunkler und dunkler, er sann viel des Abends, und selten sprach er ein Wort. Und eines Nachts, da ich erwachte, war er von meiner Seite gegangen in den Wald, den sie den Wald der Frommen nennen und wo du weiltest, um Gottes gedenk zu sein. Aber da er sein gedachte, vergaß er unser und vergaß, daß wir lebten von seiner Kraft. Armut kam in das Haus, es fehlte den Kindern an Brot, eines starb hin nach dem andern, und heute ist dies, das letzte, gestorben um deinetwillen. Denn du hast ihn verführt. Darum, daß du näher seist dem wahren Wesen des Gottes, sind drei Kinder meines Leibes in die harte Erde gefahren. Wie willst du dies sühnen, Hochmütiger, wenn ich dich anrufe vor dem Richter der Toten und Lebendigen, daß ihr kleiner Leib sich krümmte in tausend Qualen, ehe er verging, indes du Krumen den Vögeln hinwarfst und fern warst von allem Leid? Wie willst du dies sühnen, daß du einen Gerechten verlockt, die Arbeit zu lassen, die ihn nährte und die unschuldigen Knaben, mit dem törichten Wahne, er sei im Abseits näher dem Gott als im lebendigen Leben?»

Virata stand blaß mit bebender Lippe:

«Ich habe dies nicht gewußt, daß ich andern ein Anstoß war. Allein meinte ich zu tun.»

«Wo ist dann deine Weisheit, du Weiser, wenn du dies nicht weißt, was Knaben schon wissen, daß alles Tun von Gott getan ist, daß keiner sich mit Willen ihm entwindet und dem Gesetz der Schuld. Nichts denn ein Hochmütiger bist du gewesen, der du meintest, Herr zu sein deines Tuns und andere zu belehren: was die Süße war, ist nun meine Bitternis, und dein Leben ist dieses Kindes Tod.»

Virata sann eine Weile. Dann neigte er sich:

«Du sprichst wahr, und ich sehe: immer ist in einem Schmerz mehr Wissen um Wahrheit als in aller Weisen Gelassenheit. Was ich weiß, habe ich gelernt von den Unglücklichen, und was ich schaute, das sah ich durch den Blick der Gequälten, den Blick des ewigen Bruders. Nicht ein Demütiger des Gottes, wie ich meinte, ein Hochmütiger bin ich gewesen: dies weiß ich durch dein Leid, das ich nun leide. Verzeihe mir darum, daß ich es bekenne: ich trage an dir Schuld, und an vielem anderen Schicksal wohl auch, das ich nicht ahne. Denn auch der Untätige tut eine Tat, die ihn schuldig macht auf Erden, auch der Einsame lebt in allen seinen Brüdern. Verzeih mir, Frau. Ich will wiederkehren aus dem Walde, auf daß auch Paratika wiederkehre und neues Leben dir wecke im Schoß für das vergangene.»

Er beugte sich nochmals und rührte den Saum ihres Kleides mit der Lippe. Da fiel aller Zorn von ihr ab. staunend sah sie dem Schreitenden nach.

Eine Nacht noch verbrachte Virata in seiner Hütte, sah den Sternen zu, wie sie weiß aus der Tiefe des Himmels brachen und wieder erloschen im Morgen, noch einmal rief er die Vögel zum Futter und liebkoste sie. Dann nahm er Stab und Schale, wie er gekommen war vor Jahr und Jahr, und ging zurück in die Stadt.

Kaum verbreitete sich die Kunde, daß der Heilige seine Einsamkeit verlassen habe und wieder in den Mauern weile, so strömte das Volk aus den Gassen, selig, den selten Erschauten zu sehen, manche aber auch in geheimer Angst, sein Nahen aus dem Gotte möge Verkündigung eines Unheils bedeuten. Wie durch einen winkenden Wall voll Ehrfurcht schritt Virata dahin und versuchte, mit dem heitern Lächeln, das sonst lind auf seinen Lippen saß, die Menschen zu grüßen, aber zum erstenmal vermochte er es nicht mehr, sein Auge blieb ernst und sein Mund verschlossen.

So gelangte er in den Hof des Palastes. Es war die Stunde des Rates vorüber und der König allein. Virata ging auf ihn zu, der aufstand, ihn in seine Arme zu schließen. Aber Virata beugte sich zu Boden und faßte den Saum von des Königs Kleide im Zeichen der Bitte.

«Sie ist erfüllt, deine Bitte», sagte der König, «ehe sie noch Wort war auf deiner Lippe. Ehre über mich, daß mir Macht gegeben ist, einem Frommen zu dienen und eine Hilfe zu sein für den Weisen.»

«Nicht nenne mich einen Weisen», antwortete Virata, «denn mein Weg war nicht der rechte. Ich bin im Kreise gegangen und stehe, ein Bittender, vor deiner Schwelle, wo ich einstens stand, daß du mich meines Dienstes entbändest. Ich wollte frei sein von Schuld und mied alles Tun, aber auch ich ward verstrickt in das Netz, das den Irdischen gespannt ist von den Göttern.»

«Fern sei mir, dies von dir zu glauben», antwortete

der König. «Wie konntest du unrecht tun an den Menschen, der du sie miedest, wie in Schuld fallen, da du im Gotte lebtest?»

«Nicht mit Wissen habe ich unrecht getan, ich habe die Schuld geflohen, doch unser Fuß ist an die Erde gefesselt und unser Tun an der Ewigen Gesetze. Auch die Tatenlosigkeit ist eine Tat, nicht konnte ich den Augen des ewigen Bruders entrinnen, an dem wir ewig tun Gutes und Böses, wider unseren Willen. Doch siebenfach bin ich schuldig, denn ich floh vor dem Gotte und wehrte dem Leben den Dienst, ein Nutzloser war ich, denn ich nährte nur mein Leben und diente keinem andern. Nun will ich wieder dienen.»

«Fremd ist mir deine Rede, Virata, ich verstehe dich nicht. Sag mir deinen Wunsch, daß ich ihn erfülle.»

«Ich will nicht mehr frei sein meines Willens. Denn der Freie ist nicht frei und der Untätige nicht ohne Schuld. Nur wer dient, ist frei, wer seinen Willen gibt an einen andern, seine Kraft an ein Werk und tut, ohne zu fragen. Nur die Mitte der Tat ist unser Werk – ihr Anfang und Ende, ihre Ursache und ihr Wirken steht bei den Göttern. Mache mich frei von meinem Willen – denn alles Wollen ist Wirrnis, alles Dienen ist Weisheit –, daß ich dir danke, mein König.»

«Ich verstehe dich nicht. Ich soll dich frei machen, forderst du, und bittest in einem um Dienst. So ist nur frei, wer eines andern Dienst übernimmt, und jener nicht, der ihm den Dienst befiehlt. Ich verstehe das nicht.»

«Es ist gut, mein König, daß du dieses nicht verstehst in deinem Herzen. Denn wie könntest du noch König sein und gebieten, wenn du es verstündest?»

Des Königs Antlitz wurde dunkel im Zorne:

«So meinest du, daß der Gebieter geringer sei vor dem Gotte als der Knecht?»

«Es ist keiner geringer und keiner größer vor dem Gotte. Wer nur dient und seinen Willen hingibt, ohne zu fragen, der hat die Schuld von sich getan und rückgegeben an den Gott. Wer aber will und meint, er könne mit Weisheit das Feindliche meiden, der fällt in Versuchung und fällt in Schuld.»

Das Antlitz des Königs blieb dunkel:

«So ist auch ein Dienst gleich dem andern, und keiner größer und keiner geringer vor dem Gotte und vor den Menschen?»

«Es mag sein, daß manches größer scheine vor den Menschen, mein König, doch eins ist alles Dienen vor dem Gotte.»

Der König sah lange und finster Virata an. Böse krümmte sich der Stolz in seiner Seele. Als er aber sein verschüttetes Antlitz gewahrte und das weiße Haar über der faltigen Stirne, meinte er, der Alte sei kindisch geworden vor der Zeit, und sagte spottend, um ihn zu versuchen:

«Würdest du Aufseher der Hunde sein wollen in meinem Palast?»

Virata neigte sich und küßte die Stufe zum Zeichen des Dankes.

Von jenem Tage an war der Greis, den das Land einst gepriesen und mit den vier Namen der Tugend, Hüter der Hunde in der Scheune vor dem Palast und wohnte mit den Knechten im untern Gelasse. Seine Söhne schämten sich seiner, in feigem Kreise umgingen sie das Haus, damit sie seiner nicht gewahr würden und sich nicht müßten seines Blutes bekennen vor den andern, die Priester kehrten sich von dem Unwürdigen ab. Nur das Volk stand und staunte noch einige Tage, wenn der greise Mann, der einste der Erste des Reiches gewesen, als Diener mit der Koppel der Hunde kam. Aber er achtete ihrer nicht, und so verliefen sie sich bald und dachten seiner nicht mehr.

Virata tat getreulich seinen Dienst von der Röte des Morgens bis zur Röte des Abends. Er wusch den Tieren die Lefzen und kratzte die Räude von ihrem Fell, er trug ihnen Speise und bettete ihr Lager und kehrte ihren Unrat. Bald liebten die Hunde ihn mehr denn irgendeinen des Palastes, und er war dessen froh; sein alter zerfalteter Mund, der selten zu Menschen sprach, lächelte immer bei ihrer Freude, und er liebte seine Jahre, die lange waren und ohne großes Geschehen. Der König ging vor ihm in den Tod, ein neuer kam, der seiner nicht achtete und ihn einmal mit dem Stocke schlug, weil ein Hund knurrte, da er vorüberging. Und auch die andern Menschen vergaßen allmählich seines Lebens.

Als aber auch seine Jahre erfüllt waren und Virata starb und eingescharrt ward in der Kehrichtgrube der Knechte, besann sich keiner im Volke mehr dessen, den das Land einst gerühmt mit den vier Namen der Tugend. Seine Söhne verbargen sich, und kein Priester sang den Sang des Todes an seinem abgelebten Leibe. Nur die Hunde heulten zwei Tage und zwei Nächte lang, dann vergaßen auch sie Viratas, dessen Namen nicht eingeschrieben ist in die Chroniken der Herrscher und nicht verzeichnet in den Büchern der Weisen.

DER BEGRABENE LEUCHTER

Eben hatte an einem hellen Junitage des Jahres 455 im Zirkus Maximus von Rom der Kampf zweier riesenhafter Heruler gegen eine Meute hyrkanischer Eber blutig geendet, als um die dritte Stunde des Nachmittags steigende Unruhe sich unter den Tausenden von Zuschauern zu verbreiten begann. Zuerst war es nur den nächsten Nachbarn aufgefallen, daß in der abgesonderten, mit Teppichen und Standbildern reich geschmückten Tribüne, wo inmitten seiner Hofbeamten der Kaiser Maximus saß, ein Bote eingetreten war, staubbedeckt und sichtlich eben abgesprungen nach hitzigem Ritt, und daß, kaum hatte er dem Kaiser seine Nachricht gemeldet, dieser gegen alle Sitte sich inmitten des aufgeregten Spieles erhob; ihm folgte mit gleich auffälliger Eile der gesamte Hof, und bald leerten sich auch die den Senatoren und andern Würdenträgern zugewiesenen Sitze. Ein dermaßen überstürzter Aufbruch konnte nicht ohne gewichtige Ursache sein. Vergebens, daß neuerdings scharfe Fanfaren einen abermaligen Tierkampf ankündigten und aus dem gehobenen Gitter mit dumpfem Gebrüll ein schwarzbemähnter numidischer Löwe den kurzen Messern der Gladiatoren entgegengejagt wurde – die dunkle Woge der Unruhe, von dem blassen Gischt fragender und ängstlich erregter Gesichter überschäumt, hatte sich schon unwiderstehlich erhoben und lief weiter von Reihe zu Reihe. Man sprang auf, man deutete hinüber zu den leeren Plätzen der Vornehmen, man fragte und lärmte und rief und pfiff; da verbreitete sich auf einmal, niemand wußte, wer es zuerst ausgesprochen, das wirre Gerücht, die Vandalen, diese gefürchteten Piraten des Mittelmeers, wären mit mächtiger Flotte in Portus gelandet und schon unterwegs gegen die unbekümmerte Stadt. Die Vandalen! Erst lief das Wort nur als blasses Geflüster von Mund zu Mund, dann plötzlich ward es ein grell aufspringender Schrei «Die Barbaren, die Barbaren!», hundertstimmig, tausendstimmig das steinern gestufte Rund des Zirkus durchdröhnend, und schon jagte, wie von einem gewittrigen Windstoß aufgerissen, die ungeheure Menschenmasse in rasender Panik dem Ausgang zu. Alle Ordnung brach zusammen. Die Garden, die Wachsoldaten verließen ihre Plätze und flüchteten mit; man sprang über die Sitze, man hieb sich mit Fäusten und Schwertern einen Weg, man zertrat kreischende Frauen und Kinder, an den Ausgängen bildeten sich kreiselnde, kreischende Trichter zusammengequirlter Massen. Nach wenigen Minuten war der weite Zirkus, der eben noch achtzigtausend Menschen in einen dunklen tönenden Block zusammengepreßt, völlig ausgefegt. Marmorn und stumm und leer wie ein verlassener Steinbruch lag das gestufte Oval in der sommerlichen Sonne. Nur unten in der Arena stand – die Fechter waren längst den andern nachgeflüchtet –, die schwarze Mähne schüttelnd, der vergessene Löwe und brüllte herausfordernd in die plötzliche Leere.

Es waren die Vandalen. Bote auf Bote hetzte jetzt heran und jede Nachricht war schlimmer als die frühere. Mit Hunderten Seglern und Galeeren waren sie gelandet, ein behendes, bewegliches Volk; schon flitzten auf der

Portuensischen Straße mit raschen, langhalsigen Hengsten die weißmäntligen berberischen und numidischen Reiter dem eigentlichen Heere voraus; morgen, übermorgen mußten die Räuberscharen schon vor den Toren stehen, und nichts war zur Abwehr bereit. Die Söldnerarmee kämpfte irgendwo weit bei Ravenna, die Befestigungsmauern lagen, seit Alarich die Stadt geschleift, in Trümmern. Niemand dachte an Verteidigung. Die Reichen und Vornehmen rüsteten hastig, um mit dem Leben zumindest auch einen Teil ihrer Habe zu retten, Maultiere und Karren. Aber schon war es zu spät. Denn das Volk wollte es nicht dulden, daß im Glück die Vornehmen es preßten und im Unglück feig verließen. Und als Maximus, der Kaiser, mit seinem Troß dem Palast entweichen wollte, sausten zuerst Flüche und dann Steine ihm entgegen; schließlich fiel der erbitterte Pöbel über den Feigen her und erschlug seinen kläglichen Kaiser mit Keulen und Äxten auf der Straße. Zwar sperrte man nachher, wie jeden Abend, die Tore; aber eben dadurch war die Angst in der Stadt völlig verschlossen; schwer drückend wie ein fauler, sumpfiger Dunst lag das Vorgefühl eines Fürchterlichen über den verstummten, lichtlosen Häusern, und wie eine erstickende Decke bauschte das Dunkel sich nieder über die verlorene Stadt, die in Schauer und Schrecken verging; unbekümmert und leicht aber leuchteten oben die ewig gleichgültigen Sterne, und an die azurne Wand des Himmels hängte wie allnachts der Mond sein silbernes Horn. Schlaflos und mit bebenden Nerven lag Rom und wartete auf die Barbaren wie ein Verurteilter, das Haupt bereits über den Block gepreßt, auf den unabwendbaren und schon angeschwungenen Schlag.

Langsam, sicher, planhaft, sieghaft zogen unterdes die Vandalen auf der leeren Römerstraße vom Hafen heran. Wohlgeordnet marschierten die blonden, langhaarigen, germanischen Krieger, Hundertschaft nach Hundertschaft, im gutgelernten militärischen Schritt, und unruhig voraus stiebten bügellos und mit flirrenden Wendungen ihre schönen Vollblutpferde tummelnd die Hilfsvölker der Wüste, die dunkelhäutigen und pechhaarigen Numidier. Mitten im Zuge ritt Genserich, der König der Vandalen. Lässig zufrieden lächelte er vom Sattel herab auf seine marschierende Volksschar. Der alte erfahrene Krieger wußte längst durch Späher, daß ernstlicher Widerstand nicht zu befürchten war, daß sie diesmal nicht zu entscheidender Feldschlacht rüsteten, sondern nur zu ungefährlicher Beutung. In der Tat: kein feindlicher Krieger zeigte sich. Erst an der Porta Portuensis, wo die schön geebnete Hafenstraße das innere Geviert Roms erreicht, trat dem König Papst Leo entgegen, geschmückt mit allen Insignien und funkelnd umringt von der ganzen Klerisei, Papst Leo, derselbe weißbärtige Greis, der erst wenige Jahre zuvor den schrecklichen Attila so glorreich bewogen, Rom zu verschonen, und dessen Bitte sich damals der heidnische Hunne in unbegreiflicher Demut gefügt. Auch Genserich stieg sofort vom Pferde, als er des majestätischen Weißbarts ansichtig ward, und hinkte ihm (sein rechter Fuß war verkürzt) höflich entgegen. Aber weder küßte er die Hand mit dem Fischerring noch beugte er fromm das Knie, weil er als arianischer Ketzer den Papst bloß als Usurpator des wahren Christentums betrachtete, und die beschwörende lateinische Anrede des Papstes, er möge die heilige Stadt doch schonen, nahm er mit kühlem Hochmut entgegen. Nein, keine

Sorge, ließ er durch seinen Dolmetsch antworten, man solle nichts Unmenschliches von ihm befürchten, er sei selber ein Kriegsmann und Christ. Er werde Rom nicht mit Feuer verbrennen und nicht zerstören, obwohl diese herrschsüchtige Stadt tausend und tausend Städte geschleift und dem Erdboden gleichgemacht. Er werde in seiner Großmut sowohl das Kirchengut als auch die Frauen verschonen und nur «sine ferro et igne» beuten nach dem Recht des Stärkeren und des Siegers. Aber nun rate er – und dies sagte Genserich drohend, während ihm sein Stallmeister schon wieder in den Bügel half – ohne jeden weiteren Verzug ihm die Tore Roms zu öffnen.

Es geschah, wie Genserich es gefordert. Kein Speer wurde geschwungen, kein Schwert gezückt. Eine Stunde später gehörte ganz Rom den Vandalen. Aber nicht wie eine unbeherrschte Horde ergoß sich die siegreiche Piratenschar über die wehrlose Stadt. In geschlossenen Reihen, gezähmt von Genserichs eiserner, herrischer Hand, marschierten sie ein, die hohen und festen flachsblonden Krieger, durch die Via Triumphalis, und starrten nur manchmal neugierigen Blicks auf die tausend und tausend weißäugigen Statuen, die mit ihren stummen Lippen Beute zu versprechen schienen. Genserich selbst begab sich sofort nach dem Einmarsch in das Palatinum, die verlassene Wohnung des Kaisers. Aber weder nahm er die beabsichtigte Huldigung der Senatoren entgegen, die in ängstlicher Reihe warteten, noch ließ er ein Festmahl rüsten; kaum einen Blick warf er auf die Geschenke, mit denen die reiche Bürgerschaft seine Strenge zu beschwichtigen hoffte, sondern sogleich entwarf der harte Soldat, über eine Karte gebeugt, seinen Plan zur schnellsten und zugleich gründlichsten Schatzung der Stadt.

Jeder Distrikt wurde einer andern Hundertschaft unterstellt und jeder der Unterführer für die Mannszucht seiner Leute verantwortlich gemacht. Denn was nun anhob, war keine wilde und regellose Plünderung, sondern planvoll-methodischer Raub. Zunächst wurden auf Genserichs Befehl die Tore geschlossen und mit Posten besetzt, damit nicht eine Spange oder eine Münze in der riesigen Stadt ihm entkomme. Dann beschlagnahmten seine Soldaten die Kähne, die Fuhrwerke, die Tragtiere und preßten Tausende der Sklaven zum Dienst, auf daß mit möglichster Eile alles, was Rom an Schätzen berge, vollzählig in das afrikanische Raubnest übersiedelt werden könne. Nun erst begann, planhaft und mit kalter, lautloser Sachlichkeit, die Plünderung. Gemächlich und kunstfertig, wie ein Metzger ein getötetes Tier zerstückelt, wurde in diesen dreizehn Tagen die lebendige Stadt ausgeweidet und Stück auf Stück aus ihrem nur leise zukkenden Leibe gerissen. Von Haus zu Haus, von Tempel zu Tempel gingen die einzelnen Trupps, geführt von einem der vandalischen Edelinge und begleitet von einem Schreiber, und holten, eines nach dem andern, alles heraus, was kostbar und beweglich war, die goldenen und silbernen Gefäße, die Spangen, die Münzen, die Juwelen, die Ambraketten aus Nordland, die Pelze aus Transsylvanien, den pontischen Malachit und die persischen gehämmerten Schwerter. Sie zwangen die Werkleute, sauber das Mosaik von den Wänden der Tempel abzulösen und die porphyrnen Fliesen wegzubrechen aus den Peristylen. Alles geschah vorbedacht, geübt und genau. Mit Winden, damit sie nicht beschädigt würden, holten die Werkleute die erzenen Gespanne von den Triumphbogen herab, und von den Sklaven ließen sie

Ziegel für Ziegel, nachdem sie das Gebäude ausgeraubt, das vergoldete Tempeldach des Jupiter Capitolinus abdecken. Nur die erzenen Säulen, die zu übermächtig groß waren, um in der Eile verladen zu werden, hieß Genserich mit Hämmern zerschlagen oder zersägen, um das Metall zu gewinnen. Straße um Straße, Haus nach Haus wurde sorglich ausgeräumt, und sobald sie die Wohnungen der Lebenden restlos geleert hatten, erbrachen sie die Tumuli, die Stätten der Toten. Aus den steinernen Sarkophagen rissen sie die juwelenen Kämme vom erloschenen Haar verstorbener Fürstinnen und die goldenen Spangen vom fleischlosen Gebein, die metallenen Spiegel raubten sie und die Siegelringe den Leichen, und selbst den Obolus, den man den Toten mit in das Grab tat, daß sie den Fährmann bezahlen könnten ins andere Reich, stahlen ihre gierigen Hände. Die gesamte Beute all dieser einzelnen Plünderungen wurde dann in getrennten Haufen auf einen vorausbestimmten Platz zusammengetragen. Da lag die goldgeflügelte Nike neben der mit Steinen geschmückten Truhe, die Gebeine einer Heiligen enthielt, und dem Spielwürfel einer vornehmen Dame. Silberne Barren häuften sich neben Purpurgewändern, köstlicher Glasguß neben grobem Metall. Jedes Stück vermerkte mit steifen nordischen Lettern der Schreiber auf seinem langen Pergament, um dem Raub den Schein einer gewissen Rechtlichkeit zu geben; Genserich selbst mit seinem Gefolge hinkte durch das Gewühl, tastete mit dem Stock die Dinge an, prüfte die Juwelen, lächelte und lobte. Wohlgefällig sah er zu, wie Karren für Karren und Kahn für Kahn hochbeladen die Stadt verließ. Aber kein Haus brannte, kein Blut wurde vergossen. Ruhig und regelmäßig, wie in einem Bergwerk die Förderwagen auf- und niedersteigen, leer der eine, gefüllt der andere, wanderten dreizehn Tage lang die Karrenzüge vom Hafen zum Meer und vom Meer zum Hafen. Gefüllt wanderten sie hinab, leer kamen sie zurück, und schon keuchten die Ochsen und die Maultiere unter der Last, denn solange man rückdachte in der Zeit, war nie in dreizehn Tagen so viel erbeutet worden wie bei diesem vandalischen Raube.

Dreizehn Tage lang hörte man in der tausendhäuserigen Stadt nicht mehr die menschliche Stimme. Niemand redete laut. Niemand lachte. Es schwieg das Saitenspiel in den Häusern, und in den Kirchen erhob sich kein Gesang. Nur das Hämmern vernahm man, mit dem man das Beständige losbrach von seiner Stelle, das Poltern der stürzenden Quadern, das Knarren der überbelasteten Wagen und das dumpfe Muhen der ermüdeten Zugtiere, auf die immer und immer wieder die Geißel der Peiniger schlug. Manchmal heulten die Hunde, denen Nahrung zu geben man in der eigenen Angst vergessen, manchmal dröhnte dunkel ein Tubaton über die Wälle, wenn die Wachen sich ablösten. Die Menschen selber aber in den Häusern hielten den Atem an. Gefällt lag die Stadt, die Siegerin der Welt, und wenn nachts der Wind hinging durch die leeren Gassen, klang es wie das matte Stöhnen eines Verwundeten, der das letzte Blut seinen Adern entströmen fühlt.

An jenem dreizehnten Abend der Plünderung saßen am linken Ufer des Tibers, dort, wo der gelbe Fluß sich träge krümmt wie eine überfütterte Schlange, die Juden der römischen Gemeinde zusammen im Hause Mose Abthalions. Er war keiner der Großen unter den andern und kein Kenner der Schrift, nur ein alter harter Arbeitsmann, aber sie hatten sein Haus gewählt zur Zusammenkunft, weil die ebenerdige Werkstatt mehr Raum bot als die andern engen, verwinkelten Stuben. Seit dreizehn Tagen saßen sie so täglich alle beisammen, mit grauen, übermüdeten Gesichtern, in ihren weißen Sterbegewändern, und beteten im Schatten der verschlossenen Läden zwischen den aufgehängten Rollen, den getünchten Tüchern und breiten Bottichen mit einer dumpfen und fast schon betäubten Beharrlichkeit. Bisher hatten sie noch nichts Böses erlitten von den Vandalen. Zwei- oder dreimal waren Trupps, begleitet von Edelingen und Schreibern, durch die niedere, enge Judengasse gezogen, wo die Nässe von vielen Überschwemmungen her wie Schwamm in den Fliesen der Häuser saß und in kalten Tränen von den versinterten Wänden niederrann; ein verächtlicher Blick genügte den geübten Räubern, um zu erkennen, daß von dieser Erbärmlichkeit nichts zu erbeuten war. Hier schimmerten keine marmorgetäfelten Peristyle, keine goldblitzenden Triklinien, hier bargen sich nicht erzene Statuen und Vasen. So zogen die Raubtruppen gleichgültig an ihnen vorbei und keine Brandschatzung, keine Plünderung drohte. Aber dennoch waren die Herzen der Juden Roms bedrückt, und sie drängten zusammen in beängstigtem Vorgefühl. Denn Unglück in der Stadt, in dem Land, wo sie wohnten – das wußten sie nun schon seit Geschlecht und Geschlecht – wandte sich schließlich immer zum Unglück für sie. Im Glück vergaßen die Völker sie und achteten ihrer nicht. Da schmückten sich die Fürsten und bauten und trieben Prunk und der Pöbel hatte seine grobe Lust mit Hatzen und Jagden und Spielen. Aber immer, wenn Notstand kam, gab man ihnen die Schuld. Schlimm war es, wenn die Feinde siegten, schlimm, wenn eine Stadt geplündert wurde, schlimm, wenn Pest oder Krankheit in die Länder kam. Alles Böse der Welt, sie wußten es, wurde unweigerlich zum Bösen für sie, und sie wußten auch längst, daß es gegen dies ihr Schicksal kein Auflehnen gab, denn überall und allorts waren sie wenige, überall und allorts waren sie schwach und ohne Gewalt. Ihre einzige Waffe war das Gebet.

So beteten die Juden Roms jeden Abend bis tief in die Nacht, all diese dunklen und gefährlichen Tage der Plünderung. Denn was konnte der Gerechte anderes tun in einer ungerechten und rohen Welt, wo immer wieder die Gewalt obsiegt, als weg von der Erde sich zu Gott hinwenden? Jahre und Jahre ging das schon. Bald kamen sie vom Süden, bald vom Osten und Westen, die blonden, die dunklen, die fremden Völker, und alle räuberisch, und kaum hatte eine Rotte gesiegt, so fiel schon eine andere über sie her. Überall auf der Erde kriegten die Gottlosen und ließen den Frommen nicht Frieden. So hatten sie Jeruscholajim genommen, Babylon und Alexandria, und heute erlitt es Rom. Wo man rasten wollte, war Unrast, wo man Frieden suchte, war Krieg; man konnte dem Schicksal nicht entkommen. Einzig im Gebet war auf dieser verstörten Erde Zuflucht, Ruhe und Trost. Denn wunderbar ist das Gebet. Es betäubt die Angst mit großer Verheißung, es schläfert die Schrecknis der Seele ein mit singender Litanei, es hebt die Schwere des Herzens zu Gott auf seiner murmelnden Schwinge; gut ist es darum, zu beten in der Not, und noch besser, gemeinsam zu beten, denn alles Schwere wird leichter, wenn gemeinsam getragen, und alles Gute besser vor Gott, wenn verbunden getan.

So saßen die Juden der römischen Gemeinde zusammen und beteten. Das fromme Murmeln floß aus ihren Bärten leise und stetig wie vor den Fenstern das Plätschern des Tiberstroms, der still und beharrlich die Planken der Spülbänke scheuerte und die Ufer mit seinem weichen Wandern wusch. Keiner der Männer blickte auf den andern und doch wiegten ihre alten morschen Schultern sich gleichmäßig im Takt, indes sie singend und sagend ebendieselben und selben Psalmen beteten, die sie hundert- und tausendmal gebetet und ihre Väter vor ihnen und deren Väter und Vorväter schon. Die Lippen wußten kaum, daß sie sprachen, die Sinne nicht, was sie fühlten; wie aus einem dunkeln, benommenen Traum floß dieses zagende und klagende Getön.

Plötzlich schraken sie auf, ein Ruck riß schroff die gebeugten Rücken empor. Außen war heftig der Klopfer an die Tür gefallen. Und immer, es saß ihnen schon im Blute, erschraken sie vor allem Plötzlichen, die Juden der Fremde. Denn was konnte Gutes kommen, wenn eine Tür ging in der Nacht? Das Murmeln riß ab, wie mit einer Schere zerschnitten, deutlicher jetzt vernahm man durch die Stille den gleichgültig weiterplätschernden Fluß. Alle horchten mit gekrampfter Kehle. Da fiel noch einmal der Klopfer, ungeduldig rüttelte eine Faust an der äußeren Tür. «Ich gehe schon», sagte wie zu sich selber Abthalion und schlurfte hinaus. Das auf dem Tisch angeklebte Wachslicht bog seine Flamme flüchtend unter dem scharfen Luftzug der geöffneten Tür; wie innerlich die Herzen all dieser Menschen, zitterte die Flamme plötzlich und stark.

Der Atem kam den Erschreckten erst wieder, als sie den Eintretenden erkannten. Hyrkanos ben Hillel war es, der Schatzmeister der kaiserlichen Goldpräge, der Stolz der Gemeinde, weil ihm als einzigem Juden Zutritt verstattet war in den kaiserlichen Palast. Jenseits von Trastevere zu wohnen, war ihm als besondere Gunst vom Hofe erlaubt, und er durfte vornehme farbige Kleider tragen; jetzt aber war sein Mantel zerrissen, sein Antlitz beschmutzt.

Alle umringten ihn – denn sie ahnten, er hatte eine Botschaft – ungeduldig, daß er hastig erzähle, und doch voraus schon verstört, weil sie Unheil erfühlten an seiner Erregung.

Hyrkanos ben Hillel atmete tief. Man sah, ein Wort war in seiner Kehle verkrampft und wollte nicht vor. Schließlich stöhnte er:

«Es ist vorbei. Sie haben ihn. Sie haben ihn gefunden.»

«Was gefunden? Wen gefunden?» Es jappte aus allen wie ein Schrei.

«Den Leuchter, die Menorah. Ich hatte sie verborgen, als die Barbaren kamen, unter dem Abhub im Küchenraum. Mit Absicht ließ ich die andern Heiligtümer in der Schatzkammer, den Tisch mit den Schaubroten und die silbernen Trompeten und den Aronstab und die Weihrauch spendenden Gefäße, denn zu viele im Gesinde wußten von unseren Schätzen, als daß ich alles hätte bergen können. Nur eines wollte ich retten von den Geräten den Tempels, den Leuchter Mosis, den Leuchter aus Schelomos Haus: die Menorah. Und schon hatten sie alles im Schatze erbeutet, schon starrte die Kammer leer, schon forschten sie nicht weiter, schon fühlte ich das Herz mir gesichert, daß wir zumindest dies eine der heiligen Zeichen für uns errettet. Aber einer der Sklaven, es verdorre seine Seele, hatte gespäht, da ich den Leuchter barg, und er verriet es den Räubern, um selber sich freizukaufen. Er wies ihnen die Stelle, sie gruben ihn aus. Jetzt ist alles geraubt, was einstens im Allerheiligsten stand, in Schelomos Haus, der Tisch und die Gefäße und die Stirntafeln des Priesters und die Menorah. Heute nacht, noch heute, schleppen die Vandalen den Leuchter fort zu den Schiffen.»

Einen Augenblick schwiegen alle. Dann brach es wirr aus den erblaßten Mündern, Schrei um Schrei.

«Der Leuchter... Wehe, noch einmal... Die Menorah... Gottes Leuchter... Wehe, wehe... Der Leuchter vom Tisch des Herrn... Die Menorah!»

Die Juden taumelten gegeneinander wie Trunkene, sie schlugen sich mit Fäusten die eigene Brust, sie hielten sich klagend die Hüften, als brenne sie ein Schmerz, wie plötzlich Geblendete tobten die alten bedächtigen Männer.

«Still!» gebot plötzlich stark eine Stimme, und alle verstummten sogleich. Denn es war der Oberste der Gemeinde, der Älteste, der Weiseste, der ihnen Schweigen gebot, der große Deuter der Schrift, Rabbi Elieser, den sie Kab ve Nake, den Reinen und Klaren, nannten. Achtzig Jahre fast war er alt und schlohweiß umrauschte der Bart sein Antlitz. Zerfurcht war seine Stirn von der schmerzhaften Pflugschar unerbittlichen Denkens, aber das Auge unter dem Busch der Brauen war wie ein Stern geblieben, gütig und klar. Er hob die Hand, schmal war sie und gelblich zerfurcht wie die vielen Pergamente, die er beschrieben, und waagrecht schnitt er mit ihr durch die Luft, als wollte er den Lärm wegstoßen wie einen schlimmen Rauch und reinen Raum schaffen für besonnene Rede.

«Still!» wiederholte er. «Kinder schreien im Schreck,

Männer bedenken. Setzt euch jeder und laßt uns beraten. Der Geist ist besser rege, wenn der Leib dabei ruht.»

Beschämt setzten sich die Männer auf Schemel und Bänke. Rabbi Elieser redete leise vor sich hin, und es war, als ratschlagte er mit sich selbst:

«Es ist ein Unglück geschehen, ein großes Unglück. Lange schon hatte man sie uns genommen, die heiligen Geräte, und keiner von uns hat jemals sie schauen dürfen in des Kaisers Kammer, nur dieser eine, Hyrkanos ben Hillel. Aber doch, wir wußten, sie waren seit Titus' Tagen geborgen, sie waren noch da und waren uns nah. Freundlicher schien uns die römische Fremde, wenn wir gedachten, die heiligen Dinge, die durch tausend Jahre gewandert, die in Jeruscholajim gewesen und Babel und immer wieder heimgekehrt, nun ruhten sie aus, die geraubten, mit uns in der gleichen Stadt. Wir durften keine Brote legen auf den heiligen Tisch, und doch, immer, wenn wir ein Brot brachen, dachten wir an diesen Tisch. Wir durften kein Licht stecken an den heiligen Leuchter, aber immer, wenn wir ein Licht entzündeten, besannen wir uns der Menorah, die ohne Licht waiste in dem fremden Haus. Nicht uns gehörten die heiligen Dinge mehr, aber wir wußten, sie waren gesichert und geborgen. Und nun soll sie noch einmal anheben, die Wanderung des Leuchters, und nicht in die Heimstatt, wie wir meinten, sondern fort schleppt man ihn, und wer kann es erdenken, wohin. Aber klagen wir nicht. Klage allein schafft nicht Rat. Laßt uns alles durchdenken.»

Die Männer lauschten stumm, die Stirnen gebeugt. Die Hand des Alten irrte noch immer den Bart auf und nieder. Noch immer wie mit sich selbst allein, ratschlagte er:

«Der Leuchter ist von geläutertem Gold und oft habe ich gesonnen, warum hat Gott unsere Gabe so kostbar gewollt? Warum hat er gefordert von Moses, daß der Leuchter schwer sei im Gewicht, siebenkelchig und mit getriebenem Zierat und Kränzen und Blumen? Oft habe ich gedacht, ob dies nicht ihm Gefährdung schuf, denn immer kommt vom Reichtum das Böse, und eben das Kostbare lockt die Räuber heran. Aber wieder erkenne ich, wie eitel unser Denken ist und daß, was Gott gebietet, einen Sinn hat über unser Wissen und unseren Verstand. Denn nun verstehe ich: nur weil sie kostbar waren, haben diese unsere Heiligtümer sich bewahrt durch die Zeiten. Wären sie schlechtes Metall und schmuckloses Werk gewesen, so hätten die Räuber sie achtlos zerschlagen und Schwerter daraus geschmolzen oder Ketten. So aber bewahrten sie das Köstliche als köstlich auf, ohne ihr Heiliges zu ahnen. So nimmt sie ein Räuber dem andern und keiner wagt sie zu zerstören, und jede ihrer Wanderungen führt sie zu Gott zurück.

Nun laßt uns überdenken. Die Barbaren, was wissen sie vom Heiligen? Nur daß er von Gold ist, unser Leuchter, sehen sie. Könnte man ihre Habgier locken, gäben wir ihnen das Doppelte, das Dreifache seines goldenen Gewichts, vielleicht gelänge es, ihn zu erkaufen. Wir können nicht kämpfen, wir Juden, nur im Opfer ist unsere Kraft. Wir müssen Botschaft senden zu all den Zerstreuten in jedlichem Lande, daß sie helfen, gemeinsam das Heilige zu lösen. Das Doppelte und Dreifache müssen wir geben dieses Jahr der Tempelspende, das Kleid vom Leibe und den Ring vom Finger. Wir müssen das heilige Gerät abkaufen und sei es um das Siebenfache seines goldenen Gewichts.»

Ein Seufzer unterbrach ihn. Hyrkanos ben Hillel hob traurig den Blick.

«Es ist vergebens. Ich habe es schon versucht», sagte er still. «Es war gleichfalls mein erster Gedanke. Ich ging zu ihren Schätzern und Schreibern, aber sie waren grob und hart. Ich drang zu Genserich vor und bot ihm hohe Löse. Mürrisch horchte er zu und scharrte mit dem Fuß. Da verließ mich der Verstand, ich drängte in ihn und rühmte, daß der Leuchter in Schelomos Tempel gewesen und Titus als das Herrlichste des Triumphs ihn heimlich gebracht von Jeruscholajim. Da erst begriff der Barbar, was er gewonnen, und lachte frech: ‚Ich brauche nicht euer Gold. So vieles habe ich hier erbeutet, daß ich die Ställe pflastern kann meiner Pferde und Edelsteine ihnen in die Hufe hämmern. Ist aber dieser Leuchter wirklich Schelomos Leuchter, dann ist er mir nicht feil. Hat ihn Titus im Triumph zu Rom vor sich getragen, dann soll er vor mir getragen werden im Triumph über Rom. Hat er eurem Gott gedient, so soll er jetzt dem wahren Gotte dienen. Geh!‘ – und damit wies er mich fort!»

«Du hättest nicht gehen sollen!»

«Bin ich denn gegangen? Ich warf mich vor ihn hin, ich faßte seine Knie. Aber sein Herz war noch härter als die eisernen Schienen seiner Schuhe. Er stieß mich fort wie einen Stein. Und dann schlugen mich die Knechte hinaus, kaum daß ich das Leben behielt.»

Jetzt erst verstanden sie, warum Hyrkanos ben Hillels Kleider zerrissen waren. Jetzt erst merkten sie den geronnenen Blutstreif an seiner Schläfe. Schweigend saßen sie da und so still, daß man von fern das Knarren der Karren hörte, die noch immer und immer durch die

Nacht zogen, und jetzt auch, sonderbar wiederholt von einem Ende zum andern der Stadt, die dumpfen vandalischen Hörner. Dann erlosch jeder Laut. Alle dachten sie dasselbe: der große Raub ist zu Ende, verloren der Leuchter!

Rabbi Elieser hob mühsam den Blick. «Heute nacht, sagst du, führen sie ihn fort?»

«Heute nacht. In einem Karren bringen sie ihn die Portuensische Straße entlang zu den Schiffen, und vielleicht, indes wir reden, zieht er schon weg. Diese Hörner riefen die Nachhut zusammen. Morgen früh laden sie ihn auf das Schiff.»

Rabbi Elieser beugte den Kopf immer tiefer über den Tisch. Es war, als schliefe er im Hören ein. Wie ein Abwesender war er und fühlte nicht, daß die andern beunruhigt auf ihn blickten. Dann plötzlich hob er die Stirn empor und sagte ruhig:

«Heute nacht, sagst du. Gut. Dann müssen wir mit.»

Alle staunten. Aber der alte Mann wiederholte gelassen und fest:

«Wir müssen mit. Es ist unsere Pflicht. Besinnt euch der Schrift und ihrer Gebote. Wenn die Lade wanderte, dann brachen wir auf; nur wenn sie ruhte, durften wir ruhen. Wenn Gottes Zeichen wandern, müssen wir wandern mit ihnen.»

«Aber wie mit über das Meer? Wir haben keine Schiffe.»

«Dann bis zum Meer. Es ist eine Nacht.»

Jetzt stand Hyrkanos auf. «Wie immer rät Rabbi Elieser das Rechte. Wir müssen mitgehen. Es ist Teil unseres ewigen Wegs. Wenn die Lade wandert und Leuchter, muß das Volk mitwandern, die ganze Gemeinde.»

Da klang aus der Ecke eine kleine, zaghafte Stimme. Simche, der Schreiner, ein arg verwachsener Mann, war es, der schreckhaft klagte:

«Aber wenn sie uns greifen? Hunderte haben sie schon geschleppt in die Knechtschaft. Sie werden uns schlagen, sie werden uns töten! Unsere Kinder werden sie verkaufen und nichts ist gewonnen und nichts ist getan.»

«Schweig!» fuhr einer dawider. «Und friß deine Angst. Wird einer von uns genommen, so ist er genommen. Stirbt einer, so ist er für das Heilige gestorben. Alle müssen wir, alle werden wir gehen.»

«Ja, alle, wir alle.» Wirr schrien sie durcheinander.

Jedoch Elieser, der Rabbi, machte ein Zeichen der Stille. Abermals schloß er die Augen, es war ihm Gewohnheit, wenn er nachdenken wollte. Dann entschied er:

«Simche hat recht. Nicht schmäht ihn einen Feigen und Schwachen. Er hat recht, nicht alle dürfen ihr Leben wagen und sinnlos hinaus zu den Räubern in die Nacht. Denn nichts ist heiliger als das Leben: Gott will nicht, daß auch nur ein einziges unnütz vertan sei. Er hat recht, Simche, sie würden die Jungen greifen und zu Sklaven machen in ihrer Stadt. Darum dürfen die rüstigen Männer und die Knaben nicht mit hinaus in die Nacht. Aber anders mit uns. Wir sind alt, und unnütz ist allen ein Greis und sich selber am meisten. Wir können nicht rudern in den Galeeren, wir, die kaum Kraft hätten, Erde zu schaufeln für unser eigenes Grab, und selbst der Tod, wenn er uns nimmt, gewinnt nicht mehr viel. Unser ist es, das Gerät zu begleiten. Nur die mögen also zusammentreten und sich zum Wege rüsten, die über Siebzig sind.»

Aus dem Gedränge traten die Greise, alle silbernen

Bartes. Zehn waren es, und als Rabbi Elieser, der Reine und Klare, zu ihnen sich reihte, waren es elf: an die Urväter des Volkes dachten die Jüngeren, wie sie da standen, die Letzten vergangener Zeit, ernst und feierlich. Noch einmal wendete der Rabbi sich ab von ihnen und trat zurück in den andern Kreis:

«Wir werden gehen, die Alten, die Greise: habt keine Sorge, ihr andern, um unser Geschick! Aber doch: auch ein Kind muß mit uns gehen, ein Knabe, daß er Zeuge sei für das nächste und abernächste Geschlecht. Wir sterben bald hin, unser Licht ist halb niedergebrannt und in Kürze verstummt unser Mund. Einer aber möge bleiben noch Jahre und Jahre, der lebendigen Blicks den Leuchter vom Tisch des Herrn gesehen, damit die Gewißheit fortlebe von Stamm zu Stamm und von Geschlecht zu Geschlecht, daß unser Heiligstes uns nicht für immer verloren ist, sondern weiter nur wandert auf seinem ewigen Weg. Ein Kind, ein unmündiges, und ob es auch den Sinn nicht begreife, muß mit uns gehen um der Zeugenschaft willen.»

Alle schwiegen. Jeder dachte voll Angst an sein eigen Kind, es hinauszusenden in Nacht und Gefahr. Aber schon hatte Abthalion, der Färbermeister, sich erhoben.

«Ich gehe und hole Benjamin, mein Enkelkind. Sieben Jahre ist er erst alt, so viele Jahre als Arme sind an jenem Leuchter, und dies scheint mir ein Zeichen. Bereitet euch unterdessen zum Wege, nehmt an Zehrung, was ihr findet in meinem Hause; ich bringe das Kind.»

Die Greise setzten sich rund um den Tisch, die Jüngeren brachten ihnen Wein und Speise. Aber ehe sie das Brot brachen, hub der Rabbi das Gebet an, das zu allen Zeiten die Vorväter sprachen dreimal des Tages. Und dreimal wiederholten mit ihren dünnen, gebrochenen Stimmen die Greise den sehnsüchtigen Spruch: «Barmherziger, wolle in deiner Barmherzigkeit deine Herrlichkeit zurückführen nach Zion und den Dienst des Opfers nach Jeruscholajim.»

Nachdem sie dreimal das Gebet gesprochen, rüsteten die Greise zur Wanderung. Mit Ruhe und Bedacht, als ob sie eine heilige Handlung verrichteten, zogen sie die Sterbekittel ab, taten sie in ein Bündel und dazu den Mantel des Gebets und die Riemen. Die Jüngeren holten indes Brot und Früchte für den Weg und starke Wanderstöcke zur Stütze. Dann schrieb jeder der Greise noch auf Pergament, was geschehen solle mit seiner Habe, falls er nicht wiederkehre, die andern leisteten Zeugenschaft.

Inzwischen war Abthalion, der Färbermeister, die hölzerne Treppe emporgestiegen. Er hatte die Schuhe vorher abgetan, aber da er ein schwerer und feister Mann war, stöhnte unter seinen Tritten das morsche Holz. Vorsichtig drückte er die Türe in den Wohnraum auf, darin alle gehäuft schliefen (denn sie waren arm), seine Frau und seines Sohnes Frau und die Töchter und Kindeskinder. Durch den Spalt der verschlossenen Luken schimmerte unsicheres Mondlicht herein, feucht und blau wie ein Nebel, und so sorgsam Abthalion auch auf den Zehen schritt, merkte er doch, daß von ihren Betten her offene Augen erschrocken aufstarrten und wach seine Frau und seines Sohnes Frau auf ihn blickten.

«Was ist?» murmelte erschreckt eine Stimme.

Abthalion antwortete nicht, sondern tastete weiter zur linken Ecke, wo er die Lagerstatt Benjamins, des Enkels, wußte. Zärtlich beugte er sich über die niedere Streu.

Der Knabe schlief fest und tief, die Fäuste wie zornig über die Brust geballt: wild und leidenschaftlich mußte sein Traum sein. Abthalion strich ihm leise über das verwirrte Haar, um ihn zu wecken. Der Knabe erwachte nicht gleich, doch mußten die Sinne durch die schwarze Hülle des Schlafs etwas gespürt haben jener Liebkosung. Denn die Fäuste lockerten sich, die gespannten Lippen taten sich auf, unbewußt lächelte das Kind und dehnte wohlig und weich seine Arme. Abthalion fühlte einen wehen Schmerz, daß er dies arglose Kind wegführen mußte aus so lindem Geträume. Dennoch faßte er den Schlafenden und schüttelte ihn fester. Sofort fuhr das Kind auf und blickte gejagten Auges um sich, es war ein Kind, erst sieben Jahre alt, aber ein jüdisches Kind in der Fremde und gewohnt darum aufzuschrecken, wenn ein Unvermutetes kam. So erschrak sein Vater, wenn der Klopfer an die Türe schlug, so erschraken sie alle, die Alten und Weisen, wenn ein neu Edikt verlesen wurde auf der Gasse, so schauerten sie, wenn ein Kaiser starb und ein neuer kam, denn böse und gefährlich war alles Neue für die Judengasse des Trastevere, in der sein kleines Leben gelebt. Noch hatte er die Schrift nicht gelernt, jedoch dieses eine wußte er schon: Furcht zu haben vor allem und jedem auf Erden.

Wirren Blicks starrte der Knabe auf, und rasch fuhr Abthalion ihm an den Mund, daß er nicht schreie im Schreck. Aber kaum erkannte der Knabe den Großvater, beruhigte er sich. Abthalion beugte sich über ihn und flüsterte, ganz nahe die Lippen: «Nimm dein Kleid und deine Schuhe und komm! Aber leise, daß niemand dich hört.» Sofort stand der Knabe auf. Er spürte ein Geheimnis und war stolz, daß der Großvater ihn mit in dies Geheimnis nahm. Ohne mit einem Wort oder einem Blick zu fragen, tastete er nach Kleid und Schuh.

Sie schlichen schon gegen die Tür, da hob sich die Mutter aus den Kissen und schluchzte ängstlich: «Wohin führst du das Kind?»

«Schweig», antwortete Abthalion schroff, «ihr Frauen habt nicht zu fragen.»

Er schloß die Tür. Die Frauen im Zimmer mußten jetzt alle wach geworden sein. Man hörte verworrenes Reden und Schluchzen hinter dem dünnen Holz, und als die elf Greise und dazwischen das Kind aus dem Tore traten, um ihren Weg zu beginnen, wußte, als sei die sonderliche Botschaft durch die Wände gesickert, schon die ganze Gasse von ihrem gefährlichen Gang: aus allen Häusern stöhnte Ängsten und Klagen. Aber die alten Männer sahen nicht auf und sahen sich nicht um. Still und ernst entschlossen begannen sie ihren Weg. Es war nahe an Mitternacht.

Zu ihrem Staunen stand das Stadttor unbewacht und offen: niemand fragte oder hinderte ihren nächtlichen Gang. Jener Hornruf, den sie vernommen, hatte die letzten vandalischen Wachen gesammelt, und die Römer wiederum, ängstlich in ihren Häusern verschlossen, wagten noch nicht zu glauben, daß die Prüfung zu Ende sei. So lag die Straße, die zum Hafen führte, vollkommen leer, kein Karren, kein Gefährt, kein Mensch, kein Schatten: nur weiß die Meilensteine im Licht des dunstigen Monds. Ohne Hinderung durchschritten die nächtlichen Pilger das offene Tor.

«Wir sind schon zu spät», urteilte Hyrkanos ben Hillel. «Die Beutewagen müssen uns weit voraus sein, vielleicht waren sie unterwegs schon, ehe die Hörner bliesen. Es tut not, daß wir eilen.»

Alle beschleunigten ihren Schritt. In der ersten Reihe ging, den starken Stock in der Hand, Abthalion, zu seiner Rechten Rabbi Elieser, zwischen dem Siebzigjährigen und dem Achtzigjährigen trippelte mit seinen kleinen Schritten, schüchtern und noch ein wenig schlaftrunken, das siebenjährige Kind. Hinter ihnen wanderten, je drei zusammen, die andern Greise, das Bündel haltend in der Linken, den Stecken in der Rechten; gesenkten Hauptes gingen sie wie hinter einem unsichtbaren Sarg. Rings um sie dunstete drückend die campanische Nacht, kein erlösender Lufthauch hob den sumpfigen Brodem, der dick und schleimig über den Feldern schwebte und nach fauliger Erde schmeckte, und von dem erstickend nahen Himmel blinzelte ein kranker und grünlicher Mond. Ungut war es und gespenstig, in solch schwüliger Nacht in das Unsichere zu gehen, vorbei an den runden Grabhügeln, die wie tote Tiere reglos am Wege lagen, und vorbei an den beraubten Häusern, die mit ausgebrochenen Fensteraugen wie Blinde auf das Wunder der wandernden Greise starrten. Aber bislang zeigte sich keine Gefahr, leer schummerte die Straße und weißlich wie im Nebel ein gefrorener Fluß. Von den Räubern war keine Spur mehr zu sehen, nur einmal, zur Linken, erinnerte ein brennendes römisches Sommerhaus an ihr plünderndes Vorüberziehen. Der First war schon eingesunken, doch von innen färbte rötlich schwelende Glut den schraubig aufsteigenden Rauch, und alle die Greise, die elf, da sie hinblickten, hatten einen und denselben Gedanken: es war ihnen, als hätten sie die Rauch- und Feuersäule gesehen, die mit der Stiftshütte gegangen, als die Väter und Urväter noch hinter der Lade wanderten, wie sie jetzt wanderten hinter dem geliebten Gerät.

Zwischen den beiden Alten, seinem Großvater Abthalion und dem Rabbi Elieser, keuchte der Knabe und machte angestrengt seine Schritte weit, um nicht zurückzubleiben. Er schwieg, weil die andern schwiegen, aber unermeßliche Angst erfüllte seine Brust, und schmerzhaft schlug sein kleines Herz bei jedem Schritte heftig an die Rippen. Er hatte Angst, eine wirre und wortlose Angst, weil er nicht wußte, warum diese alten Männer ihn nachts aus dem Bette geholt, Angst, weil er nicht wußte, wohin sie ihn führten, und vor allem Angst, weil er noch niemals im Freien die Nacht gesehen und den großen Himmel über ihr. Nur von jener jüdischen Gasse her kannte er die Nacht; dort war sie klein und schmal, eine Handbreit Schwärze, kaum daß drei Sterne oder vier sich durch die engen Luken zwischen den Dächern preßten. Man mußte Furcht haben vor ihr, denn voll war sie mit vertrautem Getön. Bis in den Schlaf hörte man das Beten der Männer, das Husten der Kranken, das Scharren der Füße, das Schreien der Katzen, das Surren vom Herd, rechts schlief die Mutter, zur Linken die Schwester, man war gehütet, umhütet von Wärme und Atem, man war nicht allein. Hier aber drohte die Nacht als unermeßliche Leere; kleiner als je fühlte sich der Knabe unter dieser wölbig-schleiernden Kuppel. Wären die schützenden Männer nicht mit ihm gewesen, er hätte geweint oder versucht, sich wo zu verstecken vor diesem Riesigen, das von allen Seiten mit wuchtigem Schweigen gegen ihn andrang. Aber glücklicherweise war neben der Angst in seinem winzigen Herzen noch Raum für einen brennenden und pochenden Stolz, denn stolz war zugleich das

Kind, daß die Alten – in deren Gegenwart selbst die Mutter nicht zu sprechen wagte und vor denen die Jüngeren bebten – daß diese Großen und Weisen gerade ihn, den Kleinsten, gewählt unter allen den andern. Nicht wußte der Knabe, wozu und warum die Alten ihn mit sich genommen, aber so kindisch sein Sinn noch war, eine Ahnung durchdrang ihn, etwas Gewaltiges müsse sein in diesem Gange durch die Nacht. Mit aller Macht wollte er darum sich würdig zeigen ihrer Wahl, immer wieder dehnte er die dünnen, kurzen Beinchen zu großem Schritt, tapfer zwang er sein Herz nieder, wenn es zu hart an die Kehle pochte. Aber zu lange dauerte der Weg. Längst war das Kind schon müde und immer wieder überfiel es Angst, wenn im dunstigen Mondlicht ihre eigenen Schatten plötzlich sich verlängerten auf dem Wege und dann wieder schmolzen und man nichts hörte als immer nur den Schritt, den eigenen Schritt auf den flachgehämmerten und hallenden Steinen. Und als jetzt unvermutet mit leisem Pfiff ihm etwas um die Stirn fuhr, eine Fledermaus, schwarz und zackig wieder wegzuckend in die Nacht, da schrie der Knabe auf und krampfte sich an des Großvaters Hand: «Großvater, Großvater! Wohin gehen wir?»

Der alte Mann wandte nicht den Kopf. Nur hart und ärgerlich knurrte er: «Schweig und geh! Du hast nicht zu fragen.» Der Knabe bückte sich wie unter einem Schlag. Er schämte sich, daß er seine Angst nicht hatte verhalten können. Ich hätte nicht fragen sollen, kränkte er sich.

Aber Rabbi Elieser, der Reine und Klare, hob das Haupt streng zu Abthalion und über den weinenden Knaben hinweg:

«Törichter du, wie sollte das Kind nicht uns fragen?

Wie sich nicht wundern, daß man vom Bette es aufreißt und hinführt in eine fremde Nacht? Und warum soll der Knabe nicht wissen die Ursache unseres Ausziehens und Wanderns? Hat er durch das Erbe seines Bluts nicht teil an unserem Schicksal? Wird er nicht länger noch unsere endlose Not tragen durch die Zeit denn wir selber? Unsere Augen werden längst erloschen sein, er aber wird dann noch leben, ein Zeuge anderem Geschlecht und der letzte, der zu Rom den Leuchter vom Tisch des Herrn gesehen. Warum willst du ihn unwissend haben, ihn, von dem wir wollen, daß ein Wissender er werde und der Bote dieser Nacht?»

Beschämt schwieg Abthalion. Rabbi Elieser aber beugte sich zart zu dem Knaben und strich ihm ermutigend über das Haar.

«Frage nur, Kind! Frage tapfer, soviel du begehrst, ich werde dir Antwort geben. Schlimmer ist es für den Menschen, nicht zu wissen, denn zu fragen. Nur wer viel gefragt hat, kann vieles verstehen. Nur aber wer vieles versteht, wird ein Gerechter.»

Dem Knaben bebte das Herz vor Stolz, daß der Weise, den alle die andern ehrfürchteten, so ernsthaft zu ihm sprach. Gerne hätte er dem Rabbi die Hände im Danke geküßt, aber zu groß war seine Scheu, leer und ohne Laut bebte ihm die heiße Lippe. Doch Rabbi Elieser, der ein Leben lang viele Bücher durchforschte, wußte auch im Dunkel des Schweigens die Schriftzeichen des Herzens zu lesen. Er fühlte, daß der Knabe vor Ungeduld bebte, zu wissen, was mit ihm geschah und wohin sie gingen. Linde zog er des Kindes Hand näher an sich, wie ein Schmetterling leicht und zittrig ruhte sie in der kühlen des Greises.

«Ich will dir sagen, wohin wir gehen, und nichts sei dir verschwiegen. Denn kein Unrechtes ist, was wir tun, und wenn es auch ein heimlicher Weg ist vor den andern, den heute wir wandern, Gott sieht doch nieder auf ihn und kennt unsere Gedanken. Er weiß, was wir beginnen, doch nur er allein weiß, wie es endet.»

Indes Rabbi Elieser redete zu dem Kinde, hielt er nicht inne im Schreiten und ebensowenig die andern. Nur näher drängten sie jetzt an die beiden heran, um mitzulauschen, was der Weise erzählte dem Kinde, dem unbelehrten.

«Ein alter Weg ist es, den wir gehen, mein Kind, schon unsere Väter und Vorväter sind ihn gegangen. Denn ein Wandervolk sind wir gewesen unendlich viele Jahre lang und sind es wieder geworden, und vielleicht sogar, wer weiß es, ist es unser Geschick, daß wir es bleiben für ewige Zeit. Nicht wie die andern Völker haben wir Erde unter unserem Schlafe zu eigen, nicht wächst uns im eigenen Felde Samen und Frucht. Nur mit wandernden Füßen gehen wir über die Länder, und in fremde Scholle sind unsere Gräber getan. Aber zerstreut, wie wir sein mögen, und zwischen die Furchen geworfen wie Unkraut von Morgen bis Mitternacht dieser Erde, sind wir doch Volk geblieben, ein einziges und einsames unter den Völkern, durch unseren Gott und den Glauben an ihn. Ein Unsichtbares ist es, das uns bindet, ein Unsichtbares, das uns hält und zusammenhält, und dies Unsichtbare ist unser Gott. Ich weiß, schwer wird es sein für dich, Kind, dies zu fassen, denn nur das Sichtbare erfaßt sich leicht mit den Sinnen, nur das Fleischliche läßt sich nehmen und greifen wie Erde und Holz und Stein oder Erz. Und deshalb haben die andern Völker sich auch ihren Gott geschaffen aus Sichtlichkeiten, aus Hölzern und Steinen und getriebenem Erz. Wir aber, wir einen und einzigen, hängen am Unsichtbaren und suchen einen Sinn über unserem Sinn. Alle unsere Mühsal entstammt dem Drange, daß wir uns nicht an das Faßbare halten, sondern Sucher gewesen sind und ewig bleiben des Unsichtbaren. Aber stärker ist, wer sich dem Unsichtbaren bindet, als wer am Greifbaren hängt, denn vergänglich ist dieses, und jenes besteht. Und stärker ist der Geist auf die Dauer denn die Gewalt. Darum und nur darum, Kind, haben wir die Zeit überdauert, weil dem Zeitlosen verschworen, und nur weil wir Gott, dem Unsichtbaren, die Treue hielten, hat er uns sie gehalten. – Ich weiß, schwer wird es sein für dich, einen Knaben, dies zu fassen, denn wir selbst oft in unserer Not fassen es nicht, daß Gott und die Gerechtigkeit, an die wir glauben, nicht sichtbar werden in diesen unseren Welten. Aber auch, wenn du mich jetzt nicht verstehst, so verwirre dich nicht und höre weiter, mein Knabe.»

«Ich höre», atmete scheu und verzückt das Kind.

«Mit diesem Glauben an das Unsichtbare gingen unsere Väter und Vorväter durch die Welt, und um sich selbst zu bezeugen, daß sie einzig glaubten an diesen unsichtbaren Gott, der sich nie enthüllt und den kein Bildnis je erfüllt, schufen unsere Ahnen sich ein Zeichen. Denn unser Sinn ist eng und kann das Unendliche nicht fassen: nur ein Schatten des Göttlichen fällt manchmal nieder in unser Leben und bloß ein kleines Licht davon in unseren irdischen Tag. Aber damit unser Herz niemals seiner Pflicht sich entfremde, dem Unsichtbaren zu dienen, der die Gerechtigkeit ist, die Dauer und die Gnade, schufen wir uns Geräte zum Dienst, die ständig Wachsamkeit forderten, einen Leuchter, genannt die Menorah, daran ewig die Kerzen brannten, einen Altar, darin immer erneut die Brote lagen zur Schau. Nicht Abbilder des göttlichen Wesens – behalte dies wohl –, wie die andern Völker sie frevlerisch schufen, waren diese Geräte, die wir heilige nennen, sondern nur Zeugnisse unserer ewig wachsamen Gläubigkeit, und wo wir wanderten durch die Welt, da wanderten sie mit. Eingetan in eine Lade, bargen wir sie in einem Zelte, und dieses Zelt trugen unsere Väter, heimatlos wie wir selber, auf ihren Schultern dahin. Wenn das Zelt rastete mit den Heiligtümern, durften wir ruhen, wenn es wanderte, wanderten wir mit. Im Ruhen und im Schreiten, bei Tag und bei Nacht, tausend und tausend Jahre waren wir jüdisches Volk immer um dies Heilige geschart, und solange wir diesen Sinn für das Heilige wahren, solange bleiben wir in aller Fremde ein Volk.

Nun aber höre. Die Heiligtümer jener Lade waren ein Altar, auf den wir die Brote legten, die nährende Frucht aus dem Schoße der Erde, und waren die Gefäße, woraus Weihrauch sich wölkte, um Gott zu erreichen, und waren die Tafeln der Gebote, in denen Gott sich uns versprochen. Aber das Sichtbarste all dieser Geräte war ein Leuchter, dessen Licht ewig den Altar im heiligsten Raume erhellte. Denn Gott liebt das Licht, das er entzündet, und unser Dank für das Licht, das er unseren Augen, unseren Sinnen gegeben, hat diesen Leuchter geschaffen. Aus geläutertem Golde war er kunstvoll getrieben, siebenschaftig stiegen vom breiten Stamm seine Kelche empor und Kränze mit Blumen waren ziervoll ihm eingebosselt. Wenn die sieben Kerzen auf den sieben Knäufen angezündet waren, entbrannte in sieben Blüten das Licht, und in seinem Anblick heiligten wir unser Herz. Jedesmal, da es sich entflammt am Sabbat, wird unsere Seele zum Tempel der Andacht. Kein einzig Ding auf Erden darum ist uns so teuer als Zeichen wie dieses Leuchters Gestalt, und überall, wo ein Jude noch an das Heilige glaubt, in jedem Hause unter den vier Winden der Erde, hebt im Abbild noch eine solche Menorah ihre sieben Arme auf zum Gebet.»

«Warum sieben?» fragte zaghaft der Knabe.

«Frage nur, frage, mein Kind! Aus Fragen wird Wissen. Eine sondere und hohe Zahl ist die Sieben unter den Zahlen, denn nach sieben Tagen hat Gott die Welt und den Menschen vollendet, und kein Wunder ist größer, als daß wir sind in dieser Welt und sie fühlen und lieben und ihren Schöpfer erkennen. Vermöge des Lichts hat Gott die Sinne gelehrt zu schauen und die Seele zu wissen: darum lobt mit seinen sieben Armen der Leuchter das Licht, das äußere und das innere. Denn auch ein inneres Licht hat Gott uns verliehen durch die Schrift, und wie dort durch Schauen, so wissen wir hier durch Erkennen. Was die Flamme den Sinnen, das ist der Seele die Schrift, in der alles geschrieben steht, die Taten Gottes und die Taten der Väter, das Maß jedes Tuns, das Erlaubte und Versagte, der schaffende Geist und das gestaltende Gesetz. Zweimal erschauen wir durch Gottes Gnade die Welt dank dem Licht, einmal von außen durch die Sinne und zum andern durch den Geist, und selbst sein eigenes Wesen können wir erfassen dank seiner Erleuchtung. Verstehst du mich, Kind?»

«Nein», hauchte der Knabe.

«Dann bewahre nur dies – das andere wirst du später

verstehen – bewahre nur dies, was ich dir sage: das Heiligste, das wir hatten als Zeichen auf unserer Wanderschaft, und das einzige, das uns verblieben aus den Tagen unseres Anbeginns, waren die Schrift und der Leuchter, die Thora und die Menorah.»

«Die Thora und die Menorah», wiederholte ehrfürchtig der Knabe, und er krampfte die Hände zusammen, um fester die Worte zu behalten.

«Nun höre weiter! Es kam eine Zeit – fern ist sie schon –, da wir müde wurden des Wanderns. Denn der Mensch begehrt der Erde, wie die Erde seiner begehrt. Und da wir kamen nach Jahren und Jahren der Fremde in das Land, das uns Moses verheißen, nahmen wir es rechtens zu eigen. Wir säeten und pflügten und zogen den Weinstock und zähmten die Tiere, wir schufen uns fruchtbare Felder und umzäunten und umhürdeten sie, beglückt, nicht ewig die Geduldeten und Verstoßenen der andern Völker und die ewigen Gäste der Fremde zu sein. Und schon meinten wir, zu Ende sei unsere Wanderung für alle Zeiten, schon wagten wir das verwegene Wort, unser sei diese Erde, als ob jemals Erde dem Menschen gehörte, dem alles nur leihweise gegeben. Aber immer vergißt er, daß Haben nicht Halten meint und Besitzen nicht Bewahren: wo er Erde fühlt unter den Füßen, da baut er sein Haus, und mit den Wurzeln der Bäume will er an der Scholle sich heften. So bauten auch wir zum erstenmal uns Häuser und Städte, und da jeder von uns Heimstatt hatte, wie sollte es da uns nicht dankbar gedrängt haben, daß wir auch Ihm, unserem Gott und Beschirmer, eine Heimstatt geben wollten in unserer Mitte, ein Haus, hoch und herrlich über allen Häusern, ein Gotteshaus. Und es erstand in jenen gesegneten Jahren des Rastens in unserem Lande ein König, der reich und weise war, Schelomo genannt...»

«Gelobt sei sein Name», unterbrach leise Abthalion.

«Gelobt sei sein Name», wiederholten die andern Greise im Schreiten.

«...der baute ein Haus auf dem Berge Moria, wo einst Jakob, unser Ahne, schlummernd die Himmelsleiter im Traume gesehen und dann erwachend gesprochen: ‚Ein heiliger Ort ist dies, und heilig wird er sein allen Völkern der Erde.' Dort baute Schelomo unser Gotteshaus, und herrlich war es gefertigt aus Stein und Zedernholz und getriebenen Erzen. Und wenn sie aufschauten, unsere Väter, zu seinen Mauern, so ward ihr Herz sicher, als wolle Gott ewig wohnen in unserer Mitte und unser Schicksal befrieden auf ewige Zeit. Wie wir heimatlich ruhten, so rastete im heiligen Raum das Zelt und in dem Zelt der lang getragene Schrein. Tag und Nacht hob die Menorah ihre sieben Flammen vor dem Altar, alles, was uns heilig war, ruhte geborgen im Heiligsten des Herrn, ob auch unsichtbar, wie er ewig war und ewig sein wird, so weilte doch Gott friedvoll im Land unserer Ahnen, im Tempel von Jeruscholajim.»

«Möge mein Auge ihn wieder erschauen», murmelten die schreitenden Männer wie im Gebet.

«Aber höre weiter, mein Kind. Alles, was der Mensch hat, ist ihm nur zu Borg gelassen, und seine Glückszeit läuft auf rollendem Rad. Nicht ewig, wie wir meinten, war unser Frieden, denn von Osten kam ein wildes Volk und brach in unsere Stadt, so wie die Räuber, die du gesehen, jetzt einbrachen in diese Stadt unserer Fremde. Was greifbar war, das griffen sie, was tragbar war, das trugen sie fort, was zerstörbar war, zerstörten sie: nur das Unsichtbare konnten sie uns nicht nehmen, Gottes Wort und Gegenwart. Aber die Menorah, den heiligen Leuchter, rissen sie von dem Tische und schleppten ihn fort, nicht weil er heilig war – denn dies erfaßten die Knechte des Bösen nicht –, sondern weil er Gold war, und immer lieben die Räuber das Gold. Und mit dem Volke selbst schleppten sie Leuchter und Altar und alle die Gefäße mit sich fort nach Babel...»

«Babel?» unterbrach schüchtern der Knabe.

«Frage nur, frage, mein Kind, und möge Gott dir immer Antwort gewähren. Babel hieß jene Stadt, groß und mächtig wie diese, in der wir jetzt wohnen, und so fern war sie von unserer Heimat, daß anders die Sterne dort ob unseren Häuptern standen. Und damit du errechnest, wie weit unsere heiligen Geräte damals wanderten, so zähle selber mit: denn siehe, drei Stunden sind wir nur gewandert, und schon ist Schmerz in unseren Gliedern und Müdigkeit. Babel aber war dreimal tausend Stunden weit und weiter. Nun vielleicht faßt du, wie weit sie damals den Leuchter geraubt. Aber dies auch merke dir: vor Gottes Willen gilt keine Ferne. Und als er sah, daß sein Wort uns heilig geblieben in der Verbannung – und vielleicht ist dies der Sinn unseres ewigen Gejagtseins über die Erde, daß das Heilige uns nur noch heiliger wird durch die Ferne und unser Herz immer demütiger am Übermaß der Not –, als Gott, sagte ich, sah, daß wir die Prüfung bestanden, da weckte er einem König jenes fremden Volkes das Herz. Der erkannte sein Unrecht und ließ unsere Väter heimkehren in das gelobte Land und gab ihnen den Leuchter des heiligen Hauses und die Geräte zurück. So kamen unsere Väter wieder von Chaldäa heim nach Jeruscholajim durch

Wüsten, Berge und Dickicht. Von den Enden der Erde kehrten sie wieder mit dem lebendigen Leibe an die Stätte, wo wir immer waren und sein werden mit unseren Gedanken. Abermals bauten wir den Tempel auf dem Berge Moria, abermals leuchtete siebenflammig der heimgekehrte Leuchter vor Gottes Altar, und unsere Herzen leuchteten mit. Dies aber merke dir wohl, damit du begreifst den Sinn unseres heutigen Wanderns: kein Werk dieser Welt ist so heilig, so alt und so weit gewandert durch die Zeit und über die Erde wie dieser siebenarmige Leuchter, und von allem, was wir haben und hatten an Zeichen unserer Einheit und Reinheit, ist er das kostbarste Unterpfand. Und immer verdunkelt sich unser Schicksal, erlischt und verliert sich sein Licht.»

Rabbi Elieser unterbrach. Seine Stimme schien erschöpft. Heftig erhob der Knabe das Haupt, und sein Auge ward selbst wie eine kleine heiße Flamme begehrlicher Sorge, das Erzählen könnte schon zu Ende sein. Lächelnd bemerkte Rabbi Elieser des Kindes Ungeduld. Sanft strich er ihm über das Haar und sagte beruhigend:

«Wie deine Augen brennen von innen her, Kind! Aber fürchte dich nicht: nie ist unser Schicksal zu Ende, und erzählte ich dir auch Jahre und Jahre, du wüßtest kaum den tausendsten Teil des Wegs, der uns zu gehen bestimmt ist. Doch höre jetzt, da du gut hörst und gern hörst, wie es war und wie es kam in unserer Heimat! Abermals dachten wir, für ewige Zeit sei der Tempel gegründet. Doch neuerdings kamen Feinde über das Meer; aus diesem Lande, wo wir jetzt als Fremdlinge wohnen, kamen sie gezogen, und sie führte ein Kaiser, ein Krieger, Titus genannt...»

«Sein Name sei verflucht», murmelten die Männer im Schreiten.

«...und er zerbrach unsere Mauern, er zerstieß unseren Tempel. Mit frechem Fuß trat der Frevler ins Allerheiligste und riß den Leuchter von dem Altar. Was Schelomo herrlich geschaffen, Gott zum Lobe, das raubte seine Rache, und in Fesseln führte er unseren König mit sich und im Triumph die heiligen Geräte. Prahlerisch jubelte das törichte Volk, da er einzog im Siege, als hätten seine Krieger Gott besiegt und schleppten ihn mit sich in Ketten. Und so herrlich schien dem Verworfenen sein Frevel, so köstlich unsere Erniedrigung, daß er eitel eine große Pforte sich bauen ließ zum Gedächtnis und marmorn einmauern im künstlichen Gebilde seinen Raub an Gott.»

Das Kind hob die lauschende Stirne. «Ist es jener Bogen mit den vielen steinernen Menschen? Vor dem ganz großen Platz jenes wölbige Tor, von dem der Vater mich mahnte, ich dürfe es niemals durchschreiten?»

«Dasselbe, mein Kind. Geh immer daran vorbei und blicke diese Tür des Triumphes nicht an, denn sie erinnert an unseren schmerzlichsten Tag. Kein Jude darf diesen Bogen durchschreiten, der im Bilde zeigt, wie sie höhnten, was uns heilig war und immer sein wird. Gedenke jedesmal...»

Der alte Mann brach ab, mitten im Wort. Denn von rückwärts hatte Hyrkanos ben Hillel ihn jählings angesprungen und die Hand ihm auf die Lippe gelegt. Alle erschraken unmäßig über seine Kühnheit. Aber schweigend deutete Hyrkanos ben Hillel jetzt nach vorn auf die Straße. Undeutlich unterschied man dort etwas im unsicheren Glast des vernebelten Monds. Ein Dunkles kroch langsam die weiße Straße entlang wie eine wandernde Raupe, und jetzt, da die Greise atemlos standen, hörte man von dort durch die Stille schwer belastete Wagen knarren. Über diesem dunklen Zug aber, der mühsam vorwärts kroch, blitzte etwas hell wie kleine Halme im Morgentau: es waren die Lanzen der numidischen Nachhut, welche die Beutekarren bewachte.

Aber schon mußten die scharfäugigen Wächter jenes Beutezuges die Nachkommenden erspäht haben, denn sofort wendeten sie die Pferde und schon jagte ein Trupp heran, eingelegt die Lanzen und mit schrillem Schrei. Aufrecht standen die numidischen Krieger in ihren Bügeln, und die Burnusse flatterten weiß, als wären die Rosse beschwingt. Unwillkürlich scharten sich die elf Greise zusammen und nahmen das Kind in die Mitte. In einem Stoß, grell schreiend und wild stoben die Reiter jetzt heran: knapp ein paar Zoll nur vor den Erschrokkenen rissen sie, um diese unbekannten Nachzügler von nah zu mustern, scharf ihre Pferde an, daß sie sich bäumten. Aber als sie im ungewissen Lichte des schon verdämmernden Monds erkannten, daß dies keineswegs Krieger waren, die nachsetzten, um ihnen die Beute streitig zu machen, sondern nur Greise, die da friedfertig hingingen durch die Nacht, weißbärtig und gebrestig, jeder ein kleines Bündel und einen Stecken in der Hand, so wie auch in ihrem Lande die Frommen zu pilgern pflegten von Ort zu Ort, da lachten sie zutraulich den alten Männern zu, und die Zähne blitzten weiß aus ihren wilden und dunklen Gesichtern. Dann pfiff einer von ihnen hell und schnell; neuerdings warfen sie die Pferde herum, flügelhaft und leicht wie eine Vogelschar zu ihrer Beute zurückstiebend, indes die Greise noch reglos standen von dem Blitz ihres Erschreckens und nicht deutlich zu begreifen wagten, daß sie geschont und gerettet waren.

Rabbi Elieser, der Reine und Klare, war der erste, der sich ermannte. Zärtlich klopfte er dem Knaben die Wange.

«Ein Tapferer bist du», sagte er, zu ihm sich niederbeugend. «Ich habe deine Hand gehalten, und sie hat nicht gebebt. Soll ich dir nun weiter erzählen? Denn noch immer weißt du nicht, wohin wir gehen und weshalb wir wach sind in dieser Nacht.»

«Erzähle!» hauchte mit leister Bitte der Knabe.

«Ich sagte dir, du entsinnst dich, daß Titus, der Verfluchte, unsere Heiligtümer nach Rom schleppte und sie in eitler Schaulust führte durch die ganze Stadt. Nach jenem Tage aber bargen die Kaiser Roms unsere Menorah mit den andern Heiligtümern Schelomos in einem Hause, das sie Tempel des Friedens benannten; törichtes Wort, als ob der Friede jemals Dauer hätte und Heimstatt auf unserer streitvollen Erde. Aber Gott duldete nicht, daß in fremdem Tempel bleiben sollte, was Schmuck seines eigenen zu Zion gewesen; so sandte er nächtens ein Feuer, und das Feuer verbrannte jenes Haus mit Dach und Bildern und Habe: nur unser Leuchter ward gerettet vor den fressenden Flammen, und sichtbar ward es abermals, daß nicht Feuer und Ferne und nicht der Menschen räuberische Hand über ihn vermögen. Ein warnend Zeichen war es von Gott, daß sie wiedergeben sollten das Heilige an seinen heiligen Ort und die Geräte an die Stätte, die sie ehrte nicht um des Goldes, sondern einzig um ihrer Heiligung willen. Aber wann verstehen die Toren ein Zeichen, wann beugt sich gefügig des Menschen stockiges Herz dem Verstand?»

Rabbi Elieser seufzte, dann sprach er weiter:

«So nahmen sie unser heilig Gerät und bargen es abermals in einem andern Hause des Kaisers, und weil es in verschlossener Kammer dort geduldend Jahre und Jahrzehnte lag, meinten sie abermals, nun sei es ihnen geborgen für alle Ewigkeit. Jedoch hinter einem Räuber hetzt immer der andere, was einer gewalttätig genommen, nimmt ihm abermals Gewalt. Wie Rom über Jeruscholajim, so ist Karthago über Rom hergefallen. Wie sie uns beraubten, so hat man sie nun beraubt, wie unser Heiligstes ihr Heiligstes geschändet. Aber auch unser Eigen, unsere Menorah, unser Gottesgerät haben jene Räuber genommen, und diese Karren dort im Dunkel, sie schleppen fort, was das Teuerste unseren Herzen ist. Morgen laden sie den Leuchter auf ein Schiff, ihn in die Fremde zu führen, unerreichbar unserem sehnenden Blick; nie wird uns Alten dieser Leuchter mehr leuchten! Und so wie man die Leiche eines geliebten Menschen zu Grabe geleitet, damit man seine Liebe bezeuge durch dies Gehen und Mitihmgehen auf seinem letzten Wege, so begleiten wir heute die Menorah auf ihrem Fortgang in die Fremde. Es ist das Heiligste, das wir verlieren: verstehst du nun die Trauer unseres schmerzlichen Gangs?»

Das Kind schritt gebeugten Hauptes und schwieg. Es schien nachzudenken.

«Dies aber behalte: als Zeugen haben wir dich mitgenommen, damit du einst, wenn wir selber zu Erde geworden, bezeugest, daß wir die Treue gehalten dem Heiligen und daß du lehrest die andern, sie weiter zu halten. Daß du sie glauben hilfst unsern Glauben, immer werde er wiederkehren, der Leuchter, von seinem Wandern im Dunkel, und einstens mit sieben Flammen wieder glorreich erhellen den Altar des Herrn. Wir haben dich aufgeweckt, daß dein Herz wach werde und du einst diese Nacht den Späteren kündest. Besinne dich und künde den andern zur Tröstung, daß du noch eigenen Auges den Leuchter gesehen, der durch tausend Jahre gewandert, unversehrt wie unser Volk in der Fremde, und von dem ich felsenfest glaube, daß er nicht untergeht, solange wir nicht untergehen.»

Das Kind schwieg noch immer. Und Rabbi Elieser, der Reine Klare, spürte einen Widerstand in des Knaben starrem Schweigen. So beugte er sich nieder und fragte: «Hast du mich verstanden?»

Des Knaben Nacken blieb hart. «Nein», sagte er bockig. «Ich verstehe es nicht. Denn wenn... wenn er uns so teuer ist und so heilig, der Leuchter... warum lassen wir ihn uns nehmen?»

Der alte Mann seufzte. «Richtig fragst du, mein Kind. Warum lassen wir ihn uns nehmen? Warum wehren wir uns nicht? Aber später erst wirst du begreifen, daß auf dieser Welt das Recht zu den Starken hält und nicht zu den Gerechten. Immer erzwingt Gewalt ihren Willen auf Erden, und Frommsein hat keine irdische Macht. Nur Unrecht zu dulden haben wir von Gott gelernt und nicht unser Recht mit der Faust zu erzwingen.»

Rabbi Elieser sagte gebeugten Haupts diese Worte im Weiterschreiten. Aber plötzlich löste heftig der Knabe die Hand aus der seinen und blieb stehen. Gerade und fast herrisch fragte das glühende Kind den alten Mann:

«Aber Gott? Warum duldet er diesen Raub? Warum hilft er uns nicht? Du hast doch gesagt, daß er der Gerechte sei und der Allmächtige? Warum hält er zu den Räubern und nicht zu den Gerechten?»

Alle erschraken. Alle blieben stehen und das Herz stand ihnen gleichzeitig stille im Leibe. Wie eine scharfe Fanfare war die unbändige Frage des Kindes ins Leere der Nacht gefahren, als erklärte dieser eine kleine Knabe Gott den Krieg. Und zornig – denn er schämte sich seines Blutes – herrschte Abthalion seinen Enkel an:

«Schweig und lästere nicht!»

Aber Rabbi Elieser zerschlug ihm das Wort:

«Du schweig zuerst! Was murrst du gegen das unschuldige Kind? Denn nichts hat sein ahnungsloses Herz anderes gefragt, als was wir täglich und stündlich uns fragen, du und ich und wir alle und die Weisen und Weisesten unseres Volkes von Anfang und Anfang an. Nichts hat dies Kind gefragt als unsere alte jüdische Frage: warum faßt Gott gerade uns so hart unter den Völkern, gerade uns, die wir ihm dienten wie keines? Warum wirft er gerade uns unter die Sohlen der andern, daß sie uns treten, uns, die ihn als die ersten erkannt und gepriesen in der Unfaßbarkeit seines Wesens? Warum zerstört er, was wir bauen, zerschlägt er, was wir erhoffen, warum nimmt er uns die Bleibe, wo immer wir rasten, warum stachelt er Volk um Volk gegen uns zu ewig erneuertem Haß? Warum prüft er uns, und immer nur uns, so hart, die er zuerst sich erlesen und als die ersten eingetan in sein Geheimnis? Nein, ich werde nicht lügen vor einem Kinde, denn wenn seine Frage Lästerung ist, dann bin ich ein Lästerer selbst an jedem Tage meines Lebens. Sehet, ich bekenne es vor euch allen: auch ich, so sehr ich mich wehre, auch ich rechte mit Gott ohne Ende, auch ich frage, achtzig Jahre alt, noch immer die Frage dieses arglosen Kindes Tag für Tag: warum stößt gerade uns Gott so tief in die Not? Warum duldet er unsere Entrechtung und hilft noch den Räubern im Raub? Und schlage ich mir auch tausendmal dann die Faust gegen die Brust in Beschämung, ich kann ihn doch nicht erdrücken und ersticken, diesen fragenden Schrei. Kein Jude wäre ich und kein Mensch, quälte mich nicht täglich diese Frage, und nur im Tod wird sie verstummen auf meiner Lippe.»

Die andern Greise erschauerten. Nie hatten sie Kab ve Nake, den Reinen und Klaren, den immer Gerechten, in solchem Aufruhr gesehen: aus einem Innersten, das er sonst allen verschloß, mußte diese Anklage gefahren sein, und fremd schien er ihnen allen, wie er dastand, bebend an allen Gliedern im Übermaß des Schmerzes und schamvoll den Blick weggewendet von dem Kinde, das verwundert das fragende Auge gegen ihn erhob. Doch schon hatte sich Rabbi Elieser wieder gesammelt, und abermalens sich beugend zu dem Knaben beschwichtigte er ihn:

«Verzeih, daß ich zu jenen sprach und zu einem Andern über uns allen, statt dir Antwort zu geben. Du hast mich gefragt, mein Kind, aus der Einfalt deines Herzens: warum duldet Gott diesen Frevel an uns und an ihm? Und ich antworte dir aus der Einfalt meines Geistes, so redlich ich vermag, ich antworte dir: – ich weiß es nicht. Denn wir kennen nicht Gottes Pläne und ahnen nicht seine Gedanken. Aber immer, wenn ich selbst mit ihm rechte in der Torheit meines Schmerzes und im Übermaß unseres gemeinsamen Leidens, dann versuche ich mich zu trösten, indem ich mir sage: vielleicht ist ein Sinn in dem Leiden, das er uns zumißt, und vielleicht büßen wir jeder eine Schuld. Wer kann sagen, wer sie begangen? Vielleicht war Schelomo, der Weise, unweise, da er den Tempel baute zu Jeruscholajim, als wäre Gott ein Mensch und begehrte Bleibe zu haben an einer einzigen Stätte und unter einem einzigen Volke. Vielleicht war es Sünde, daß er so prunkvoll das Haus ihm errichtet, als wäre Gold mehr als Frommheit, und Marmel mehr als innerer Bestand. Vielleicht war es gegen Gottes Willen, daß wir jüdisches Volk sein wollten wie die andern und Heimat haben und Haus, daß wir sagten, unser Land sei dies, und sagten: unser Tempel und unser Gott, wie man sagt: meine Hand und mein Haar. Vielleicht hat er deshalb den Tempel zerschlagen und von der Heimat uns losgerissen, daß wir unseren Sinn nicht an Sichtbares hängten, sondern nur innerlicher Art ihm treu blieben, dem Unerreichbaren und Unsichtbaren. Vielleicht ist unser wahrer Weg dies, daß wir immer am Wege sind, wehmütig zurückblickend und sehnsüchtig voraus, immer nach Ruhe begehrend und immer doch ruhelos; denn immer ist nur dies ein heiliger Weg, dessen Ziel man nicht kennt und den man beharrlich doch schreitet, so wie wir hier ins Dunkle und Gefährliche schreiten diese Nacht und nicht kennen ihren Ausgang.»

Der Knabe lauschte. Aber Rabbi Elieser war zu Ende:

«Nun aber frage nicht mehr. Denn dein Fragen ist weiter als mein Wissen. Warte und gedulde dich: vielleicht antwortet dir Gott einmal aus deinem eigenen Herzen.»

Der alte Mann schwieg und es schwiegen die andern. Still standen sie alle am Wege, und schweigend umhüllte sie die Nacht und allen war, als stünden sie allein im Dunkel der Welt, jenseits der Zeit.

Plötzlich schauerte einer auf und hob die Hand. Ein Ängsten war über ihn gefahren, und er mahnte die andern, zu lauschen. Und wirklich, etwas lief durch die Stille und kam rauschend heran. Erst war es bloß, als ob irgendwer flüchtig eine Harfe rührte, ein dunkler, schwellender Ton, aber schon schwang es stärker heran wie Wind oder Meer aus dem Finstern, und mit einemmal brach in die Schwüle ein mächtiger Stoß gewittrigen Sturms, kurz und plötzlich, daß die erschreckten Bäume am Wege aufgriffen mit ihren Armen, als wollten sie sich halten im Leeren, und die Büsche wirr flüsterten und Staub von der Straße fuhr. Es war, als schwankten mit einemmal die Sterne, und die Greise, erregt, wie sie waren vom Gespräch über ihr Schicksal und Gottes Nähe gewärtig, bebten, ob nicht plötzlich ihnen Antwort werden sollte, denn geschrieben stand in der Schrift von Gott, daß er nahe im Sturmwind und seine Stimme zu sprechen anhebe in sanftem Säuseln. Jeder senkte die Stirne zur Erde, jeder horchte gleichzeitig nach oben, und unbewußt faßten sie einer des andern Hand, um gemeinsam wider das Wunderbare sich zu halten, und einer spürte des andern Puls wie einen kleinen heftigen Hammer in seiner Faust.

Aber nichts geschah. Plötzlich, wie er gekommen, setzte der Sturmwind aus, und mählich erlosch das Flüstern im Grase. Nichts geschah. Keine Stimme sprach, kein Ton erlöste die erschrockene Stille. Und als sie einer nach dem andern die verängsteten Augen wieder erhoben von der Erde, gewahrten sie, daß im Osten über dem Dunkel ein erster Schimmer begann, opalen und zart. Da erkannten sie, daß dies nur der Wind gewesen, der immer anhebt, ehe der Tag beginnt; nur das tägliche Wunder war geschehen, daß es Morgen ward wie nach jeder irdischen Nacht. Stärker erhellte, indes sie noch unruhig standen, sich die rötliche Ferne, und schon rang in blassem Umriß das Land sich aus den Schleiern. Nun wußten sie: die Nacht war zu Ende, die Nacht ihrer Wanderung.

«Es morgent», murmelte leise und enttäuscht Abthalion, «sprechen wir das Gebet!»

Die elf Greise traten zusammen. Abseits stehen blieb das Kind, als Unmündiges noch nicht kund des Gebets. und blickte erregten Herzens zu. Die Alten holten aus ihren Bündeln die Gebetsmäntel und legten sie um Schultern und Häupter. Die Riemen banden sie um die Stirn und die Hand, die linke, die nahe dem Herzen liegt. Dann wandten sie sich gegen Osten, wo sie Jeruscholajim wußten, und sprachen den Dank an Gott, der die Welt geschaffen, und rühmten ihn mit den achtzehn Segenssprüchen seiner Vollendung. Leise sangen und murmelten sie, den Körper vor- und rückwärts schwingend im Rhythmus der Rede. Der Knabe konnte die Worte nicht alle verstehen, aber die Inbrunst sah er, mit der die elf Greise sich wiegten in dem bewegten Gesange wie vordem die Sträucher in Gottes Wind. Nach dem feierlich erhobenen ‚Amen!' beugten sie sich alle, dann falteten sie die Gebetmäntel wieder ein und rüsteten neuerdings zum Wege. Älter schienen sie nun, die Alten, im mählich erwachenden Licht, schärfer zeichneten sich die Furchen ihrer Stirn und dunkler die Schatten um Augen und Mund: als ob sie kämen von ihrem eigenen Tode, müde und mühsam schleppten sie sich weiter mit dem Kinde, den letzten, den schmerzlichsten Rest ihres Wegs.

Hell und heiß brannte der italische Morgen, als die elf Greise mit dem Kinde zu dem Hafen von Portus gelangten, wo der Tiber seine gelbe Flut matt und lustlos ins Meer ebben läßt. Sehr wenige Schiffe der Vandalen warteten noch an der Reede, eines nach dem andern stieß schon ab, den Mast sieghaft bewimpelt und den breiten Bauch mit Beute beschwert; schließlich lag bloß ein einziges mehr vor Anker am Ufer und fraß gierig aus den überfüllten Karren das Letzte des römischen Raubes. Ein Wagen hinter dem andern rollte zur Leerung gehorsam heran, und jedesmal trugen über eine bretterne Lauftreppe die Sklaven auf ihren braunen Schultern oder hochgestemmt auf dem Haupt die schweren Lasten zu dem Schiffe empor, Kisten und Truhen mit Gold und runde Amphoren mit Wein. Aber so sehr sie sich auch sputen mochten, dem ungeduldigen Herrn des Schiffes war ihr Dienst nicht schleunig genug, und so trieben mit Peitschen die Aufseher der Vandalen die Sklaven zu immer rascherem Gang. Nun hielt der letzte Karren vor dem Schiff; es war jener, dem die elf Greise mit dem Kinde nachgewandert waren die lange Nacht und der den Leuchter des Tempels enthielt. Noch war seine Last mit Stroh und Tüchern überdeckt, aber brennenden Blicks starrten die Greise auf den gehäuften Karren hin und bebten vor der Enthüllung. Jetzt war der Augenblick der Entscheidung, jetzt oder nie mußte das Wunder geschehen.

Der Knabe aber blickte nicht hin mit ihnen. Wie verzaubert starrte er auf das Meer, das er erstmalens erschaute. Da war es, blauer unendlicher Spiegel, strahlend gewölbt, bis zu dem scharfen Strich, wo die Flut den Himmel berührte, und noch weiter schien ihm dieser riesige Raum als die Kuppel der Nacht, da er zum erstenmal das volle Rund der Sterne im ausgewölbten Himmel gesehn. Gebannt beobachtete er, wie die Wellen mitsammen spielten, wie sie einander jagten und stießen, wie eine über den Rücken der andern sprang und dann in einem leisen, glucksenden Lachen des Übermuts schäumend entflüchtete, um neu und neu sich zu formen, und er ahnte eine Heiterkeit in diesem seligen Spiel, wie er sie nie zu träumen gewagt im rostigen Schatten seiner engen Abseits- und Armengasse. Gewaltsam spannte sich seine magere Kinderbrust und sehnte sich, weit zu werden, stark und groß, um Luft und Welt in sich zu trinken und den Atem dieser Freudigkeit einzufühlen bis tief in sein jüdisch verschüchtertes Blut. Unwiderstehlich lüstete es das entzückte Kind, vorzutreten bis hart an das Nasse heran und die Arme zu dehnen, die kleinen, um zumindest einen ahnenden Atemzug dieser Unendlichkeit an den eigenen Leib zu drängen, und aufgehoben von innen her, fühlte er sich im Anschaun dieses Schönen und Hellen wie noch niemals beglückt; ach, wie unbefangen war hier alles, wie frei und ohne Angst! Als weiße Geschosse fuhren die Möwen herab und wieder auf, weich und seidig blähten die schönen Schiffe ihre Segel im Wind. Und plötzlich, als der Knabe geschlossenen Auges das kleine Haupt zurücklehnte, um tiefer die salzig kühle Luft in sich einzutrinken, fiel es ihm ein, das erste Wort, das er gelernt: Im Anfang schuf Gott den Himmel und die Erde. Und zum erstenmal ward ihm der Name Gottes, den gestern die Väter, die Greise gesprochen, erfüllt von Sinn und Gestalt.

Ein Schrei schreckte ihn auf. Die elf Greise, sie hatten jetzt alle geschrien wie aus einem Mund, und sofort flüchtete er zu ihnen hin. Eben hatte man die Tücher abgerissen von dem letzten Karren, und als die berberischen Sklaven sich bückten, um eine silberne Statue der Hera – mehrere Zentner war sie schwer – hervorzuschleppen, da stieß mit dem Fuß einer von ihnen den Leuchter beiseite, der ihm im Wege lag, und hart schlug und überschlug sich die Menorah und rollte vom Wagen herab auf die Erde. Ein Aufschrei des Schreckens, ein einziger, zerriß den alten Männern die Brust, da sie sahen, wie das Wahrzeichen, das heilige, das Moses erschaut, das Aaron gesegnet, das am Tische des Herrn gestanden in Schelomos Haus, nun kläglich sielte im Kot der Gespanne, mit Schmutz und Staub geschändet. Die Negersklaven staunten neugierig empor bei dem jähen Schrei. Sie verstanden nicht, warum diese törichten Weißbärte so grell aufschrien und sich an den Armen faßten, einer den andern, eine zuckende Kette von Schmerz: man hatte ihnen doch nichts Böses getan. Aber schon klatschte die Peitsche des Aufsehers auf ihr nacktes Fleisch, und knechtlich gruben sie abermals ihre Arme in das Stroh des Karrens, nun eine Stele hervorholend, nackt in Porphyr schimmernd, und dann abermals eine mächtige Statue, die sie, ein Seil am Halse und eines an den Füßen, wie etwas Geschlachtetes die Lauftreppe zu Bord hinaufschleppten. Rasch und rascher leerte sich jetzt die Tiefe des Wagens. Nur der Leuchter, der ewige, lag noch achtlos zu Füßen des Karrens, halb verdeckt von dem Rad. Und die Greise, die einander hielten, bebten in einhelliger Hoffnung: vielleicht, daß die Räuber in ihrer Hast den Leuchter vergessen würden! Vielleicht, daß sie ihn übersahen! Vielleicht, daß jetzt noch im letzten Augenblicke das Wunder der Rettung geschah!

Aber da bemerkte einer der Sklaven den Leuchter,

bückte sich, nahm ihn und türmte ihn auf die Schultern. Blank glühte der hochgehobene in der Sonne, er flammte und flimmerte, und es war, als erhelle er noch heller den Tag: zum erstenmal in ihrem Leben sahen die Greise das verlorene Heiligtum ihres Volkes, und wehe, in ebendemselben Blick, da sie das geliebteste Wahrzeichen erschauten, ging es schon wieder dahin in die Fremde! Mit beiden Händen, der rechten und der linken, stemmte der breitschultrige Neger die goldene Menorah hoch, um die schwere, überschwere Last im Gleichgewicht zu halten, während er dem schwanken Brett der Lauftreppe zueilte: fünf Schritte, vier Schritte noch und für immer war das Heiligtum entschwunden! Wie nachgezogen von geheimer Kraft, drängten die elf Greise, einer den andern haltend, bis zur Lauftreppe nach, halbblind den Blick von Tränen, und mit wirren Worten floß ihnen vom Mund der Speichel. Wie Trunkene taumelten sie vorwärts, lechzenden Mundes, lechzenden Blicks, um wenigstens noch im frommen Kusse das heilige Zeichen zu berühren. Nur einer, Rabbi Elieser, blieb klar, selbst inmitten seines Schmerzes. Unbändig – und der Griff tat dem Kinde so weh, daß es beinahe aufschrie – preßte er die Hand des Knaben.

«Sieh hin, sieh hin! Du wirst der letzte sein, der unser Heiliges gesehen! Du wirst der Zeuge sein, wie sie es nahmen, wie sie es raubten!»

Das Kind begriff nicht die Worte. Aber es fühlte den Schmerz der andern bis tief hinein ins Blut und empfand, daß hier ein Unrecht geschah. Ein Zorn, ein kindischer Zorn fuhr brennend durch und durch seinen Leib. Ohne zu wissen, was es tat, riß das Kind, das siebenjährige, sich los und sprang dem Neger nach, der eben die Lauftreppe betrat, mühsam schwankend unter dem schweren Gewicht. Nein, er sollte den Leuchter nicht nehmen, dieser fremde Mensch! Sinnlos warf sich das Kind gegen den mächtigen Mann, ihm den Raub zu entreißen.

Der Sklave, schwer beladen, schwankte unter dem plötzlichen, unerwarteten Stoß. Es war nur ein Kind, das an seinen Arm sich hängte, aber, mühsam sich selber im Gleichgewicht haltend auf dem schwingenden schmalen Brett, trat der Sklave taumelnd ins Leere unter dem jähen Anfall von rückwärts her und stürzte hin, das Kind mit sich reißend. Dabei entrollte ihm der Leuchter. Wuchtig donnerte er nieder mit seinem ganzen Gewicht auf den rechten Arm des mitgerissenen Kindes. Einen ungeheuren Schmerz spürte der Knabe, als sei Fleisch und Bein ihm zerstampft und zermalmt, gellend heulte er auf. Aber dieser Schrei ging unter im jähen Aufschwall der andern. Denn alle schrien jetzt zugleich: die Greise vor Entsetzen über den Frevel, daß die heilige Menorah abermals in den Kot hinrollte; von den Schiffen wiederum lärmten zornig die Vandalen. Schleunig sprang der Aufseher zu und trieb mit der Peitsche die schreienden Greise zurück. Inzwischen war der Sklave schon erbittert aufgestanden, mit dem Fuß wegstieß er das stöhnende Kind, abermals schulterte er den Leuchter und trug ihn nun rasch wie ein Fliehender die Lauftreppe hinauf, auf das Schiff.

Die elf Greise achteten nicht des Kindes. Keiner merkte sein stöhnend gekrümmtes Liegen, denn sie blickten nicht nieder zur Erde. Nur auf den Leuchter blickten sie, der jetzt auf den Schultern des Sklaven die Lauftreppe emporstieg, die sieben Kelche wie ein Opfer zu

Gott gehoben, schauernd sahen sie zu, wie an Bord gleichgültig fremde Hände ihn faßten und hinwarfen zur andern Beute. Da aber schrillte schon ein Pfiff, die Kette klirrte den Anker herauf, und unten im unsichtbaren Raum, wo die Galeerensträflinge gekettet waren an ihre Bänke, holten vierzig Ruder aus zu geschlossenem Schlag vor und zurück, vor und zurück. Mit einem Ruck sprang das Schiff an. Weiß lief Schaum über den Kiel, rauschend glitt es dahin, schon hob und senkte sich sein brauner Leib auf den Wellen, als ob es atmete und lebte, und mit geblähten Segeln steuerte die Galeone von der Reede aus geradewegs in das offene, unendliche Meer.

Die elf Greise starrten dem entschwindenden Schiffe nach. Abermals hatten sie einander gefaßt an den Händen und bebten wieder, eine einzige Kette von Schauer und Schmerz. Alle hatten sie heimlich gehofft, ohne daß einer dem andern es anvertraute: jetzt noch und jetzt werde ein Wunder geschehen! Aber leicht und gekost vom zärtlichen Winde glitt mit gerundeten Segeln das Schiff durch die Flut, und je kleiner sein Umriß ward in der Ferne, desto kläglicher schmolz die Hoffnung in ihren Herzen und verlor sich im riesigen Meere ihrer Trauer. Schon schimmerte das Schiff nur mehr klein wie die Schwinge einer Möwe, und schließlich – die Tränen verdunkelten ihren Blick – gewahrten sie nichts als verlassenes Blau. Dahin jede Hoffnung! Abermals wanderte der Leuchter in Fremde und Ferne, ewig rastlos, ewig verloren!

Nun erst, die Augen rückwendend vom Meere, besannen sie sich des Knaben, der stöhnend mit seinem zerschmetterten Arm auf der Stelle lag, wo der Leuchter im Sturz ihn hingeschlagen. Sie hoben den Blutenden auf und legten ihn auf eine Trage. Alle schämten sie sich tief, daß dieser Knabe kindisch getan, was keiner der Männer zu tun gewagt, und Abthalion fürchtete sich vor den Frauen, weil er den Enkel als Krüppel heimbrachte zu Mutter und Tochter. Nur Rabbi Elieser, der Reine und Klare, tröstete sie.

«Nicht klagt und beklagt ihn. Erinnert euch der Schrift, wie Gott den Mann zu Tode schlug, der mit der Hand die Lade rührte, um sie zu stürzen, denn Gott will nicht, daß man an das Heilige rühre mit fleischlichen Händen. Dieses Kind aber hat er geschont und nur den Arm ihm geschlagen. Vielleicht ist ein Segen in diesem Schmerz und eine Berufung.»

Zärtlich beugte er sich dann über den stöhnenden Knaben: «Nicht wehre deinem Schmerz, sondern nimm ihn in dich. Auch dieser Schmerz ist ein Erbe. Denn nur im Leiden erlebt sich unser Volk, nur aus Not wird ihm schaffende Kraft. Ein Großes ist dir geschehen, denn Heiliges hast du berührt, und nur dein Leib ward versehrt, nicht dein Leben. Vielleicht bist du durch diesen Schmerz erlesen und ein Sinn ist verborgen in deinem Schicksal.»

Der Knabe blickte zu ihm auf, gläubig und stark. Mächtiger war der Stolz, daß der Weise ihn ehrte, als der brennende Schmerz. Und nicht ein einzig Stöhnen kam mehr von seiner Lippe, während sie ihn heimbrachten, zerbrochenen Arms, in das väterliche Haus.

Unruhig gingen seit jener vandalischen Nacht im Römischen Reiche die Jahre, und es geschah mehr in einer einzigen Lebenszeit, als sonst in sieben Menschenaltern geschieht. Ein anderer Kaiser ward Herrscher in Rom und wieder ein anderer und wieder ein anderer, der eine hieß Avilius, die nächsten Maioranus und Libius Severus und Anthemius. Einer mordete oder verjagte den andern, abermals brachen germanische Völker ein in die Stadt und plünderten sie. Abermals wurden (und noch immer war es die Lebenszeit eines einzigen Geschlechts) andere Kaiser eingesetzt und wieder abgesetzt und schließlich die letzten Roms, Licerius und Julius Nepos und Romulus Augustulus, bis dann Odoaker und Theoderich, harte nordische Krieger, die Herrschaft nahmen. Aber auch dieses gotische Reich, von dem seine Könige meinten, es werde in Zucht gehärtet und in Eisen gegürtet, Geschlechter überdauern, auch dieses sank und verkam im Lauf dieses einen Geschlechtes, indes im Norden Völker wanderten und sich scharten und jenseits des Meers zu Byzanz ein anderes Rom sich erhob; es war, als sollte seit jener Nacht, da die Menorah durch die Porta Portuensis entwandert, kein Friede mehr sein und keine Rast in der tausendjährigen Tiberstadt.

Alle die elf Greise aber, die den Leuchter auf jener seiner letzten Wanderung begleitet, hatte längst der Tod an sich genommen, und begraben waren ihre Kinder schon, und die Enkel zu Greisen geworden – immer aber lebte dieser eine noch, Benjamin, der Enkel Abthalions, der Zeuge jener vandalischen Nacht. Aus dem Kinde von einst war ein Jüngling geworden, aus dem Jüngling ein Mann, aus dem Manne ein Greis. Sieben seiner Söhne waren ihm vorausgestorben und seiner Kindeskinder schon eines erschlagen, als der Pöbel unter Theoderich die Synagoge verbrannte. Er aber, zertrümmerten Arms, lebte noch immer; wie im Walde der Sturm die Bäume hinfegt zur Rechten und zur Linken, einer aber, der mächtigste, bleibt und ragt allein, so überdauerte dieser Uralte die Zeit und sah Kaiser sterben und Reiche sinken; ihn allein nur mied ehrfürchtig der Tod, und sein Name war groß und fast heilig unter den Juden der Erde. Benjamin Marnefesch nannten sie ihn um seines zerschlagenen Armes willen, was besagen will: den Mann, den Gott bitter geprüft, und keinen andern ehrten sie wie ihn. Denn der letzte war er und der einzige, der eigenen Auges den Leuchter Mosis, den Leuchter aus Schelomos Tempel, erschaut, die Menorah, die, verwaist ihres Lichts, nun vergraben dunkelte im Schatzhaus der Vandalen. Wenn Kaufleute nach Rom kamen aus Livorno und Genua und Salern, aus Mainz und Trier und den levantinischen Ländern, gingen sie erstlich hin zu seinem Hause, um leibhaftigen Auges den Mann zu erblicken, der die Heiligtümer Mosis und Schelomos noch mit den seinen gesehen. Wie vor frommem Bildnis beugten sie sich vor dem Greise in Ehrfurcht, mit ergriffenem Schrecken blickten sie auf den gelähmten Arm und tasteten mit den Fingern die Hand an, die einstens den Leuchter des Herrn berührt. Und obwohl sie jeglicher wußten – denn in jenen Zeiten lief die Rede so rege über die Welt wie heute die Schrift –, was Benjamin Marnefesch widerfahren in jener Nacht, ließen sie nicht ab, ihn zu bitten, daß er immer und immer die Wanderung ihnen von neuem berichtete. Und mit ewig gleicher Geduld erzählte dann jedesmal der Greis von der Ausfahrt des Leuchters, und von dem Busch seines Barts ging ein Glänzen aus, wenn er verkündete, was Rabbi Elieser, der Reine und Klare – längst war sein Leib in die Grube gefahren – ihm damals verheißen. Nicht zu verzagen mahnte er sie, denn noch sei die Wanderung des heiligen

Zeichens nicht vollendet; wiederkehren werde der Leuchter nach Jeruscholajim und enden ihre eigene Verstoßenheit, wieder werde sich sammeln das Volk um sein gerettetes Zeichen. So gingen sie alle getröstet von ihm, und in ihr Gebet verflochten sie seinen Namen, daß er lange bleiben möge mit seinem Volke, er, der Tröster, der Zeuge, der letzte, der das Heiligtum des Tempels gesehen.

Und Benjamin, der bitter Geprüfte, das Kind jener verschollenen Nacht, ward siebzig Jahre und ward achtzig und ward fünfundachtzig und ward siebenundachtzig. Schon beugten sich mählich seine Schultern unter der wuchtenden Zeit, undeutlich ward ihm das Auge, und manchmal ermüdete er mitten im Tag. Aber keiner der Juden Roms wollte glauben, daß der Tod Macht haben könne über ihn, denn sein Dasein bedeutete ihnen Unterpfand eines großen Geschehens. Undenkbar schien es jedem, daß diese irdischen Augen, die den Leuchter des Herrn gesehen, auslöschen konnten, ohne die Heimkehr der Menorah erlebt zu haben, und als ein Wahrzeichen göttlichen Willens hüteten sie seine Gegenwart. Es war kein Fest ohne ihn und kein Dienst ohne seinen Namen. Wenn er ging, beugten sich fromm die Ältesten vor dem Uralten, jeder sprach den Spruch des Segens nach seinen Schritten, und wo immer sie sich einten zu Sorge und Fest, war der oberste Platz an ihrem Tische ihm bereitet.

So ehrten die Juden Roms Benjamin Marnefesch auch diesmal als den Ältesten und Würdigsten der Gemeinde, da sie sich, wie es die Sitte gebot, auf dem Friedhof versammelten an dem traurigsten Tag ihres Jahres, dem neunten Ab, dem Tag der Zerstörung des Tempels, jenem Tage, dem düster gedächtnisvollen, der ihre Väter heimatlos gemacht und wie Salz gestreut über die Länder der Erde. Nicht in ihrem Bethause saßen sie, das hatte jüngst der feindliche Pöbel geschändet, sondern ihren Toten verlangte es sie nahe zu sein an diesem tödlichen Tage; außerhalb der Stadt, wo ihre Väter eingegraben waren in fremde Erde, versammelten sie sich, um die eigene Fremdheit einer dem andern zu klagen. Zwischen den Gräbern saßen sie und manche auf bereits zerbrochenen Steinen; sie wußten, bei ihren Vätern saßen sie, Söhne auch ihrer Trauer, und lasen auf den Tafeln der Ahnen Namen und ihr Lob. In manchen der Steine waren über dem Namen bildliche Zeichen gemeißelt, zwei gekreuzte Hände als Zeugnis der Priesterschaft oder der waschende Krug der Leviten oder ein Löwe oder Davids Stern. Eine der aufrechten Platten zeigte im Abbild den siebenarmigen Leuchter, die Menorah, um zu künden, daß, der hier in ewigem Schlummer ruhte, ein Weiser und selbst eine Leuchte in Israel gewesen. Vor diesem Grabstein und den Blick ihm zugewandt, saß Benjamin Marnefesch im Kreise der andern, Asche aufs Haupt gestreut und die Kleider zerrissen wie die andern, die Weiden gleich sich beugten und neigten über die schwarzen Gewässer ihres Leides.

Es war spät am Nachmittag, und die Sonne senkte sich schon schräge in die Pinien und Zypressen. Falter von satter Buntheit schwirrten um die hockenden Juden wie um vermorschte Stämme, Libellen mit regenbogenfarbigen Flügeln setzten sich sorglos auf ihre gebeugten Schultern, und im fetten Grase spielten Käfer um ihren Schuh. Würzig fächelte im golden glänzenden Laub

Wind heran, ein samtig weicher Abend war nah, aber die Juden hoben die Augen und hoben die Herzen nicht auf. Immer und immer stießen sie sich in neue Trauer hinab, immer und immer neu sich erinnernd der Geschlagenheit ihres Volks in gemeinsamer Klage. Sie aßen nicht, sie tranken nicht, sie wendeten nicht ins Helle des Tages den Blick; nur die Klagegesänge lasen sie einander vor, die erzählen von der Zerstörung des Tempels und vom Untergang Jeruscholajims, und obwohl jedes Wort dieser schmerzvollen Gesänge längst eingebrannt war bis zum innersten Tropfen des Blutes, sagten die Gläubigen sie sich aber und abermals vor, um den Schmerz zu schärfen und zu fühlen, wie aber und abermals der geschärfte ihr Herz zerschnitt. Nichts wollten sie fühlen denn Leid an diesem dunkelsten Tage, und so besannen sie zu ihrer eigenen Verstoßenheit und Bedrücktheit noch der Toten Leid und Bedrücktheit; all ihres Volks schweres Geschick erneuerten sie sich einer dem andern im Wort und das Leiden der Vorzeit. Und wie diese in Rom, so hockten und saßen, bestäubten Haars und zerrissenen Gewands, in allen Städten und Gemeinden der Erde die Juden bei den Gräbern und sprachen und lasen von einem Ende der Welt bis zum andern die gleichen Klagen zur gleichen Stunde, die Klage Jeremias, wie die Tochter Zion gefallen und zum Spott geworden der Völker. Und sie wußten, dieses Leid und diese Klage gemeinsamen Verstoßenseins waren ihre einzige Einheit auf Erden.

Indes sie so saßen und murmelten und klagten und sich das Herz zerrieben mit dem Schmerz der Erinnerung, merkten sie nicht, wie die Sonne immer goldener wurde und die dunklen Stämme der Pinien und Zypressen, gleichsam von innerem Licht erhellt, rötlich zu glühen begannen. Sie merkten nicht, daß der neunte Ab, der Tag der großen Trauer, langsam zu Ende ging und die Stunde nahte des letzten Gebets. Da klirrte außen das rostige Tor des Friedhofs. Sie hörten wohl, daß einer eintrat, aber sie erhoben sich nicht, und auch der Fremde stand still wartend, bis das Gebet gesprochen war. Dann erst blickte der Vorsteher der Gemeinde den Eingetretenen an und grüßte: «Gesegnet sei, der da kommt. Friede mit dir, Jude.»

«Gesegnet seien, die hier weilen», antwortete der Fremde. Und abermals fragte der Vorsteher:

«Woher kommst und welcher Gemeinde bist du?»

«Die Gemeinde, in der ich gewesen, sie ist nicht mehr; auf einem Schiff bin ich geflohen von Karthago. Großes hat sich ereignet. Justinian, der Kaiser, hat von Byzanz ein Heer geschickt gegen die Vandalen, und Belisar, sein Feldherr, hat Karthago gestürmt, die Zwingburg der Piraten. Gefangen ist der König der Vandalen, vernichtet sein Reich. Alles, was die Räuber genommen in Jahren und Jahren, hat Belisar gebeutet und führt es nach Byzanz. Der Krieg ist zu Ende.»

Die Juden blickten gleichgültig und stumm, ohne aufzustehen. Was war ihnen Byzanz, was ihnen Karthago – Edom dies alles und Amalek, der ewige Feind. Ewig führten diese heidnischen Völker sinnlose Kriege, bald siegten diese, bald siegten jene, und nie die Gerechtigkeit. Was ging sie das an? Was war Karthago, was Rom, was Byzanz ihrem Herzen, das nur einer Stadt sich sorgte: Jeruscholajims.

Nur Benjamin Marnefesch, der bitter Geprüfte, hob stark jetzt den Blick:

«Und der Leuchter?»

«Er ist heil. Belisar hat ihn erbeutet. Und ich habe vernommen, mit all den andern Schätzen bringt er ihn hinüber nach Byzanz.»

Jetzt erst schraken die andern auf. Jetzt erst begriffen sie Benjamins Frage: abermals sollte der heilige Leuchter in Fremdnis wandern. Wie ein Pechbrand warf sich die Botschaft in das dunkle Gebäu ihrer Trauer. Sie sprangen auf von der Erde, sie drängten über die Gräber, umringten den Fremden, sie schluchzten und weinten:

«Wehe! Nach Byzanz!... Abermals über das Meer!.. Abermals in fremdes Land... Noch einmal werden sie ihn hinschleppen im Triumph wie Titus, der Verfluchte ... Immer in anderes Land und nie nach Jeruscholajim ... Wehe, wehe über uns!»

Es war, als hätte man mit heißem Stahl an eine alte Wunde gerührt. Denn dunkel war Unruhe in ihnen allen und Angst, wenn die Heiligtümer der Lade wanderten, müßten sie selbst wieder in die Fremde hinaus, abermals, abermals Heimat suchen, die keine Heimat war. So ging es, seit der Tempel zerstört war, und immer wieder ward ihr Leben zerstört. Der vergangene Schmerz und der neue strömten wild ineinander. Alle schrien sie, schluchzten und klagten, und die kleinen Vögel, die friedlich saßen auf uraltem Stein, stoben auf und entflüchteten vor der Männer heißem Tumult.

Nur einer, Benjamin, der Uralte, war still auf dem vermoosten Steine sitzengeblieben und schwieg, während die andern wirrten und weinten. Ohne daß er es wußte, hatten sich seine Hände zusammengetan; wie ein Träumender saß er und lächelte still vor sich gegen jene Grabtafel hin, in die das Bildnis der Menorah gegraben war. Mit einemmal leuchtete in seinem verwitterten und weißumwirrten Greisengesicht etwas auf von dem Kinde, das er gewesen in jener Nacht, die Falten fielen auseinander, die Lippen lösten sich lind, und es war, als ging das leise Lächeln von dem Mund über seinen ganzen Leib, da er nach innen lauschte, über sich selber gebückt.

Endlich ward einer des Alten gewahr, und er schämte sich seiner eigenen Wildheit. Ehrfürchtig blieb er stehen und rührte leise den Nächsten an. Einer nach dem andern verstummte, und alle blickten sie jetzt atemlos auf den Greis, dessen Lächeln wie eine weiße Wolke hinging über ihren dunklen Schmerz. Es ward still wie bei den Toten unter der Erde, deren Gräber sie dunkelnd umstanden.

An dem völligen Schweigen erst spürte Benjamin, daß alle auf ihn blickten. Mühsam, denn er war schon gebrechlich, hob er sich auf von dem zerschlagenen Stein, auf dem er gesessen; allen schien er plötzlich mächtig wie noch nie, wie er dastand, silbern umbuscht das Antlitz und wie weiße Lohe das Haar lodernd um die kleine seidene Kappe. Nie fühlten sie innerlich so sehr wie in dieser Stunde, daß der Marnefesch, der bitter Geprüfte, auch ein Gesendeter war. Benjamin aber begann, und es war die Frommheit eines Gebets in seinem Wort:

«Nun weiß ich, warum mich Gott aufgespart bis zu dieser Stunde. Immer fragte ich mich, wozu breche ich noch unnütz das Brot, wozu spart mich der Tod, mich ausgemüdeten, unnützen Greis, der nur mehr nach Schweigen verlangt. Schon war ich kleinmütig geworden, denn zu viel Leiden sah ich in unserem Volke, und mir müdete die Zuversicht. Doch nun begreife ich, daß eins mir noch auferlegt ist in diesem Leben. Ich habe den Anfang gesehen, nun ruft mich das Ende.»

Ehrfürchtig lauschten die andern dem Dunkel seiner Rede. Endlich fragte einer, der Vorsteher, leise:

«Was willst du tun?»

«Ich glaube, nur dazu hat mir Gott das Leben und das Licht des Auges so lange bewahrt, daß ich noch einmal den Leuchter erschaue. Ich muß nach Byzanz. Vielleicht, was dem Kinde mißlang, das Heilige für uns zu lösen, vielleicht vollbringt es der Greis.»

Alle bebten vor Erregung und Ungeduld. Unglaubhaft schien es zwar jedem, daß dieser brüchige Greis den Leuchter zurückzugewinnen vermöge von dem mächtigsten Kaiser der Erde, und doch war es betörend, das Wunderbare zu glauben. Nur ein einziger fragte besorgt:

«Wie könntest du so weite Reise bestehen? Bedenke, drei Wochen sind es auf dem winterlichen Meer. Du bist, ich fürchte, nicht stark genug für die Mühsal.»

«Man ist immer stark, wenn es das Heilige gilt. Auch damals, als sie mich mit sich nahmen, ein unmündiges Kind, meinten sie, der Weg sei zu mühsam, und doch ging ich ihn voll bis ans Ende. Nur dies wird not tun, denn mein Arm ist zerschlagen, daß einer mich begleite, ein Rüstiger, damit er mir helfe, und ein Junger, damit er einst Zeuge sei späterem Geschlecht, wie ich es geworden dem euern.»

Er wandte die Augen suchend im Kreise und sah einen nach dem andern der jüngeren Männer an, als wollte er sie prüfen. Jeder bebte unter diesem tastenden Blick und spürte seine Spitze bis an das verstummende Herz. Jeder ersehnte, er möge gewählt werden für die Sendung, und jeder war zu scheu, sich zu melden. Alle warteten sie, die Seele erregt. Aber der Alte senkte unsicher das Haupt und murmelte nur:

«Nein, ich will nicht entscheiden. Nicht mein sei die Wahl. Man werfe die Lose. Gott soll mir den Rechten erwählen.»

Die Männer traten zusammen, zogen Halme aus dem wuchernden Gras der Gräber, zerbrachen sie in größere und kleinere Stücke und teilten sie untereinander. Das Los entschied für Jojakim ben Gamaliel, einen Zwanzigjährigen, der groß und kräftig war, ein Schmied seines Zeichens, aber sie liebten ihn nicht. Denn er war unkund der Schrift und ungeduldiger Art. Blut war an seinen Händen, er hatte einen Syrer in Smyrna im Streite erschlagen und war nach Rom geflohen, ehe die Häscher ihn faßten. Ärgerlich wunderten sie sich alle im stillen, daß das Los gerade diesen Störrischen und Wilden getroffen statt eines Ehrfürchtigen und Frommen. Aber der Alte blickte, da Jojakim als der Gewählte vortrat, nur flüchtig auf und befahl ihm:

«Rüste alles. Morgen abend reisen wir.»

Den ganzen Tag nach diesem neunten Ab verbrachte die römische Gemeinde in aufgeregter Tätigkeit. Keiner der Juden pflegte sein eigen Geschäft, ein jeder brachte und sammelte Geld, und die arm waren, borgten auf Pfand, und die Frauen gaben ihre Spangen und Steine. Denn immer mehr wuchs in ihnen allen die Gewißheit, daß dieser auserwählt sei, die Menorah zu lösen aus der neuerlichen Haft und den Kaiser zu bestimmen, wie einstens Cyros, das Volk mit den heiligen Geräten heimzusenden in die Heimat. Tag und Nacht schrieben sie Briefe an alle die Gemeinden des Ostens, nach Smyrna und Kreta und Saloniki, nach Tarsos, Nykäa und Trapezunt, sie sollten Sendlinge schicken nach Byzanz und Gelder sammeln, auf daß man die heilige Tat der Befreiung vollende. Sie mahnten die Brüder in Byzanz und Galata, Benjamin Marnefesch, dem bitter Geprüften, als dem Berufenen gewaltigen Geschehens im voraus jeden Weg zu bereiten; gleichzeit rüsteten die Frauen Mäntel und Kissen und Zehrung für die Reise, damit die Lippen des Frommen nichts Unreines berühren müßten auf dem Schiffe. Und obwohl es den Juden Roms verboten war, im Wagen zu fahren oder zu Pferde zu reiten, bestellten sie heimlich ein Gefährt außerhalb des Tores, damit nicht schon ermüdet der Greis die Ausfahrt beginne.

Aber sehr verwunderten sie sich, als Benjamin sich weigerte, das Fahrzeug zu besteigen. Zu Fuß wolle er die Straße nach Portus schreiten, forderte eigensinnig der Alte, wie er sie vor mehr denn achtzig Jahren, ein schwächliches Kind, gegangen in jener Nacht. Unmöglich und überkühn schien ihnen vorerst das Unterfangen, der sonst Hinfällige wolle eigenen Fußes hinwandern bis an das Meer. Aber sie staunten, da sie ihn anblickten, denn wie verwandelt war er seit jener Botschaft. Es schien, als sei über Nacht Kraft zurückgekehrt in seine Glieder und neue Wärme geströmt in sein altes Blut. Seine Stimme, sonst matt und geschwächt, klang jetzt, da er beinahe zornig ihre Sorge abwehrte, herrisch und stark; und voll Ehrfurcht gehorchten sie ihm.

Die ganze Nacht begleiteten die jüdischen Männer von Rom Benjamin Marnefesch, den Erlesenen ihrer Gemeinde, auf demselben Wege, den dereinst ihre Ahnen geschritten, um den Leuchter des Herrn zu geleiten. Heimlich hatten sie dennoch eine Trage mitgenommen, den Greis darin weiterzuführen, sollte ihm vorzeit die Kraft erlahmen. Aber der alte Mann ging rüstig den Weg und allen voran. Mit keinem sprach er, und sein

Sinn gehörte ganz der vergangenen Zeit. An jedem Stein und jeder Wende des Wegs, den er seit jener Nacht nie mehr geschritten, ward ihm die mächtige Stunde seiner Kindheit immer heller gewärtig. An alles erinnerte er sich, was damals geschehen, er hörte die Stimmen der Toten im lauen Wind, jedes Wort ward wach, das jeder gesprochen. Da zur Rechten hatte die Feuersäule geflammt von dem brennenden Hause, hier der Meilenstein gestanden, an dem sie erloschenen Herzens gezagt, als die numidischen Reiter gegen sie sprengten. Jeder Frage entsann er sich, die er gefragt, jeder Antwort, die ihm geworden. Und als er an jene Stelle kam, wo damals morgens die Alten an dem Rand der Straße ihr Gebet gesprochen, da nahm er, wie es jene getan, Gebetmantel und Riemen, um, nach Osten gewandt, das gleiche Gebet zu sprechen, das schon Väter und Urväter des Morgens gesprochen und das, im Blute bewahrt und dunkel weiterfließend von Geschlecht zu Geschlecht, seine Kinder und Enkelsöhne sprechen würden und deren fernste Erben.

Hinter ihm staunten scheu die andern, sie verstanden nicht sein sonderlich Tun. Denn näher gegen Herbst als bei dem damaligen Gange war diesmal die Zeit des Jahres, kein Schimmer der Frühe am Himmel zu gewahren und noch weit die Stunde vor Tag: wie durfte ein Frommer das Morgengebet sprechen, ehe es dämmerte? Gegen allen Brauch war dies und grober Verstoß gegen Überlieferung und Schrift. Aber dennoch blieben sie ehrfürchtig um den Betenden geschart. Denn was er, der Erlesene, tat, konnte nicht Unrecht sein. Diesem war diesmal, so fühlten sie, alles erlaubt, und wenn er noch vor dem Licht den Dank an Gott sprach für das geschaffene Licht, so war es gerecht.

Der Alte faltete, gesprochenen Gebets, den Mantel wieder zusammen und schritt rüstig weiter, als hätten die frommen Worte ihn erfrischt. Da sie endlich an den Hafen kamen, starrte er lange hinaus auf das Meer; das Kind ward in seiner Seele lebendig, das verschollene, in ihm längst vergangene Kind, das damals zum erstenmal Woge und Ferne erschaut. Es war dasselbe Meer wie vor achtzig Jahren: tief und unergründlich wie Gottes Gedanken, dachte er fromm. Wie damals erhellte sein Auge sich an der Helle des Himmels: alle die Gefährten, die ihn begleitet, segnete er, da er Abschied nahm von ihnen für immer; dann betrat er mit Jojakim das Schiff. Und wie damals die Vorväter und Väter, so blickten vom Ufer nun erschüttert und erregt die Männer zu, wie die Galeone sich regte und geschwellten Segels vom Ufer stieß. Sie wußten, sie hatten den bitter Geprüften zum letztenmal gesehen, und als das Segel in der Ferne entschwand, fühlten sie sich arm und beraubt.

Stark und stetig stieß indes das Schiff durch die Flut. Die Wogen schäumten heftig auf, und von Westen rollten dunkle Wolken heran. Besorgt blickten die Steuerleute, ob nicht ein Sturm heranziehe und damit tödliche Gefahr. Aber wenn auch von Wettern gejagt und zweimal zurückgeworfen auf dem Wege, das Schiff bestand die Beschwerde und landete drei Tage nach dem Tage, da Belisar von Afrika die Beute brachte, heil in Byzanz.

Byzanz, seit von Roms Haupte die Krone gesunken, die Trägerin des Imperiums und die Herrscherin der Welt, wirrte an jenem Morgen von Menschen, denn seit Jahren war dieser Stadt, die Feste und Spiele mehr liebte als Gott und die Gerechtigkeit, kein so herrliches Schauspiel versprochen wie dieses Mal: Belisar, der Besieger der Vandalen, sollte im Zirkus sein siegreiches Heer mit der gesamten Beute dem Basileus, dem Weltherrn, entgegenführen. Unermeßliche Mengen drängten durch die bewimpelten Straßen, eine einzige Masse füllte schwarz den länglich gerundeten riesigen Raum des Hippodroms, und wie ein Meer brandet, murrend und ungeduldig, dröhnte und stöhnte die zusammengedrängte Erwartung. Denn noch stand die kaiserliche Tribüne, die Kathisma, die, mit Säulen überdeckt und prunkvoll beladen, das ungeheure Oval flach abschloß wie ein eingepelltes Ei, völlig leer. Noch war durch den unterirdischen Gang, der diesen festlichen Raum dem Kaiserschlosse verband, der Basileus nicht vor seinem Volke erschienen.

Endlich verkündeten scharfe Fanfaren den festlichen Augenblick. Zuerst reihten sich, mit ihren roten Gewändern und blitzenden Klingen eine leuchtende Rückwand bildend, die kaiserlichen Garden auf, dann rauschten in seideglänzenden Kleidern die obersten Würdenträger, Priester und Eunuchen heran, dann endlich erschienen, baldachinüberdeckt und in zwei Sänften getragen, Justinian, der Basileus, der Autokratos, die goldene Krone wie einen Heiligenschein gewölbt über dem Haupt, und Theodora im Flimmer ihrer Juwelen. Als sie vortraten an ihren kaiserlichen Platz, prasselte mit einem Schlag von allen Stufen ein Sturz tosenden Jubels herab. Vergessen war, daß in ebendemselben Raum erst vor wenigen Jahren eine gleiche Menge gegen die gleiche Tribüne mit demselben Kaiser gestürmt und zur Strafe dann dreißigtausend Menschen geschlachtet wurden an dieser Stätte; immer löscht der Sieg jede Schuld bei der ewig vergeßlichen Masse. Berauscht vom Prunk und zugleich von der Brunst ihrer eigenen Begeisterung, schrien und tobten und heulten und jubelten in hundert Sprachen diese Tausende Münder, daß die steinerne Wandung bebte vom Widerhall, eine ganze Stadt, eine ganze Welt war es, die ihnen entgegenbebte, dem Bauernsohn aus Mazedonien und der zierlichen Frau, die einstmals – die alten Leute erinnerten sich noch – hier im gleichen Hause nackt ihren Körper als Tänzerin offen darbot und nächtens jedem Beliebigen verkauft. Aber auch dies war vergessen wie jede Schande nach dem Sieg und jede Gewalttat nach ihrem Triumphe.

Stumm aber stand über dieser tobenden Masse, die ihren feilen Jubel schmutzig und schreiend wie Spülwasser dem Sieger entgegenschäumte, ein anderes Volk auf den höchsten Terrassen, ein stilles und steinernes Volk: die Hunderte und aber Hunderte der Statuen Griechenlands. Aus ihren Tempeln, wo nur Frieden war, hatte man sie gerissen, diese Bildnisse der Götter, aus Palmyra und aus Kos, aus Korinth und Athen; von ihren Triumphbögen und Säulen hatte man sie geschleppt, nackt und blank, wie sie waren im ewigen Weiß ihres Marmors. Unberührbar von vergänglicher Leidenschaft, für immer eingesenkt in den ewigen Traum ihrer Schönheit, so standen sie da, stumm und anteilslos, sie huldigten dem Irdischen nicht, sie rührten sich nicht. Unbeweglich und stolz starrten sie hinweg über die blutigen Spiele auf die blaue Ferne des Meers, das mit reiner Woge dem Bosporus entgegenschäumte.

Scharf und ganz nah schrillten jetzt abermals die Fanfaren, um anzukündigen, daß der Triumphzug des Feldherrn die äußere Pforte des Hippodroms erreicht habe. Aufgetan wurden die Tore, und abermals schwoll das schon abgedämpfte Brausen der Menge zu jubelndem

Donner empor. Da waren sie, die ehernen Kohorten Belisars, die das Weltreich errichtet, die alle Feinde besiegt und ihnen nun Lust erlaubten an sorglosen Spielen! Steiler und geller stieg der Jubel noch an, als hinter den Siegern die Beute geschleppt kam, die Schätze Karthagos, und ihrer Fülle war kein Ende. Erst fuhren stolz die Triumphwagen vor, welche die Vandalen einstens erbeutet, dann trug man auf erhöhten Gerüsten die Thronsessel, die juwelengeschmückten, und unbekannter Götter Altäre, Statuen leuchteten auf, von namenlosen Künstlern geschaffen im Namen der Schönheit, und dann, beladen bis zum Rande, Truhen, gehäuft mit Gold und Kelchen und Vasen und seidenen Gewändern; alles, was das Raubvolk geraubt an allen Enden der Erde, nun kam es zurück und gehörte dem Kaiser, dem Reich, und bei jeder Herrlichkeit jauchzte das Volk von neuem und träumte in gläubigem Rausch, für ewig und immer ströme alle Pracht, aller Reichtum der Erde nun zu ihm.

Inmitten so blendender Kostbarkeiten fiel es der Menge weiter nicht auf, daß jetzt die Träger einige Gegenstände brachten, die kärglich schienen, gemessen an der andern erlesenen Pracht: einen schmalen, goldüberplätteten Tisch, zwei silberne Tuben und einen siebenarmigen Leuchter. Kein Jubel schwoll diesen unscheinbaren Geräten entgegen. Aber hoch oben inmitten der Menge stöhnte ein alter Mann und grub seine Hand, die linke war es, in seines Nachbars Jojakim Arm: nach achtzig Jahren sah wieder der Greis, was er einstens als Kind gesehen, den heiligen Leuchter aus Schelomos Haus, den Leuchter, den einst seine kindische Hand gefaßt und der ihm für immer den Arm zerschlagen. Seliges Schaun: er war es, derselbe! Unbesiegbar ging durch die ewige

Zeit der ewige Leuchter wieder einen Schritt seiner Heimkehr entgegen! Der alte Mann fühlte die Gnade des Wiedersehns wie einen inneren Sturm: nicht mehr konnte er das Unmaß des Jubels verschließen, und heiß schrie er auf: «Unser! Unser! Unser in alle Ewigkeit!»

Aber niemand und nicht einmal die Nächsten vernahmen den vereinzelten Ruf. Denn in einem einzigen Lustschrei brüllte jetzt die Masse auf: Belisar, der Sieger, hatte die Arena betreten. Weit hinter den Triumphwagen, weit hinter der unermeßlichen Beute ging er dahin im schlichten Gewand seiner Krieger. Aber das Volk kannte und erkannte seinen Helden und umschmetterte so laut seinen Namen und immer nur den seinen, daß Justinian eifersüchtig die Lippe biß, als sein Feldherr sich jetzt vor ihm beugte.

Dann wieder brach Stille herein, so voll und gespannt, wie vordem der Lärm gewesen. Gelimer, der König der Vandalen, der, hohnvoll mit einem Purpurmantel bedeckt, hinter Belisar, seinem Besieger, ging, stand nun vor dem Kaiser. Die Knechte rissen ihm den Purpurmantel ab, und der Besiegte warf sich hin auf die Erde. Einen Augenblick ging kein Hauch von den Tausenden und aber Tausenden Lippen. Alles starrte auf die Hand des Basileus. Würde er Gnade geben oder nicht? Würde sein Finger sich heben oder senken? Und siehe, jetzt erhob er ihn, das Leben war dem Besiegten geschenkt, und in einem einzigen Donner entlud sich die Begeisterung. Nur einer inmitten der Menge hatte nicht hingeblickt, Benjamin, der erschütterte Greis. Einzig der Menorah starrte er nach, welche die Träger langsam durch die Arena weiterführten. Nur ihr blickte er zu; und als das heilige

Gerät mit dem Zuge verschwand, ward es ihm dunkel vor den Sinnen.

«Führe mich fort!» Jojakim murrte leise. Der Glanz des einzigen Schauspiels lockte den gierigen jungen Menschen. Aber hart und knochig krampfte sich die Hand des Alten in seinen Arm. «Führe mich! Führe mich fort!» Wie ein Blinder tappte und tastete er dann an seines Helfers Hand quer durch die Stadt, immer noch sah er den Leuchter mit den Blicken der Seele, und ungeduldig der Wanderung, drängte er Jojakim, er möge ihn eilends zur Gemeinde der Juden bringen. Angst überkam ihn mit einemmal, nun, da Anfang und Ende sich berührten, könnte vorzeitig sein Leben zu Ende gehen und er abermals die Rettung des Leuchters versäumen.

Im Bethause zu Pera harrte unterdes seit Stunden und Stunden die Gemeinde des erlauchten Gastes. Wie in Rom den Juden Bleibe nur am andern Ufer des Stroms verstattet war, so duldete man die Juden von Byzanz nur in Pera an der andern Küste des Goldenen Horns; hier wie überall war das Abseits ihr Schicksal, aber auch das Geheimnis ihres Überdauerns in der Zeit.

Gefüllt und überfüllt schwülte das enge Gelaß des Bethauses. Denn nicht nur die Juden von Byzanz waren wartend versammelt; auch von fern und nah, aus Nykäa und Trapezunt und Odessa und Smyrna und den Städten des thrakischen Lands, von allen jüdischen Gemeinden waren Abgesandte gekommen, um teilzunehmen an Rat und Geschehnis. Längst hatte die Nachricht, Belisar habe die Zwingburg der Vandalen erstürmt und mit den Schätzen auch den ewigen Leuchter zurückerbeutet, über alle Küsten des Meers sich in die Gemeinden verbreitet; kein Jude war im Reich von Byzanz, der nicht erregt die Botschaft empfing. Denn ob auch wie Spreu über die Tennen der Welt geworfen und in viele Sprachen zerrissen, immer war noch diesem verlorenen Volke alljedes, was seinen heiligen Zeichen geschah, gemeinsam zu Lust und Leide getan, und sonst oft widereinander verhärtet und vergeßlich, schmolzen ihre Herzen brüderlich zusammen bei jeder Gefahr. Unablässig schmiedeten Verfolgung und Unrecht das eiserne Band neu, das den zertrümmerten Stamm ihrer Einheit noch hielt, daß er nicht morsch werde und stürze; und je härter das Schicksal gegen die einzelnen schlug, desto stärker wuchsen ihre Seelen zur Einheit zusammen. Auch diesmal traf das Gerücht, die Menorah, der Leuchter des Tempels, der Leuchter des Volks, sei abermals befreit aus verborgener Haft und wandre wieder wie dereinstens von Babel und Rom über Länder und Meere, jeden einzelnen Juden wie sein eigenes Geschick. Auf den Straßen, in den Häusern standen sie heftig redend beisammen, sie durchforschten mit ihren Lehrern und Weisen die Schrift, um den Sinn solcher Wanderschaft zu deuten. Denn was meinte es, daß das Heiligtum wieder zu wandern begonnen? Meinte es Hoffnung oder Not? Fing abermals neue Verfolgung an oder war es ihr Ausgang? Würden sie wiederum bald die Vertriebenen sein und die ziellosen Pilger der Straßen, wieder und wieder die Ruhelosen, nun der Leuchter ruhelos ging? Oder meinte des Leuchters Erlösung auch Erlösung für sie, Aufbruch und Heimkehr, endlich, endlich das Ende der unseligen Wanderschaft? Allen brannte die Seele vor Ungeduld. Boten liefen von Ort zu Ort, um mehr zu erkunden von des Leuchters Fahrt und Bestimmung, und groß war ihr Schrecken, als endlich berichtet ward, abermals werde in öffentlichem Triumph wie einstens zu Rom dies letzte Gerät des Tempels vor den Kaiser Justinian geführt werden.

Schon diese Botschaft bestürmte gewaltig die Seelen. Zur Trunkenheit aber wuchs die wilde Erregung, als von Rom die Sendschreiben der Gemeinde eintrafen, Benjamin Marnefesch, der bitter Geprüfte, der als Kind als letzter den Leuchter bei dem vandalischen Raube gesehen, sei unterwegs nach Byzanz. Ein Staunen überkam sie zuerst. Denn seit Jahren und Jahren kannten alle Juden, ob weit auch in der Ferne zerstreut, die wunderliche Tat jenes siebenjährigen Knaben, der beim Raub der Vandalen den Räubern den Leuchter entreißen gewollt und dem er im Sturz den Arm zerschlagen. Die Mütter erzählten ihren Kindern von Benjamin Marnefesch, dem Geschlagenen Gottes, die Gelehrten ihren Schülern. Längst war seine Tat fromme Sage geworden wie die der Schrift, die man las und lernte. Abends sprach man sie sich vor in den jüdischen Häusern wie eine der alten, wie die hellen und dunklen Taten von Ruth und Simson und Haman und Esther, von den Müttern und heiligen Ahnen des Volks. Und nun kam plötzlich die Botschaft, die unglaubhafte, die wunderbare: dieses Kind von damals, es lebte noch. Und mehr noch, dieses Kind, nun ein Greis, kam über Länder und Meere. Er war am Wege, Benjamin Marnefesch, der letzte Zeuge, um noch einmal den Leuchter zu sehen. Dies mußte ein Zeichen sein! Nicht umsonst konnte Gott diesen einen bewahrt und gespart haben über das sonstige Maß der irdischen Zeit. Vielleicht als ein Berufener war er gerufen, das Heiligtum heimzuführen und sie selber zugleich. Und je mehr sie redeten einer zum andern, desto weniger zweifelten sie: der Glaube an den Erretter, den Erlöser, ewig in dem Blute dieses verstoßenen Volks keimend und aufknospend bei dem ersten warmen Wind jeder Hoffnung, nun brach er mächtig empor und befruchtete ihre Herzen. Staunend sahen in den Dörfern und Städten die fremden Nachbarn auf die Juden, denn anders waren sie geworden über Nacht. Die sonst scheu und geduckt schlichen, immer gewärtig eines Schimpfs oder eines Schlags, nun gingen sie heiter und tänzerisch wie Verzückte. Geizige, die immer jede Krume wendeten und sparten, kauften reiche Gewänder, Männer, die schwerer Zunge gewesen, standen auf und predigten beredt die Verheißung, Schwangere hatten Gesichte und schleppten sich hin auf den Markt, sie schleunig den andern zu künden, und die Kinder trugen bunte Fahnen und Kränze. Die Gläubigsten begannen sogar schon zur Reise zu rüsten und verkauften voreilig Besitz und Habe, um im voraus Maultiere bereit zu haben und Wagen, damit kein Tag mit Zurüstung versäumt sei, sobald der Ruf zur Heimkehr erschalle. Denn mußten sie nicht wandern, wenn der Leuchter wanderte über die Welt, und war nicht der Bote schon auf dem Wege, der einst als Kind das Heiligtum begleitet, wann war ein Zeichen, ein Wunder gewesen in ihren Tagen wie dieses?

So hatte jede Gemeinde, die rechtzeitig von der Botschaft erreicht ward, einen Mann aus ihrer Mitte als Gesandten auserwählt, daß er mitschaue die Ankunft des Leuchters in Byzanz und teilnehme an der Beratung. Und alle, die entsendet wurden, erschauerten vor Glück und segneten Gottes Namen. Wundersam erschien es ihnen in ihrem kleinen, dunklen Leben, das sonst ärmlich hinging in täglicher Notdurft und Gefahr, daß sie, unscheinbare Krämer ansonsten und niedrige Werkleute, teilnehmen durften an so wunderbarem Geschehen und den Mann sehen, den Gott über die irdische Zeit offenbarlich erhalten für die erlösende Tat. Sie kauften oder borgten reiche Kleider, als wären sie geladen zu großem Fest, sie fasteten und badeten und beteten täglich die Tage vor der Abreise, um reinen Leibs und reiner Seele die Botschaft zu empfangen, und als sie dann aufbrachen aus ihrer Heimat, begleitete jeden von seinem Dorfe und seiner Stadt die Gemeinde eine Tagreise auf dem Weg. In allen Orten, die sie durchwanderten bis Byzanz, boten Fromme ihnen Unterkunft und sammelten Geld für die Lösung des Leuchters; stolz und geheimnisvoll wie eines mächtigen Königs Gesandte, zogen diese kleinen Boten eines armen und machtlosen Volkes dahin, und wenn sie einander auf dem Wege trafen und gemeinsam die Reise fortsetzten, sprachen sie erregt über das, was geschehen würde, und je mehr sie sprachen, desto mehr erregten sie sich. Und je mehr sie einander die Seele erregten, desto gewisser ward ihnen allen, sie würden Zeugen sein eines Wunders und der lang verkündeten Wende im Schicksal ihres Volkes.

Und nun warteten sie alle zusammen, ein wirrer und heißer Schwarm redender, eifernder, ratender und fragender Männer im Bethaus zu Pera. Da kam der Knabe, den sie ungeduldig vorausgesandt, keuchend herangelaufen, von der Ferne schon ein Tuch schwingend über dem Haupt, zum Zeichen, daß Benjamin Marnefesch, der ersehnte Gast, von Byzanz kommend mit einem Boote gelandet sei. Die noch saßen, sprangen auf, die eben noch geschrien und geeifert, standen stumm, und einem von ihnen, einem Uralten, versagte vor Erregung die Kraft: ohnmächtig stürzte er hin im Aufruhr der erschütterten Sinne. Keiner aber, auch der Vorsteher nicht, wagte dem Erwarteten entgegenzugehen. Angehaltenen Atems standen sie wartend, und als Benjamin, von Jojakim geführt, weißbärtig und mächtig mit seinem dunkel blitzenden Blick, dem Hause nahte, schien er ihnen Samuel, geführt von dem Knaben, eine Erzvätergestalt, der wahrhaftige Herr und Meister des Wunders. Jäh brach jetzt aus ihnen allen die niedergedämmte Begeisterung. «Gesegnet dein Kommen! Gesegnet dein Name!» jauchzten sie ihm entgegen. Mit einem Sturz umringten sie ihn. Sie küßten sein Gewand, und die Tränen liefen ihnen über die verdorrten Wangen, sie drängten und stießen einander, um jeder mit dem Finger fromm den heiligen Arm zu berühren, den der Leuchter des Herrn zerschlagen, und schützend mußte der Vorsteher sich vor den Greis hinstellen, sonst hätte der Überschwang der trunkenen Männer ihn erdrückt.

Benjamin erschrak mächtig über die Wildheit ihrer gläubigen Inbrunst. Was wollten, was hofften sie von ihm? Eine jähe Angst überkam ihn vor der Last der ungeheuren Erwartung, die sie auf ihn häuften. Leise und dringlich wehrte er ab.

«Nicht schauet so auf mich und überhebet mich nicht, auf daß ich nicht selbst mich überhebe! Nicht erwartet ein Wunder von mir! Bescheidet euch, geduldig zu hoffen! Denn es ist Sünde, ein Wunder zu fordern wie eine Gewißheit.»

Alle senkten das Haupt, betroffen, daß Benjamin ihren geheimsten Gedanken erraten. Und sie schämten sich ihrer heftigen Ungeduld. Leise traten sie zur Seite, und so konnte der Vorsteher Benjamin zu dem bereiteten Platze führen, der sorgsam mit Kissen belegt war und sichtlich erhöht über den andern Plätzen. Aber neuerdings wehrte Benjamin ab:

«Nein, nicht erhöht mich, und an keinem besonderen Platz will ich sitzen über euch. Denn ich bin nicht mehr als ihr alle, und vielleicht sogar nur der Geringsten einer in eurer Mitte. Ich bin nichts denn ein alter Mann, dem Gott nur geringe Kraft mehr gelassen. Ich kam nur, zu schauen und euch zu beraten. Aber erwartet kein Wunder von mir!»

Gefügig taten sie nach seinem Willen, und er saß unter ihnen, der einzige Geduldige inmitten der andern Ungeduld. Nun erst erhob sich der Vorsteher der Gemeinde zum Gruß:

«Friede mit dir! Gesegnet dein Kommen, gesegnet dein Ausgang! Unsere Seelen sind froh, dich zu sehen!»

Alle schwiegen feierlich. Dann begann mit leiser Stimme der Vorsteher:

«Wir haben die Briefe der Brüder aus Rom erhalten, die dein Kommen uns kündeten, und wir haben alles getan, was in unseren Kräften lag. Wir haben Geld gesammelt von Haus zu Haus und von Ort zu Ort, auf daß es gelinge, die Menorah zu lösen. Wir haben ein Geschenk gerüstet, um den Sinn des Kaisers milde zu stimmen. Das Kostbarste, so wir hatten, stellten wir bereit, einen Stein von Schelomos Tempel, den unsere Vorväter fortgerettet nach des Tempels Zerstörung, und wir wollen ihn dem Kaiser bieten als Geschenk. Denn all sein Sinnen und Trachten in dieser Stunde geht dahin, ein Gotteshaus zu erbauen, herrlicher als je eines gewesen, und aus allen Ländern und Städten sammelt er das Herrlichste und Heiligste dafür. All dies haben wir willig und freudig getan. Aber wir erschraken, als wir hörten, was unsere Brüder in Rom von uns erhofften, wir sollten dir Zugang schaffen zu des Kaisers Gegenwart, daß du den heiligen Leuchter von ihm erbittest. Gewaltig erschraken wir, denn, der Herr ist in diesem Lande, Justinian, liebt uns nicht. Unduldsam ist sein Sinn gegen alle, die sich nicht genau zu seinem Glauben bekennen, gleichviel, ob sie Christen anderer Art sind oder Heiden oder Juden, und vielleicht ist unseres Bleibens in seinem Reiche nicht mehr lange, vielleicht treibt er baldig uns aus. Nie noch hat er einen der Unseren zugelassen vor sein Antlitz, und beschämten Herzens kam ich her in dieses Haus zu dieser Stunde, um dir sagen zu müssen: es ist unmöglich, was die Brüder fordern in Rom. Unmöglich ist es einem Juden, vor das Antlitz des Kaisers zu treten.»

Der Vorsteher schwieg in ein großes, fürchtiges Schweigen hinein. Alle senkten betroffen das Haupt. Wo war das Wunder? Wie sollte die Wende kommen, wenn der Kaiser sein Ohr, seinen Sinn dem Gottgesandten verschloß? Aber heller ward die Stimme des Vorstehers, da er jetzt weitersprach:

«Doch tröstlich und wunderbar, immer und immer wieder neu zu erfahren, daß bei Gott nichts unmöglich ist. Als ich bedrückten Herzens dieses Haus betrat, kam einer auf mich zu aus unserer Gemeinde, Zacharias, der Goldschmied, ein frommer und gerechter Mann, und brachte mir Kunde, daß der Wunsch unserer Brüder in Rom erfüllt sei. Während wir ziellos redeten und uns mühten, hat er in der Stille gewirkt, und was den Weisen und Weisesten unmöglich schien, auf geheime Weise getan. Sprich, Zacharias, und berichte.»

In einer rückwärtigen Reihe stand einer zögernd auf,

ein kleiner, zarter und buckliger Mann, scheu und beschämt, daß alle so neugierig auf ihn blickten. Er senkte die Stirn, um sein Erröten zu verbergen, denn einsamer Werkmann, der er war, und immer im stillen beschäftigt, hatte er Angst vor Rede und Belauschtsein. Er hüstelte mehrmals, und seine Stimme blieb klein wie die eines Kindes.

«Nicht rühmte mich, Rabbi», flüsterte er leise, «nicht mein ist das Verdienst. Gott hat es mir leicht gemacht. Seit dreißig Jahren ist der Schatzmeister mir wohlgesinnt, seit dreißig Jahren werke ich für ihn Tag um Tag, und als das Volk vor wenigen Jahren aufstand gegen den Kaiser und die Häuser der Höflinge plünderte und verbrannte, barg ich ihn drei Tage lang mit Frau und Kind in meinem Hause, bis die Gefahr vorbei war. So wußte ich, er würde mir jede Bitte gewähren, doch nie hatte ich eine an ihn gestellt. Nun aber, da ich vernahm, Benjamin sei unterwegs, bat ich ihn zum erstenmal, und er ging zum Kaiser, ihm zu melden, große und geheime Botschaft käme für ihn über das Meer. Und Gott hat gewollt, daß seinen Worten Kraft inneward und der Kaiser ihm willfahrte. Morgen wird Benjamin und dem Vorsteher Zulaß gewährt sein in die Chalké, in des Kaisers Empfangssaal.»

Still und scheu setzte sich Zacharias wieder nieder. Alle schwiegen und schauerten. Denn schon dies war ein Wunder, noch nie gehört, daß ein Jude hintreten durfte vor das Antlitz des Unnahbaren. Ihre Seelen bebten, ihre Augen weiteten sich, und die Botschaft der Gnade flügelte über ihr ehrfürchtig Schweigen. Aber wie ein Verwundeter stöhnte Benjamin:

«O Gott, o Gott! Was ladet ihr mir auf! Mein Herz

ist matt, und ich spreche die fremde Sprache nicht. Wie soll ich vor den Kaiser treten und warum gerade ich? Nur zum Zeugen ward ich berufen, nur zu schauen den Leuchter, nicht ihn zu fassen und zu erringen. Nicht mich wählt! Ein anderer möge sprechen. Ich bin zu alt, ich bin zu schwach!»

Alle erschraken. Ein Wunder war bereitet, und nun weigerte sich, der ihm erlesen war. Aber während sie scheu noch dachten, wie man vermöchte, den Zaghaften zu überreden, stand abermals leise von seinem Platze Zacharias auf. Anders war jetzt seine Stimme, entschlossen und fest.

«Nein, du mußt gehen und nur du. Gering war meine Mühe, und doch, nur für dich und für keinen andern hätte ich sie getan. Denn ich weiß, wenn einer von uns allen, so bringst du den Leuchter zum Frieden.»

Benjamin starrte auf. «Wie kannst du es wissen!»

Aber Zacharias wiederholte still und entschlossen: «Ich weiß es und weiß es seit langem. Nur du, wenn einer, bringst den Leuchter zum Frieden.»

Benjamin schwankte das Herz vor dieser Bestimmtheit. Er blickte Zacharias an, der ihn anblickte, bestärkend und lächelnd, und mit einemmal schien ihm, als hätte er sein Auge schon vordem gesehen. Auch der andere schien etwas von diesem Erkennen zu spüren, denn sein Lächeln ward heller, und wie vertraulich sprach er über die andern hinweg:

«Entsinnst du dich jener Nacht, entsinnst du dich eines, der damals mit der Gemeinde ging, Hyrkanos' ben Hillel?» Nun lächelte auch Benjamin. «Wie sollte ich mich seiner nicht entsinnen? Jedes Wort und jeden Schatten weiß ich von jener gesegneten Nacht.»

Zacharias fuhr fort. «Ich bin seines Enkels Sohn. Goldschmiede sind und bleiben wir alle, und wo ein Kaiser oder ein König Gold hat und Geschmeide und einen Former sucht und einen Schätzer, wählt er einen aus unserem Geschlecht. Hyrkanos ben Hillel hat zu Rom des Leuchters gehütet in seiner Gefangenschaft, und alle seines Geschlechts, wo immer wir auch seien, warten seitdem auf die Stunde, die ihn einem andern Schatzraum zur Hütung bringt, denn wo Schätze sind, da sind auch wir als Schätzer und Former. Meines Vaters Vater aber sagte es meinem Vater, und mein Vater übermachte es mir, daß nach jener Nacht, da dein Arm zerschlagen ward, Rabbi Elieser, der Reine und Klare, von dir gekündet, was du selbst nicht wußtest, ein unmündig Kind: ein Sinn muß sein in seiner Tat und in seinem Leiden. Wenn einer, so wird dieser den Leuchter erlösen.»

Alle bebten. Benjamin beugte das Haupt. Betroffen sagte er: «Kein Mensch ist gütiger zu mir gewesen denn Rabbi Elieser in jener Nacht, und heilig ist mir sein Wort. Verzeiht den Kleinmut meines Herzens. Einmal, ein Kind, bin auch ich ein Mutiger gewesen, nur die Zeit und das Alter hat mich zum Zagenden gemacht. Aber nochmals, ich bitte euch alle: nicht erwartet ein Wunder von mir! Wenn ihr verlangt, daß ich hingehe zu jenem, der den Leuchter hält, so will ich es versuchen, denn weh dem, der frommem Versuche sich weigert. Selbst bin ich ohne Macht des Worts und der Rede, doch vielleicht schenkt Gott mir das rechte Wort.»

Ganz klein hatte die Stimme Benjamins sich gebeugt, und sein Haupt lag tief unter der Last der Berufung. Leise bat er nur:

«Verzeiht, daß ich euch jetzt verlasse. Ich bin ein alter

Mann und müd vom Tag und der Reise. Erlaubt, daß ich mich zur Ruhe begebe.»

Alle boten ihm ehrfürchtig Raum. Nur der eine, nur sein Begleiter Jojakim, der Unbändige, konnte die Ungeduld nicht verhalten, während er den Greis zur Ruhe brachte auf der bereiteten Stätte, und er fragte:

«Aber was wirst du ihm sagen morgen, dem Kaiser?»

Der Alte blickte nicht auf, nur wie zu sich selber murmelte er:

«Ich weiß nicht und will es nicht wissen und nicht denken. In mir ist keinerlei Macht. Alles muß mir gegeben werden, und alles von Ihm.»

Noch lange saßen in jener Nacht die Juden in Pera beisammen. Keiner konnte schlafen, unablässig redeten und berieten sie mit heißen, überwachen Augen. Noch nie hatten sie sich dem Wunderbaren so nahe gefühlt. Wie, wenn jetzt wirklich die Zerstreuung zu Ende wäre und die grausame Not der Fremde, das ewige Gejagt- und Getretensein, das tägliche, das nächtliche Ängsten vor der nächsten Stunde und dem nächsten Tag? Wie, wenn dieser Greis, der leibhaftig unter ihnen gesessen, wahrhaftig der Gesendete war, einer der Mächtigen des Wortes, wie sie einstens in diesem Volke aufgestanden und das Herz der Könige zu lenken gewußt zur Gerechtigkeit: Unausdenkbares Glück, unglaubhafte Gnade, die Heiligtümer heimführen zu können, den Tempel neu aufzubauen und in seinem Schatten zu wohnen – wie Trunkene sprachen sie davon, die ganze wirre lange Nacht, und immer hitziger ward ihre Zuversicht. Vergessen hatten sie die Mahnung des Greises, sie sollten kein Wunder erwarten von ihm, denn nichts anderes hatten sie als Juden in ihren heiligen Büchern gelernt, als an Gottes Wunder zu glauben, und wie anders konnten sie leben, sie, die Verstoßenen, die Gedrückten einer ewigen Verfolgtheit, als durch dieses ewige Warten auf die Erlösung? Und je mehr sie sich kürzte, desto länger schien ihnen die Nacht bis zum kommenden Tag, und sie vermochten ihre Herzen nicht mehr zu zügeln; unablässig blickten sie auf die Sanduhr, die ihnen zu langsam und träge rann, immer trat einer zum Fenster, immer wieder ein anderer hinaus auf die Gasse, ob der Frühschein nicht endlich glänzen wolle am Rand des verdunkelten Meeres und der Tag sich entzünden wie ihr eigenes brennendes Herz.

Harte Mühe hatte der Vorsteher, die Gemeinde zu zügeln, die sonst ihm willig gehorsam war. Denn alle wollten sie an diesem Tage nach Byzanz hinüber, alle Benjamin begleiten und harrend stehen vor dem Palaste, indes er mit dem Kaiser, dem Beherrscher der Welt, sprach, um selbst auch näher und mehr mit dem eigenen Leibe teilhaftig des Wunders zu sein. Aber strenge erinnerte sie der Vorsteher, wie gefährlich es sei, wenn sie in geschlossenem Zuge oder in auffälliger Masse erschienen vor des Kaisers Palast, denn feindselig war das Volk und immer und überall den Juden Aufsehen gefährlich. Nur mit harter Drohung konnte er erzwingen, daß sie alle im Gebethaus von Pera versammelt blieben und, unsichtbar den andern, beteten zu dem Unsichtbaren, während Benjamin vor den großen Herrscher geführt ward. Und so beteten sie und fasteten sie diesen ganzen Tag. Sie beteten so inbrünstig und stark jeder einzelne, als wäre das Heimweh aller Juden der Erde in jedes einzelnen kleinem Herzen enthalten, und ihr Sinn blieb verschlossen allen andern Gedanken der Welt außer diesem einen: jener möge das Wunder vollbringen und der Fluch der Fremde von dem Volke gnädig genommen werden.

Es war nahe bei Mittag, der vorgeschriebenen Zeit, da überschritt Benjamin mit dem Vorsteher der Gemeinde den weiten, viereckigen, säulenumstandenen Platz vor dem Palaste Justinians. Hinter ihnen schleppte Jojakim, der Junge, der Kräftige, auf den Schultern eine schwere verdeckte Last. Langsam, ruhig und ernst traten die beiden Greise in ihren dunklen, einfachen Gewändern auf die bronzene Pforte der Chalké zu, die den Eingang bildete zu dem prunkvollen Thronsaal der Kaiser von Byzanz. Aber lange über die vorgeschriebene Zeit mußten sie in der Vorhalle warten, denn es war berechneter Brauch des byzantinischen Hofes, Gesandte und Bittsteller endlos im Vorraum harren zu lassen, damit dies Warten innerlich sie belehre, welche außerordentliche Gnade ihnen zuteil ward, das Antlitz erschauen zu dürfen des Mächtigsten der Erde. Eine Stunde und eine zweite und eine dritte ließ man, ohne den beiden Greisen einen Schemel zu bieten oder einen Stuhl, sie gleichgültig herumstehen auf kaltem Marmor. Vorbei eilten an ihnen in müßiger Geschäftigkeit die Würdenträger und fetten Eunuchen, die Garden des Hofes und die in Farben funkelnden Diener, jedoch keiner kümmerte sich um sie, keiner blickte oder sprach sie an, indes von den Wänden bunt und kalt die ewig gleichen Mosaiken auf sie niederstarrten und von oben herab immer tiefer die säulengetragene Kuppel ihr üppiges Gold mit dem Einstrahl der Sonne vermischte. Aber Benjamin und der

Vorsteher der Gemeinde harrten geduldig und still. Als Greise wußten sie wohl zu warten. Zu viel Zeit war an ihnen vorbeigeflossen, als daß eine Stunde oder zwei ihnen noch etwas galten. Nur Jojakim, der Junge, der Unruhige, blickte neugierig auf jeden, der ging oder kam, und zählte in seiner Ungeduld immer wieder die Steinchen auf den Mosaiken, um die unerträglich langsame Zeit zu kürzen.

Endlich, die Sonne stieg schon nieder vom Zenith, trat der Praepositus sacri cubiculi auf sie zu und unterwies sie in den Gebräuchen, die des Hofes geschriebenes Gesetz unerbittlich von jenen forderte, denen die Gnade zuteil ward, vor das Antlitz des Kaisers zu treten. Sobald die Tür sich auftue, belehrte er sie, müßten sie gesenkten Hauptes zwanzig Schritte schreiten bis an die Stelle, wo eine weiße Ader im farbigen Marmor der Fliesen eingelassen sei, aber nicht weiter sollten sie nahen, damit ihr Atem sich nicht mit jenem des Kaisers vermische. Und ehe sie wagen dürften, ihr Auge zu dem Autokratus zu erheben, hätten sie dreimal sich hinzuwerfen auf die Erde, die Arme und die Beine weit ausgestreckt. Dann erst sei es ihnen erlaubt, den Porphyrstufen des Thrones zu nahen, um die niederhängende Purpurschleppe des Basileus zu küssen.

«Nein», eiferte Jojakim eifrig und leise, «nur vor Gott dürfen wir uns zur Erde beugen, nicht vor einem Menschen. Ich tue es nicht.»

«Schweig», antwortete Benjamin streng, «warum soll ich die Erde nicht küssen? Hat sie nicht gleichfalls Gott geschaffen? Und selbst wenn es unrecht wäre, sich vor einem Menschen zu beugen, auch das Unrechte dürfen wir tun um des Heiligsten willen.»

In diesem Augenblick öffnete sich die elfenbeinerne Tür zum Empfangssaal. Eine kaukasische Gesandtschaft trat heraus, die gekommen war, dem Kaiser ihre Huldigung darzubringen. Hinter ihnen schloß sich lautlos die Tür, doch verwirrt noch blieben in ihren pelzenen Mützen und ihrer samtenen Tracht die Fremden stehen. Auf ihrem Antlitz malte sich große Verstörtheit: offenbar hatte Justinian sie hart oder herrisch angefahren, da sie ihm bloß Bündnis boten im Namen ihres Volkes statt völliger Unterwerfung. Jojakim starrte die Fremden und ihre absonderliche Kleidung neugierig an, aber schon gebot der Präpositus ihm, die verhüllte Last auf die Schulter zu nehmen, und ermahnte die andern, ihm genauestens zu folgen. Dann schlug er leise mit seinem goldenen Stabe – es gab einen sehr dünnen, klingenden Ton – an die elfenbeinerne Tür. Lautlos ward sie nach innen aufgetan, und nun betraten die drei, denen sich auf einen Wink des Präpositus ein Dolmetsch gesellte, den weiträumigen Thronsaal der Kaiser von Byzanz, das Konsistorion.

Von der Tür bis zur Mitte des riesigen Raumes stand rechts und links ein Spalier von Soldaten, das sie zu durchschreiten hatten, eine rotgewandete, reglose Reihe, jeder Soldat das Schwert an der Hüfte, den vergoldeten Helm mit dem riesigen roten Roßschweif auf dem Haupt, eine hohe Lanze in der Hand und über den Schultern die fürchterliche doppelgeschliffene Hacke. Wie in einer Mauer Steine an Steine gefügt sind zu glatter Linie, gleich groß, ebenmäßig und fugenlos, so starrte dies Spalier gescharter Männer in unbeweglicher Geradheit, und ebenso steinern stockten hinter ihnen die Führer der Kohorten, die unbeweglich ihre Banner hielten. Langsam schritten die drei und der Dolmetsch durch diese atemlose, unbewegliche Wand von Menschen, die ihre Augen starr wie ihre Körper machten und von denen keiner auf sie blickte; lautlos im Lautlosen schritten sie gegen die Tiefe des Raumes zu, wo offenbar – denn noch durften sie die Augen nicht erheben – der Kaiser ihrer wartete. Aber als der Präpositus, der mit dem erhobenen goldenen Stabe ihnen voranging, stehen blieb und sie nun, wie es erlaubt war, die Augen aufhoben zu des Kaisers Thron, da war kein Thron da und kein Kaiser, sondern vor ihnen sperrte ein seidener Vorhang jede Sicht, breit durch die ganze Halle gespannt. Reglos standen und staunten die drei vor dieser farbig abwehrenden Wand.

Da erhob der Zeremonienmeister abermals den Stab. Und siehe, an unsichtbaren Schnüren rauschten knisternd die Vorhänge auseinander, und im Hintergrund erhob sich über drei Porphyrstufen der Thron mit dem juwelenübersäten Thronsessel, auf dem der Basileus saß, beschattet von einer Kuppel aus Gold. Starr saß er da, sein eigenes Bild mehr als sein Selbst, der feiste, mächtige Mann, und seine Stirn verschwand unter der strahlenden Aura der Krone, die rund wie ein Heiligenschein über und hinter seinem Haupte leuchtete. Ebenso zum Bilde erstarrt, standen um ihn im vertieften Kreise die Garden in ihren weißen Tuniken, golden behelmt, golden die Ketten um den Hals, und vor ihnen einzeln in weiten purpurnen Seidengewändern die Senatoren, die Würdenträger. Erloschen schien ihnen allen der Atem, erfroren der Blick, und sichtbar war die Absicht dieser gelernten Starrheit, daß jedem, der zum erstenmal vor das Antlitz des Weltherrn trete, selber das Herz vor Ehrfurcht erstarre.

Und in der Tat, erschrocken senkten der Vorsteher und Jojakim den Blick, wie es einem geschieht, der unvermutet in starke Sonne gesehen. Nur Benjamin, der Uralte, blickte klar und unerschüttert zu dem Kaiser auf. Denn zehn Kaiser und Herren Roms hatte er, der eine, in seinem weiten Leben überlebt; so wußte er, daß unter allen ihren kostbaren Insignien und Kronen die Kaiser doch sterbliche Menschen waren, die aßen und tranken, Kot ließen und Weiber beschliefen und hinstarben wie die andern. Seine Seele blieb fest und erschauerte nicht. Gelassen hob er den Blick, um in dem Auge des Herrschers zu lesen, den zu bitten er gesandt war.

Da fühlte er dringlich von rückwärts her die Schulter vom goldenen Stabe berührt und sofort entsann er sich der geforderten Sitte. So schwer es seinen morschen Gliedern ward, er warf sich hin auf den kalten Marmor der Fliesen, die Hände, die Füße ausgestreckt, dreimal drückte er die Stirn auf den Boden, und sein verworrener Bart rauschte fremd über den fühllosen Stein. Dann erhob er sich, ihm half dabei Jojakim, sein Begleiter, schritt gebeugten Nackens bis zu den Stufen heran und küßte dem Kaiser den Saum des Purpurgewandes.

Unbeweglich blieb der Basileus. Seine Pupille starrte wie grüner Stein, das Lid regte, die Braue bewegte sich nicht. Hart blickte er hinweg über den Greis. Denn gleichgültig schien es ihm, dem Kaiser, was zu seinen Füßen geschah und welch Gewürm gerade den Saum seines Kleides bekroch.

Alle drei waren indes auf den Wink des Zeremonienmeisters neuerdings zurückgetreten und standen in einer Reihe, nur der Dolmetsch einen Schritt ihnen voran als ihr lebendiger Mund. Abermals hob der Präpositus den

Stab. Nun begann der Dolmetsch seine Rede. Ein Jude sei dies, eigens hergewandert im Auftrag der andern von Rom, um dem Kaiser der Welt Dank und Glückwunsch zu bringen, daß er Rom an den Räubern gerächt und Meer und Land von diesen schlimmen Piraten erlöst. Und da sie vernommen hätten, die Juden der Welt, die dem Kaiser zu eigen sei, der Basileus wolle in seiner Weisheit ein Haus zu Ehren der heiligen Weisheit, Hagia Sophia, erbauen, ein Gotteshaus, das herrlicher und kostbarer sein solle als alle, die man bislang auf Erden gesehen, so hätte es sie trotz ihrer Armseligkeit gedrängt, ein Scherflein zur Heiligung dieses Baues beizusteuern. Klein sei ihre Gabe, gemessen an des Kaisers Herrlichkeit, aber doch das Höchste und Heiligste, was sie hätten von alters her. Als ihre Ahnen fortgewandert seien von Jerusсholajim, hätten sie einen Stein von Schelomos Tempel gerettet. Den brächten sie nun dar, daß er eingesetzt werde in die Grundmauern, damit von Schelomos heiligem Hause ein Teil und ein Segen in dem Hause Justinians sei.

Auf ein Zeichen des Präpositus holte Jojakim den schweren Stein heran und rückte ihn hin zu den Geschenken, welche die kaukasischen Gesandten zur Linken des Thrones gehäuft hatten, Pelze, hindustanisches Elfenbein und bestickte Kaschmire. Aber Justinian wandte seinen Blick weder zu dem Dolmetsch noch zu jener Gabe. Leer und gelangweilt blickte er über alle ins Leere hinweg und nur schläfrig regte sich jetzt seine Lippe, es klang ärgerlich und verächtlich:

«Frag, was sie begehren!»

Der Dolmetsch erläuterte in blumiger Rede, es befinde sich in der herrlichen Beute, die Belisar heimgebracht, ein geringes Stück, aber besonders teuer sei es diesem Volke. Denn der Leuchter mit den sieben Armen, welchen einstmals die Heiden über Meer und Länder hinweggeschleppt, sei geraubt aus Schelomos Tempel, dem Gotteshause der Juden. Darum wollten die Juden flehentlich den Kaiser bitten, er möge aus der Beute ihnen diesen Leuchter gewähren, und sie wollten seines Goldes Wert lösen mit dem Doppelten und dem Zehnfachen seines Gewichts. Kein Haus würde sein und keine Hütte, wo nicht alle Juden der Erde täglich Dank sprechen würden im Gebet für den gütigsten aller Kaiser und für die Dauer seiner Herrschaft.

Das Auge des Basileus blieb starr. Verdrossen erwiderte er:

«Ich will von Unchristen kein Gebet. Aber frag sie, was für eine Bewandtnis es hat mit dem Dinge und was sie vorhaben damit.»

Der Dolmetsch blickte auf Benjamin, während er die Worte ihm übersetzte, und einen Schauer fühlte dieser und eine Kälte in den Gliedern von des Kaisers kaltem Blick. Er spürte Widerstand, und Angst überkam ihn, er könnte ihn nicht besiegen. So hob er flehend die Hände:

«Herr, bedenke, es ist das einzige, was unserem Volke von seinen Heiligtümern verblieben. Unsere Stadt haben sie zerschlagen, unsere Mauern gefällt, unsern Tempel zerstört! Alles, was wir liebten und hatten und ehrten, ist in Vergängnis gefallen. Nur eines, dieser Leuchter, ist geblieben durch die Zeit. Tausend Jahre ist er alt, älter als alles auf Erden, und seit Hunderten Jahren wandert er heimatlos, und keine Ruhe wird unserem Volke, solange er wandert. Herr, erbarme dich unser! Dieser Leuchter ist das Letzte unserer Habe, gib uns ihn wieder! Bedenke, Gott hat dich aufgehoben aus der Tiefe in die Höhe und dich reich gemacht über alle, und wem er gab, der soll geben: so will es Gott. Herr, was ist dir das eine, was ist dir der wandernde Leuchter! Herr, laß es genug sein und gib ihm den Frieden!»

Der Dolmetsch übertrug mit höfischer Verschönerung die Rede. Gleichmütig lauschte der Kaiser. Aber kaum, daß er die Worte Benjamins hörte, daß aus der Tiefe der Herr ihn emporgehoben, verdunkelte sich sein Antlitz. Denn ungern ward Justinian daran erinnert, daß er, der Gottgleiche, als Sohn niederer Bauersleute in einem thrakischen Dorf geboren war. Scharf schob sich die Braue zusammen und schon spannte sich die Lippe zu abweisendem Wort.

Aber mit der Wachheit der Angst hatte Benjamin schon wahrgenommen, wie das verweigernde Wort auf der Lippe des Kaisers sich formte, und im Innern seines Herzens hörte er schon das furchtbare, das unwiderrufliche Nein. Und diese Angst riß ihn auf. Wie eine Faust von innen stieß sie ihn vor, und der Vorschrift vergessend, die verbot, die weiße Ader des Marmors zu überschreiten, trat er – alle erschraken – hart bis an den Thron heran, und ohne daß er es fühlte, fuhr die eigene Hand ihm beschwörend empor zum Kaiser:

«Herr, es gilt dein Reich, deine Stadt! Nicht überhebe dich und versuch nicht zu halten, was keiner bisher zu halten vermocht. Auch Babylon war groß und Rom und Karthago, und doch sind die Tempel gefallen, die ihn bargen, den Leuchter, und die Mauern stürzten, die ihn verschlossen. Er, nur er blieb unberührt und die andern fielen in Trümmer. Wer ihn zu halten versucht, dem zerschlägt er den Arm, und wer ihn in Unruhe treibt, wird selber in Unrast fallen! Weh, wer behält, was nicht sein Eigen ist! Denn kein Frieden von Gott wird sein, ehe sein Heiliges nicht heimkehrt an seine heilige Stätte. Herr, ich warne dich! Gib den Leuchter zurück!»

Alle standen betäubt. Keiner hatte die wilden Worte verstanden. Nur dies hatten mit Schrecken die Würdenträger gesehen, daß einer gewagt, was noch keiner gewagt: in seiner Hitze sich zu nahen des Kaisers nächster Nähe und dem Mächtigsten der Erde vor seiner Rede das Wort zu reißen vom Munde. Schauernd blickten sie alle auf den Uralten, der dastand, geschüttelt vom Übermaß seines Schmerzes, Tränen im Bart und blitzend die Augen im Zorn. Weit hinter ihm duckte sich, zurückgewichen, der Vorsteher, weggetreten war der Dolmetsch, und immer noch ganz allein und ganze nahe, Blick in Blick, stand Benjamin vor dem Basileus.

Justinian war erwacht aus seiner Starre. Unsichern Blicks sah er auf den alten zorntrunkenen Mann und ungeduldig dann auf den Dolmetsch hin, daß er die Worte ihm übertrug. Der Dolmetsch tat es mit vorsichtiger Linderung. Der Kaiser möge in seiner Güte das Ungehörige dem alten Mann verzeihen, denn nur Sorge um das Wohl des Reiches habe ihn wirr gemacht. Er habe redlich den Kaiser warnen gewollt: ein furchtbarer Fluch sei von Gott gelegt auf dies Gerät. Wer es bewahre, dem bringe es Unheil, und jede Stadt, die es berge, fiele an den Feind. Als Pflicht hätte es der alte Mann darum empfunden, den Kaiser zu warnen und ihn zu mahnen, daß er den Fluch ablöse von jenem Gerät, indem er es rückgebe an den Ort seiner Herkunft, nach Jeruscholajim.

Justinian lauschte mit gespannter Stirn; Ärger war in

ihm über die Vermessenheit dieses maßlosen alten Juden, der in seiner Gegenwart die Stimme erhoben und die Faust. Aber gleichzeitig erwachte Unruhe in ihm. Denn ein Bauernsohn, war er abergläubisch, und wie jedes Kind des Glücks fürchtete er sich sehr vor Zauber und Zeichen. Einige Zeit schwieg er und dachte nach. Dann befahl er trocken:

«Es sei. Man nehme das Ding aus der Beute und schaffe es nach Jeruscholajim!»

Der alte Mann erbebte, da der Dolmetsch die Worte übertrug. Wie ein weißer Blitz schlug die selige Kunde in ihn ein und erhellte sein Herz. Nun war alles erfüllt. Für diesen Augenblick hatte er gelebt. Für diesen Augenblick hatte Gott ihn aufgespart. Und ohne daß er es wußte und fühlte, hob er die eine, die unversehrte Hand und stieß sie zitternd empor, als wollte er in seinem Danke bis zu Gott aufgreifen.

Aber Justinian beobachtete scharf, wie des alten Mannes Gesicht sich hellte zur Freude. Eine schlimme Lust kam über ihn. Nicht sollte dieser verwegene Jude hingehen dürfen und vor seinem Volke sich rühmen: ich habe den Kaiser bestimmt und besiegt. Er lächelte böse und scharf:

«Nicht freu dich zu früh! Denn nicht euch Juden soll der Leuchter gehören und nicht dienen eurem falschen Dienst.»

Und er wandte sich zu Euphemius, dem Bischof, der rechts zu seiner Seite stand:

«Wenn du zu Neumond reisest, die neue Kirche zu weihen in Jeruscholajim, die Theodora gestiftet, so nimm den Leuchter mit. Aber nicht auf dem Altar soll er leuchten, sondern lichtlos gestellt sein unterhalb des Altars, damit jeder sichtbarlich sehe, wie unser Glaube steht über dem ihren und die Wahrheit über dem Irrtum. In der wahren Kirche soll er geborgen sein und nicht bei jenen, zu denen der Heiland gekommen und die ihn nicht erkannt.»

Der alte Mann erschrak. Er hatte die fremden Worte nicht verstanden. Aber das böse Lächeln hatte er gefühlt und des Kaisers Mund und daß er etwas anbefahl, was wider ihn war. Flehend wollte er sich noch einmal hinwerfen, seinen Sinn zu wenden. Aber da hatte Justinian schon den Präpositus angeblickt. Dieser erhob den Stab, und die Vorhänge rauschten zu: verschwunden waren Kaiser und Thron, zu Ende der Empfang.

Betäubt stand der Greis vor der verschlossenen Wand. Da rührte von rückwärts der Zeremonienmeister ihm die Schulter, er müsse sich entfernen. Verdunkelten Blickes wankte der Alte, gestützt von Jojakim, hinaus: zum andernmal, fühlte er, hatte Gott ihn zurückgestoßen, da das Heilige schon halb in seinen Händen war. Abermals war die Stunde versäumt. Abermals gehörte der Leuchter den Herren der Gewalt.

Wenige Schritte, nachdem sie den Palast des Kaisers verlassen, begann Benjamin, der abermals bitter Geprüfte, plötzlich zu wanken. Mit aller Kraft mußten der Vorsteher und Jojakim den taumelnden Greis stützen. Sie trugen ihn in ein nahegelegenes Haus und betteten ihn hin. Ausgelöscht war die Farbe seines Gesichtes, geschlossenen Auges lag der Uralte da, und schon meinten sie, ihn umfange der Tod, denn schlaff hingen die blutlosen Hände herab, und da der Vorsteher ängstlich zum Herzen hintastete, pochte es nur noch zögernd und schwach. Als sei ihm alle Kraft mit jenem vergeblichen Anruf vor dem Kaiser aus dem Leibe gefahren, so lag Stunden und Stunden der Greis in völliger Fühllosigkeit; doch mit einemmal – es dunkelte bereits der Abend herein – raffte zu gleichem Staunen der beiden dieser Todmüde jählings sich auf und starrte sie fremden Blickes an, wie einer, der vom Jenseitigen wiederkehrt. Dann aber, sie erkennend, befahl er zu ihrer abermaligen Verwunderung mit heftiger Hast, sofort sollten sie ihn hinüberführen zum Bethaus von Pera, er wolle Abschied nehmen von der Gemeinde. Vergeblich, daß die beiden ihn mahnten, länger noch Rast zu halten und seines Leibes zu schonen: eigensinnig beharrte der Alte auf seinem Befehl, und sie mußten ihm willfahren. In einer Trage brachten sie ihn zu einem Boot und in dem Boote hinüber nach Pera. Wie ein Schlafender ließ er sich führen, leer das Auge, verschlossen der Mund.

Längst schon hatten unterdes die Juden in Pera des Kaisers Spruch und Bescheid vernommen. Aber zu heftig war in ihnen vordem die Gewißheit des Wunders gewesen, als daß sie sich der bewilligten Heimkehr des Leuchters zu freuen vermochten. Viel, viel zu klein war diese eine Erfüllung für das unselige Übermaß ihres Hoffens. Denn sollte nicht abermals die Menorah ein fremdes Gotteshaus umschließen, und sie selbst, mußten sie nicht weiterhin irren und wesen in Verbannung und Fremde? Nein, es war nicht der Leuchter, um den sie gesorgt, es war ihr eigenes Schicksal! Wie Geschlagene saßen sie da, bedrückt und voll heimlichen Grolls. Ach, immer trog die Verheißung, ein Narr, wer ihr glaubte, und die Wunder, glorreich beschrieben in heiliger Schrift und schön im Himmel der Ferne, wie feurige Wolken leuchteten sie nur her von jenen gottnahen Zeiten, aber nie senkte eines sich mehr nieder in ihren täglichen Tag. Gott vergaß seines Volkes, er ließ, die einstens er auserlesen, gleichgültig allein in Trübsal und Kümmernis. Keine Propheten weckte er mehr, die sprachen in seinem Namen; töricht darum, unsichern Zeichen zu glauben und auf Wunder und Wende zu warten! Die Juden im Bethaus zu Pera, sie beteten nicht weiter, sie fasteten nicht mehr. Verdrossen saßen sie in den Ecken und kauten mit verbitterten Lippen gezwiebeltes Brot. Und nun, da die Erwartung des Wunders nicht mehr ihre Blicke erhellte, ihre Stirnen beglänzte, wurden sie wieder die kleinen, kläglichen Menschen, die sie vordem gewesen, arme, bedrückte Juden, und ihre Gedanken, die eben noch groß und mächtig zu Gott aufstrebten, eng und krämerisch wie ihr täglicher Tag. Sie maulten und rechneten und klagten einer dem andern, wozu sie gekommen den weiten, den teuren, den vergeblichen Weg, und es reuten sie die guten Gewänder, die sie abgenützt auf den Straßen, die versäumten Geschäfte und die verlorene Zeit. Im voraus fürchteten sie schon, heimzukehren in das Gespött der Ungläubigen und den Zank der harrenden Frauen. Und da immer das Herz des Menschen am grimmigsten gegen jenen sich wendet, der zuerst es erhoben, dann aber zurückwirft, enttäuscht, in die eigene Enge, häuften sie all ihren dunklen Groll gegen die römischen Brüder und gegen Benjamin, ihren falschen Boten: wahrlich, ein bitter Geprüfter nur war er, den Gott nicht liebte, und Bitteres ging aus von ihm. Als Marnefesch – es war schon nahe der Nacht – endlich im Bethause erschien, wiesen sie ihm deutlich ihr verärgert Gefühl. Nicht wie vordem standen sie fürchtig auf bei seinem Nahen, nicht grüßten sie ihn; absichtlich hielten sie ihre Blicke weg: was ging er sie an, der alte Jude aus Rom! War er doch ohnmächtig wie sie alle und Gott sah so wenig auf ihn wie auf ihr eigenes gebeugtes Geschick.

Benjamin spürte sogleich das Böse in dieser Stille, er spürte den abgewendet schweigenden, dumpfen, sumpfigen Groll. Er sah betrübt, wie unter den schiefen Stirnen die Blicke ihn mieden, und die Enttäuschung der andern erschütterte ihn wie eine eigene Schuld. So bat er den Vorsteher, die andern aufzurufen, er hätte noch ein Wort an die Gemeinde, und der Vorsteher tat nach seinem Begehren. Unwillig und verdrossen hoben sich der Kauenden Köpfe: was konnte er ihnen noch sagen, der Fremde, der falsche Versprecher? Und doch, Mitleid überkam sie, da sie jetzt den Uralten sahen, der, gestützt auf den Stock, mühsam von seinem Sitz sich hob; nicht ganz raffte er sich empor, sondern wie ein Gebückter, ein Gebeugter stand er, der Älteste von allen, vor ihrem Verstummen. Anstrengung ward ihm das Wort:

«Ich bin noch einmal gekommen, ihr Brüder, um von euch Abschied zu nehmen. Und auch, vor euch mich zu beugen, bin ich gekommen, denn wider Willen habe ich eure Herzen beschwert. Ungern, ihr wißt es, bin ich gegangen zum Kaiser, aber wie sollte ich euch wehren, da ihr selbst mich gefordert. Noch ein Kind, haben die Alten so mich genommen auf ihren Weg, aus dem Schlaf mich gerissen, der ich nicht wußte und nicht wollte, und immer sagten und kündeten sie, es sei meines Lebens Sinn, den Leuchter zu lösen. Glaubt mir, Brüder, furchtbar ist es, einer zu sein, den Gott immer ruft und doch niemals erhört, den er lockt mit Zeichen und sie nie dann erfüllt. Besser, daß ein solcher im Dunkel bliebe und keiner blickte und hörte auf ihn. So bitte ich euch: vergebt und vergeßt mich und fragt mir nicht nach! Nennt nicht den Namen mehr dessen, der der Unrechte war. Und wartet mit guter Geduld, bis endlich der Rechte ersteht, der das Volk und den Leuchter erlöst.»

Dreimal beugte sich der alte Mann vor der Gemeinde wie ein Schuldiger, der seine Schuld bekennt. Dreimal schlug er die Brust mit seiner kraftlosen linken Hand – die andere, die zerbrochene, hing schlaff nieder und leer –, dann raffte er sich auf und durchschritt den Raum bis zur Tür. Keiner regte sich, keiner antwortete ihm. Nur Jojakim, eingedenk seiner Pflicht, den Alten zu stützen, eilte ihm nach bis zur Schwelle. Aber dringlich wehrte Benjamin ab:

«Geh zurück nach Rom, und wenn sie fragen nach mir, so sage: Benjamin Marnefesch ist nicht mehr, und er ist nicht der Rechte gewesen. Sie sollen meinen Namen vergessen und mir kein Gebet sprechen des Gedenkens. Ich will tot bleiben über meinen Tod und verloren dem Gedächtnis der Menschen. Du aber geh in Frieden und bekümmere dich um mich nicht mehr!»

Gehorsam blieb Jojakim an der Schwelle zurück. Beunruhigt sah er ihm nach und verwunderte sich, daß der Alte, mühsam gestützt auf seinen Stab, durch die fremde, enge Gasse der Richtung zutappte, wo der Weg die Hügel anstieg. Aber er wagte nicht, ihm zu folgen, und so starrte er nur hin, bis die gebeugte Gestalt sich völlig im Schatten verlor.

In jener Nacht haderte im achtundachtzigsten Jahre seines Lebens Benjamin, der allezeit ein Stiller und Geduldiger gewesen, zum erstenmal mit Gott. Gejagten Herzens war er wirr getappt durch die engen, winkligen

Gassen von Pera, er selbst wußte nicht, wohin: nur fliehen wollte er in seiner brennenden Scham, sein Volk verlockt zu haben zu übermäßigem Hoffen. In irgendeinen verlorenen Winkel wollte er kriechen, wo keiner ihn kannte und er sterben konnte wie ein verendendes Tier. «Es war nicht meine Schuld», murmelte er immer wieder vor sich hin, «warum lasteten sie die Erwartung des Wunders mir auf? Warum suchten sie mich, warum versuchten sie mich?» Aber der eigene Zuspruch beruhigte ihn nicht, weiter und weiter trieb ihn die Angst, irgendeiner könnte ihm folgen. Die Füße müdeten ihn längst und es bebten die morschen Knie, Schweiß brach aus der zerfalteten Stirn und lief ihm salzig-bitter über Lippe und Bart, heftig hämmerte das gequälte Herz in der schmerzenden Brust, aber wie ein Gejagter klomm der alte Mann, auf den Stecken gestützt, höher und höher den steilen Weg empor, der aus der Häuser Gewirr hügelwärts und ins Freie führte: nur keine Menschen mehr sehen und von keinem gesehn werden! Nur fort sein von Hausung und Herd, für immer verloren, vergessen, nur endlich erlöst sein von dem ewigen Wahn der Erlösung!

So war der taumelnde Greis – wie ein Trunkener tappte er sich fort – endlich hinaufgelangt in das hügelige Land über der Stadt, und dort im Leeren, gelehnt an eine schattende Pinie, die – aber er wußte es nicht – Wacht über einem Grabe stand, hielt er stockenden Herzens inne und atmete auf. Herbstlich klar glänzte die südliche Nacht, blank lag das Meer, geschupptes Silber, ein riesiger Fisch, und wie eine Schlange gekrümmt der nahe Bogen des Goldenen Horns. Jenseits der Bucht schlief im weißen Monde Byzanz mit glitzernden Kuppeln und Türmen, selten ging noch ein Licht im Hafen dahin, denn spät schon war es nach Mitternacht und kein Ton mehr wach von menschlicher Mühe; oben aber strich der Wind mit leisem, streifendem Klang durch die Weinberge, und jedesmal dann lösten sich von den abgeernteten Reben vergilbte Blätter los und flatterten langsam und lautlos zur Erde. Irgendwo nah mußten hier Kelter und Speicher sein, denn es roch, wenn der Wind innehielt, satt und säuerlich, Geruch der Vergängnis, und mit bebenden Nüstern atmete der alte, ermüdete Mann den feuchten, fauligen Brodem in sich: ach, selber Erde werden, ach, selber so hinsinken wie diese kreiselnden Blätter, gehen, vergehen! Nur nicht zurück mehr, nicht nochmals sich spannen und quälen, endlich erlöst sein von der eigenen Last! Und als nun mächtig die Stille ihn andrang und er gewiß war seines Alleinseins, überkam ihn unbändig Verlangen nach ewiger Stille, und in das Schweigen hinein hob er seine Stimme zu Gott, halb in Klage, halb im Gebet: «Herr, ich will sterben! Wozu lebe ich noch, unnütz mir selbst und allen zu Hohn und Beschwer? Was sparst du mich auf und weißt doch, ich will nicht mehr! Söhne habe ich gezeugt, sieben, männlich und dürstig des Lebens ein jeder, und warf doch, ihr Vater, allen sieben die Schollen ins Grab. Einen Enkelsohn hattest du mir gegeben, jung und hell, noch unkund der Lust der Frauen und der Süße des Daseins, aber die Heiden schlugen ihn hart; nicht sterben wollte er, nein, nicht sterben, vier Tage rang er verwundet wider den Tod und doch nahmst du ihn, der leben gewollt, und mich, der bebt von Sterbens Lust und Begierde, mich stößest du zurück. Herr, was willst du von mir, der ich nicht will und der ich mich wehre! Ein Kind noch, riß man mich auf, und gehorsam bin ich gegangen, doch täuschen muß ich, die an mich glaubten, und die Zeichen, sie waren Verrat. Herr, laß es genug sein! Ich habe verzagt, so wirf mich hinweg! Achtzig und acht Jahre hab ich gelebt, achtzig und acht vergebens gewartet, daß ein Sinn wäre in meinem Überdauern und eine Tat entwüchse meiner Treue zu dir. Aber nun bin ich müde. Herr, ich will, ich kann nicht mehr! Herr, laß es genug sein! Herr, laß mich sterben!»

Erhobener Stimme bat und betete der alte Mann, sehnsüchtig hob er den Blick empor in den Himmel, der leidenschaftlich mit Sternen glänzte und heftig funkelte von ihrem versprengten Licht. Er stand und wartete, der alte Mann: würde Gott ihm Antwort geben, endlich zum erstenmal? Geduldig wartete er, und allmählich fiel die Hand, die er unbewußt erhoben, leise herab und Müdigkeit kam über ihn, unermeßliche Müdigkeit. Ein betäubendes Hämmern fühlte er mit einmal in den Schläfen und gleichzeitig ein Ziehen und Schwanken in Fuß und Knie; ohne daß er es wollte und wußte, glitt er nieder in süßer Entkräftung, und er ließ sich niedergleiten, schwer und leicht zugleich, als wäre sein Leib entblutet. Aber wie eine Lust fühlte er diese Schwäche. «Das ist der Tod», dachte er dankbar, «Gott hat mich erhört.» Und fromm und still streckte er das Haupt auf die Erde, die herbstlich nach Vergängnis roch. «Ich hätte mein Sterbehemd anziehen sollen», erinnerte er sich noch dumpf, aber schon war er zu müd, nur unbewußt zog er den Mantel enger an sich. Dann schloß er die Augen und wartete mit Zuversicht auf den erbetenen Tod.

Aber es kam nicht der Tod zu Benjamin, dem bitter Geprüften, in jener Nacht. Nur ein Schlaf umfaßte zärtlich und eng den ausgemüdeten Leib und füllte den innern Blick ihm mit Bild und Traum.

Dies aber war der Traum, den Benjamin träumte in jener Nacht seiner letzten Prüfung. Noch einmal ging und tappte und flüchtete er durch die engen, dumpfen, dunkelnden Gassen von Pera, nur dunkler noch war jetzt ihr Dunkel, als es vordem gewesen, und schwarz und verwölkt der Himmel über Höhe und First. Und bis in den Traum erschrak er noch einmal, daß das Herz ihm hart an die Brust schlug, als er Schritte hinter sich hörte, und abermals überkam ihn wie vordem die Angst, einer könnte ihm folgen, und abermals flüchtete er fort. Aber immer waren die Schritte noch da, vor ihm, hinter ihm und nun auch rings in dem schweren und leeren, im schwarzen Gefild. Er konnte nicht sehen, wer jene waren, die da gingen zur Rechten, zur Linken und vor und hinter ihm, aber viele mußten es sein, eine große wandernde Schar, er unterschied die schweren Schritte von Männern und, spangenklingend, die leichteren der Frauen und der Kinder schwebenden Fuß. Ein ganzes Volk mußte es sein, das da hinzog durch die mondlos metallene Nacht, und ein trauerndes Volk, ein bedrücktes. Denn ständig ging dumpfes Stöhnen und Murmeln und Rufen aus ihren unsichtbaren Reihen, und er fühlte, sicherlich gingen sie schon so seit undenklicher Zeit, längst müde der erzwungenen Wanderschaft und des Nichtwissens, wohin. «Wer ist dies verlorene Volk!» hörte er sich selber fragen. «Warum ist ihm und gerade ihm der Himmel verhangen? Warum wird ihm und ihm allein keine Rast?» Aber er ahnte es nicht in seinem Traum, wer diese Wandernden waren, und doch faßte Mitleid ihn brüderlich an; furchtbarer noch als klingende Klage bedrückte ihn dies Sehnen und Stöhnen im Unsichtbaren. Und unbewußt murmelte er: «Man kann doch nicht ewig so gehen, immer im Dunkeln und unkund des Wegs. Kein Volk kann so leben ohne Heimstatt und Ziel, wandernd und ewig umgrenzt von Gefahr. Ein Licht müßte man ihnen entzünden, einen Weg ihnen weisen, sonst verzagt und verdorrt es, dies gejagte, verlorene Volk. Führen müßte es einer und heimführen, einen Weg ihnen allen erhellen. Ein Licht müßte man finden, sie brauchen ein Licht.»

Die Augen brannten ihm vor Schmerz, so faßte ihn Mitleid mit diesem verlorenen Volk, das da, leise klagend und schon verzagend, hinging durch die lautlos lauernde Nacht. Doch da er verzweifelt die Ferne ausmaß, da war ihm, als ob am letzten Rand seiner Schau ein leises Leuchten erglänzte, leise, leiseste Spur eines Lichts, ein Fünkchen bloß oder zwei, flirrend wie Irrlicht im Dunkeln. «Man muß ihm nach», murmelte er, «auch wenn es ein Irrlicht ist. Vielleicht kann man an Kleinem ein Großes entzünden. Man muß es herbringen, das Licht.» Und im Traume vergaß Benjamin, daß seine Glieder alt waren und morsch; wie ein Knabe, flink und beflügelt mit springenden Sohlen, lief er, das Licht zu fassen. Mitten durch die murrende, schattende Masse des Volkes drängte er wild, das mißtrauisch-bös vor ihm wich. «So seht doch das Licht, dort drüben das Licht», rief er tröstend ihnen zu. Doch gesenkter Stirn und stöhnenden Herzens gingen sie stumpf und dumpf, die Gedrückten, sie sahen es nicht, das ferne Licht, vielleicht schon waren ihre Augen von Tränen erblindet und ihre Herzen erlahmt an der allzu täglichen Not. Er aber gewahrte deutlich und immer deutlicher das Licht, sieben kleine Funken waren es, die nebeneinander schwesterlich schwebten, und nun er näher lief und lief – schon dröhnte ihm das Herz –, erkannte er, daß irgendwo ein Leuchter sein müsse, siebenarmig, der diese kleinen Flammen speiste und hielt. Aber auch dieser Leuchter – noch sah er ihn nicht – stand nicht still, auch er wanderte, wie jene hinwanderten im Dunkeln, geheimnisvoll gejagt und getrieben von bösem Wind, und darum leuchteten die fliegenden Flammen nicht still und grad, darum erhellten sie nicht, sondern wehten unsicher und klein. «Man muß ihn fassen, man muß ihn zur Ruhe bringen, den Leuchter», dachte der Träumende, während sein eigenes Traumbild lief und lief, «denn wie hell würde er strahlen, hätte er Ruhe und Stand! Wie würde es blühen und wirken, dies Volk, dies geprüfte, hätte es Heimat und Rast!» Blindlings rannte er nach, es war wie ein Flug, und näher und näher kam er dem Leuchter, schon sah er den goldenen Stamm und die steigenden Schäfte und in den sieben Knäufen von Gold die sieben Flammen, eine jede vom Winde gedrückt, der wild diesen Leuchter weiter und weiter hintrieb über Länder und Berge und Meer. «Bleibe! Halt inne!» stöhnte er ihm nach. «Das Volk vergeht! Es braucht die Tröstung des Lichts, und es kann nicht ewig so im Dunkel wandern.» Doch weiter und weiter entschwebte der Leuchter, listig und bös blinzelten seine fliehenden Flammen. Da faßte den Jagenden Zorn; eine letzte Kraft raffte er auf, wie ein Hammer schlug ihm jetzt das Herz, in einem Sprung setzte er dem Flüchtigen nach, in die Faust ihn zu fassen. Schon fühlte sein starker Griff das kühle Metall, schon faßte, schon hielt er den schweren Stamm – da schlug gewaltsam ein Donner ihn nieder, schmerzhaft krachte der splitternde Arm. Und im eigenen Schrei hörte er tausendfach des Volkes aufschreiende Klage: «Verloren! Für immer verloren!»

Aber siehe, da erlosch der Sturm, groß und gerade schwebte mit einmal der Leuchter empor und hielt inne im wandernden Fluge. Mitten im Luftigen blieb er in Schwebe, so still und gerade wie auf ehernem Stand. Seine sieben Flammen, bislang gedrückt in der wehenden Flucht des Windes, nun falteten sie golden sich auf und begannen zu leuchten, zu strahlen. Stärker und stärker leuchteten sie, und allmählich erhellte ihr goldener Schein golden die Tiefe. Und da der Hingestürzte verwirrt nun aufblickte nach jenen Wandernden hinter sich im Dunkel, da war nicht mehr Nacht auf der weglosen Erde und nicht mehr ein wanderndes Volk; fruchtbar und friedlich lag, geschmiegt an das Meer und beschattet von Bergen, ein südliches Land, Palmen und Zedern schwankten in zärtlicher Brise, und es blühte der Wein und goldete das Getreide, es weideten Schafe und mit sanftem Fuße eilte die Gazelle. Friedlich werkten die Menschen auf heimischer Erde, sie zogen das Wasser der Brunnen und führten den Pflug, sie melkten und harkten und säten und säumten ihr Haus mit Ranken und buntem Gebüsch. Kinder gingen dahin und sangen, von den Herden klang der Hirten Schalmei und nachts standen über den schlafenden Häusern die Sterne des Friedens. «Was für ein Land ist dies?» fragte sich staunend der Träumende aus seinem Traum, «und ist dieses Volk noch das gleiche, das vormals im Dunkel ging? Hat es endlich den Frieden gefunden, ist es endlich daheim?» Aber da schwebte der Leuchter neuerdings höher empor: wie eine Sonne erhellte sein Schein jetzt auch die Ränder des Himmels über dem ruhenden Land. Berge enthüllten beglänzt ihren Scheitel, und auf einem der Hügel leuchtete weiß mit mächtigen Zinnen eine ragende Stadt und über den Zinnen wuchtete riesig ein Haus aus gequadertem Stein. Dem Schlafenden bebte das Herz. «Dies muß Jeruscholajim sein und der Tempel», atmete er heftig. Aber da schwebte der Leuchter schon weiter und der Stadt und dem Tempel entgegen. Wie weichendes Wasser ließen die Mauern ihn ein, und nun er innen im Heiligen schwebte, erglühte gleich alabasterner Schale das Gehäuse des Tempels. «Er ist heimgekehrt», bebte der Schlafende in seinem Schlaf. «Irgendeiner hat getan, was immer ich ersehnte, irgendeiner hat den wandernden Leuchter erlöst. Ich muß es eigenen Auges sehen, ich der Zeuge! Einmal, noch einmal will ich die Menorah schauen in ihrer Rast an Gottes heiliger Stätte.» Und siehe, wie eine Wolke trug sein Wunsch ihn dahin, auf sprangen die Tore, und er trat ein in den heiligsten Raum, den Leuchter zu schauen. Aber unsagbar stark war das Licht. Wie weißes Feuer lohten die sieben Flammen des Leuchters zusammen, und so schmerzhaft brannte ihre zehrende Helle ihm ins Aug', daß er aufschrie in seinem Traum. Er erwachte.

Benjamin war erwacht aus seinem Traum. Aber noch immer glühte schmerzhaft jenes Feuer ihm ins Auge, jäh mußte er die Lider schließen gegen den heißen Anprall des Lichts und selbst dann wogte noch purpurn und funkelnd unter ihnen das Blut. Erst als er beschattend die Hand erhob, erkannte er, daß es Sonne war, die ihm so schmerzhaft ins Antlitz brannte, und er eingeschlafen gelegen an der Stelle, da er zu sterben vermeint, vom Ende der Nacht bis zur Frühe; jetzt erst hatte durch das Gezweige des Baums das steigende Licht ihn erreicht und erweckt. Verworren tastete Benjamin, mühsam sich aufrankend an dem Stamme, mit dem Blick in die Tiefe hinab: siehe, da lag das Meer, unendlich in seinem weiten Azur, wie er es zum erstenmal, ein Knabe, gesehen, und glitzernd in Marmor und Stein Byzanz. Mit Farbe und Glanz eines südlichen Morgens anglühte ihn die Welt – nein, Gott hatte nicht gewollt, daß er sterbe! Fürchtig beugte sich der alte Mann und senkte die Stirn im Gebet.

Als Benjamin sein Gebet geendet an den, der das Leben gibt und bemißt nach seinem Willen und Ratschluß, fühlte er leise von rückwärts sich angerührt. Es war Zacharias, der hinter ihm stand und, Benjamin ahnte es gleich, lange schon wachsam ob seines Schlummers gewartet. Und ehe der Greis sein Staunen bewältigt – denn wie wußte jener seinen Weg und wie fand er die Stätte seiner Rast? –, flüsterte Zacharias:

«Seit dem frühen Morgen suchte ich dich. Und als sie mir sagten in Pera, du seiest hügelauf gewandert des Nachts, rastete ich nicht, bis ich dich fand. Die andern sorgten um dich sich sehr. Ich aber sorgte mich nicht. Denn ich weiß, daß Gott dich noch will. Doch nun komm hinab in mein Haus. Ich habe Botschaft für dich.»

«Welche Botschaft?» wollte Benjamin fragen. Und «Ich will keine Botschaft mehr», wollte er starrsinnig sagen, «zu oft hat Gott mich versucht». Aber noch wogte in ihm die Tröstlichkeit des Traums, und von dem Licht, das in jenem Friedensland so selig erstrahlt, meinte er milden Widerschein im lächelnden Blicke des Freundes zu schauen. So weigerte er sich nicht und sie schritten hinab; im Boot setzten sie über und kamen zu dem ummauerten Geviert des Palasts. Streng standen die Wächten an den Toren des Kaiserbezirks, aber – Benjamin staunte abermals – willig gewährten sie Zacharias Einlaß. «Meine Werkstatt stößt», erklärte er, «an die Schatzkammer, darin geheim und geschützt vor Gefahr ich schaffe für den Kaiser. Tritt ein, und gesegnet sei dein Kommen! Bange nicht vor den andern: wir sind und bleiben allein.»

Die beiden Männer schlurften leise durch die Werkstatt, die in unsicherer Dämmerung schimmerte von kunstvoll getriebenen Gegenständen: an einer verborgenen Stelle öffnete der Goldschmied eine kleine Pforte, die ein paar Stufen hinabführte in ein rückwärts gelegenes Gemach, darin seine Wohnstatt und Stätte der eigenen Arbeit war. Verschlossen und vergittert waren die Fenster, im völligen Dunkel vergingen die Wände, nur auf den Tisch warf die beschirmte Werklampe einen kleinen goldenen Kreis gesparten Lichts.

«Setze dich, Lieber», sagte Zacharias zu seinem Gast, «du wirst hungrig und müde sein.»

Er räumte die Arbeit vom Tisch, brachte Brot und Wein und einige schön getriebene Silberschalen, in die er Früchte legte, Datteln, Nüsse und Mandeln. Dann hob er ein wenig den Schirm der Lampe. Der Lichtkreis erweiterte sich, überfloß den ganzen Tisch und erhellte die vergreisten knochigen Hände Benjamins, die wie erschöpft ineinandergefaltet lagen.

«Iß, mein Lieber», ermunterte Zacharias; weich und vertraut schien Benjamin, dem bitter Geprüften, diese fremde Stimme, wie ein süßer Wind kam sie zu ihm aus einem fernen Land. Gerne griff er nach den Früchten, langsam brach er das Brot, mit stillen, kleinen Schlucken trank er den purpurn im Lichte erglühenden Wein. Lieb war es ihm, daß er schweigend warten durfte und sich sammeln. Lieb war es ihm, daß gleich oberhalb des belichteten Kreises das Dunkel begann. Lieb war ihm dieser fremde Mann und wie von Kindheit vertraut. Manchmal versuchte er scheu und schüchtern anzusehen, den er im Dunkel sich gegenüber spürte mit dem leisen Gehaben der zarten Besorgnis.

Aber als ob er dies Verlangen nach vertrauter Nähe gespürt hätte, hob Zacharias den Schirm jetzt gänzlich von der Lampe. Das Licht, bisher niedergedrückt auf den Tisch, zerstreute sich hell im ganzen Raum. Zum erstenmal sah Benjamin von nah den bisher nur flüchtig gesehenen Freund, das zarte, kränkliche, ermüdete Antlitz, in das wie mit feinen Griffeln unzählige Falten gegraben waren: Antlitz verschwiegenen Leidens und stillwerkender Geduld. Und als jetzt jener die gesenkten Lider hob und offen die Augen ihn anblickten, begann in ihren Sternen ein warmes Rieseln und Glänzen: Zacharias lächelte ihm zu.

Dies Lächeln gab dem alten Manne Mut:

«Wie anders bist du zu mir als die andern. Böse sind sie mir alle geworden, weil ich nicht das Wunder gewirkt, und ich hatte sie doch beschworen, sie sollten kein Wunder erwarten. Nur du, der den Weg mir aufgetan zum Herrscher, nur du zürnst mir nicht. Und doch, sie haben recht, wenn sie meiner nun spotten. Warum habe ich Hoffnung erweckt, warum bin ich gekommen? Wozu lebe ich noch, um zu sehen, wie der Leuchter wieder wandert und uns meidet?!»

Zacharias aber lächelte noch immer ihm zu, und aus diesem weichen und starken Lächeln kam Trost:

«Nicht lehne dich auf. Vielleicht war es zu früh noch und unser Weg nicht der rechte. Denn was soll uns der Leuchter, solange der Tempel in Trümmern liegt und das Volk umgeht in der Fremde? Vielleicht will es Gott, daß des Leuchters Geschick noch Geheimnis bleibe und nicht offenbar werde dem Volke.»

Benjamin fühlte den Trost. Die Worte wärmten sein Herz. Er beugte das Haupt und sprach wie zu sich selbst:

«Verzeih meinen Kleinmut. Aber eng ist mein Leben geworden und zu nah schon dem Tod. Achtundachtzig Jahre hab' ich bestanden; da will das Herz nicht mehr warten. Seit ich den Leuchter retten wollte, ein Kind, hab' ich nur einem gelebt: seiner Wiederkehr und Erlösung, und von Jahr zu Jahr harrte ich getreu in Geduld. Nun ward ich ein Greis; wie vermöchte ich länger zu hoffen, zu warten?»

«Du mußt nicht mehr warten. In Bälde ist alles erfüllt!»

Benjamin starrte auf. Das Herz schlug heftige Hoffnung.

Stärker lächelte Zacharias ihm zu:

«Spürst du nicht, daß ich kam, dir Botschaft zu bringen?»

«Welche Botschaft?»

«Die Botschaft, die du erwartest.»

Benjamin erbebte bis zu den Händen herab. Mit einemmal zitterten sie wie schwankes Laub im Wind, die noch eben müd auf dem Tische geruht.

«Du meinst... du meinst, ich könnte es noch ein zweites Mal dem Kaiser...»

«Nein, nicht das. Was er einmal gesagt, nimmt er nie mehr zurück. Er gibt die Menorah nicht wieder.»

«Wozu dann mein Bleiben, mein Leben? Was soll ich hier warten und klagen, allen andern zur Last, und das heilige Zeichen geht fort und ist für immer dahin?»

Aber Zacharias lächelte noch immer, und stark und stärker erhellte das Lächeln ihm Auge und Mund:

«Noch ist der Leuchter nicht von uns gegangen.»

«Wie kannst du es wissen? Wie kannst du es sagen?»

«Ich weiß es. Vertrau mir!»

«Du hast ihn gesehen?»

«Ich hab ihn gesehen. Vor zwei Stunden noch war er im Schatzraum verschlossen.»

«Aber jetzt? Sie haben ihn fortgebracht».

«Noch nicht! Noch nicht!»

«Doch jetzt? Wo ist er?»

Zacharias antwortete nicht gleich. Zweimal zitterte ihm schon aufgetan die Lippe, aber das Wort brach nicht durch. Endlich beugte er sich näher über den Tisch und hauchte, wie man ein Geheimnis flüstert:

«Hier! Bei mir! Bei uns beiden!»

Benjamin zuckte auf, als hätte ihm einer ins Herz geschlagen:

«Bei dir?»

«Bei mir hier im Hause.»

«Bei dir hier im Hause?»

«In diesem Hause. In diesem Raum. Darum suchte ich dich.»

Benjamin bebte. In der Ruhe dieses Mannes war etwas, das ihn betäubte. Ohne daß er es wußte, hatten seine Hände sich gefaltet, und kaum hörbar flüsterte er:

«Bei dir? Wie kann das sein?»

«So sonderbar es dir auch dünke, es ist keinerlei Wunder. Seit dreißig Jahren wirke ich als Goldschmied hier im Palast, und kein Stück birgt der Schatz, den sie nicht zuvor in meine Werkstatt gesendet, damit ich es wäge und prüfe. Auch diesmal, ich weiß es, wird alles, was Belisar von den Vandalen gebeutet, mir übermacht werden, daß ich es schätze nach Wert und Gewicht, und als erstes erbat ich den Leuchter. Gestern brachten ihn des Schatzmeisters Knechte: sieben Tage ist mir verstattet, ihn zu bewahren.»

«Und dann?»

«Dann trägt das Schiff ihn hinüber.»

Benjamin erblaßte von neuem. Wozu dann ihn rufen? Daß er der Zeuge sei aber und abermals, wie der Leuchter, der heilige, nah war und wieder und wieder geraubt wurde?

Aber bedeutsam lächelte Zacharias ihm zu:

«Doch auch dies ist mir verstattet, daß ich von allem Kostbaren der kaiserlichen Kammer Abbilder forme. Oft, wo nur eines im Schatz ist von einem Werke, begehren sie von mir, daß ich ein zweites gleicher Art dazu schaffe, denn sie vertrauen meiner Hand. Nach Konstantins Krone schmiedete ich jene Justinians, und für Theodora das Diadem, dessen gleiches einst Kleopatra trug. So habe ich Erlaubnis erbeten, ein Abbild des Leuchters nachzuahmen, ehe er in die neue Kirche jenseits des Meeres gesandt wird, und noch heut beginn' ich das Werk. Schon sind die Tiegel gehitzt, schon habe das Gold ich bereitet; in sieben Tagen ist ein neuer Leuchter gefertigt, so völlig dem unsern gleich, daß niemand den einen wird unterscheiden können vom andern, denn völlig wie jener wird er sein im Gewicht, in Form auch und Zierung und gleich die Körnung des Golds. Nur heilig wird der eine sein und irdische Arbeit der andere. Doch welcher von beiden der heilige ist und welcher der andere, welchen wir selber in Frommheit bewahren und welchen wir jenen hingeben auf den Weg in die Fremde, das soll von nun ab nur zweier Menschen Geheimnis sein: das meine, das deine.»

Benjamin fühlte das Beben auf seinen Lippen nicht mehr. Die Welle des Bluts ging mit einmal weich und warm durch seinen ganzen Leib, die Brust spannte, die Augen erhellten sich, wie ein Widerschein begann des andern Lächeln auf seinem zerknitterten alten Gesicht. Er verstand. Was er selbst einst versucht, das vollbrachte nun dieser. Er nahm den Leuchter zurück von den andern, Gleiches für Gleiches erstattend in Gold und Gewicht und nur das Heilige rettend. Aber er neidete nicht Zacharias die Tat, die zu tun bislang der Sinn seines Lebens gewesen. Nur demütig sagte er:

«Gott sei gelobt. Nun sterbe ich gern. Du hast den Weg gefunden, den ich vergebens gesucht. Mich hat Gott nur gerufen. Dich hat er gesegnet.»

Aber Zacharias wehrte ab:

«Nein. Wenn einer, so bringst du und nur du den Leuchter der Heimat zurück.»

«Nicht ich. Ich bin ein alter Mann. Ich kann sterben am Wege, und abermals fällt er in fremde Hand.»

Aber Zacharias lächelte stark und bestimmt:

«Du wirst nicht sterben. Selber weißt du nun schon: dein Leben vergeht nicht, bevor sich sein Sinn erfüllt.»

Benjamin erinnerte sich: gestern hatte er sterben gewollt und Gott hatte den Wunsch ihm versagt. Vielleicht war ihm wahrhaft noch Auftrag gegeben. So weigerte er sich nicht länger und sagte nur:

«Ich habe keinen Willen wider seinen Willen. Wenn Gott mich wahrhaft wählt, wie sollte ich mich wehren? Geh und beginne!»

Sieben Tage blieb die Werkstatt Zacharias', des Goldschmieds, jedem Zugang verschlossen. Sieben Tage betrat sein Fuß nicht die Gasse und keinem Klopfen auf tat sich das Haus. Vor ihm stand auf erhöhtem Gestelle der ewige Leuchter, still und groß, wie er einstens gestanden vor dem Altar des Herrn; in dem Ofen zuckte indes mit schweigsamen Zungen das Feuer und schmolz das aus Ringen und Spangen und Münzen zerschlagene Gold. Benjamin sprach in diesen sieben Tagen kein Wort. Er sah zu, wie die gärende Masse feurig im Tiegel wogte und wie die ausgegossene wiederum fügsam einströmte in die vorbereiteten Formen und härtend sich kühlte. Als Zacharias dann vorsichtigen Spachtelschlags die Hülle zerbrach, war des neuen Leuchters Gestalt ungefähr schon erkenntlich. Stark und steil wuchs von der Stütze des Untersatzes der Strunk empor, von ihm brachen rund gebogen die sieben Schäfte wie Stengel vom Stamm, deutlich formten sich Kelche daran, bestimmt, die Lichter zu halten, und in die noch glatten Flächen zeichnete schärfer und schärfer des Goldschmieds unermüdlich hämmernde und feilende Hand genau die gleichen zarten Ornamente der Blumen und Blüten, wie sie den heiligen schmückten. Ähnlicher wurde von einem Tage zum andern der eben erst werdende Leuchter dem tausendjährigen, das neue Gebild dem heiligen Urbild. Und am letzten, am siebenten Tag standen die beiden einander gegenüber wie Zwillingsgebrüder, nicht zu unterscheiden einer vom andern dank völliger Gleichheit in Größe und Farbe, Maß und Gewicht. Aber immer und immer verglich ruhelos mit seinem geübten Blick Zacharias die beiden, immer wieder kerbte und bosselte er weiter mit dem feinsten Stichel und der spitzesten Feile an seinem geliebtesten Werk. Schließlich senkte er ablassend die Hand. Kein Unterschied war mehr zu erspähen und so getreulich ähnlich waren die beiden, einer dem andern, daß, um sich nicht selber zu täuschen, Zacharias jetzt zum letztenmal den Stichel faßte und in den verschatteten innern Stempel einer Blüte winzig ein Zeichen einritzte, daß dieser, der neue Leuchter, sein eigenes Werk sei und nicht jener des Volks und des Tempels.

Dies vollendet, trat er zurück, zog den ledernen Schurz ab und wusch sich die Hände. Nach sieben Tagen des Werks sprach er zu Benjamin wieder zum erstenmal:

«Mein Dienst ist getan. Nun beginnt der deine. Nimm unsern Leuchter und tu damit nach deinem Bedünken.»

Aber zu seinem Verwundern wehrte Benjamin ab:

«Sieben Tage hast du gewerkt und sieben Tage habe ich gedacht und mein Herz befragt. Ein Bangen ist über mich gekommen, ob unser Tun nicht Betrug sei. Denn eines hast du genommen und ein anderes gibst du jenen zurück, die dir willig vertrauten. Nein, es geht nicht an, daß wir heimsenden den unrechten und jenen behalten, daß krumm wir erschleichen, was uns grad nicht gegeben ward. Gott liebt nicht die Gewalt, und als ich, ein Kind, mit der Faust nach dem Heiligen griff, zerschlug er den Arm mir am Leibe. Aber ich weiß, nicht minder mißachtet Gott den Betrug, und wer täuscht und wer trügt, dem versehrt er die Seele.»

Zacharias überlegte:

«Doch wenn der Schatzmeister sich selbst den unrechten wählt von den beiden?»

Benjamin blickte auf:

«Der Schatzmeister weiß, daß einer alt ist und einer der neue, und wenn er fragt nach dem echten und rechten, so müssen wir den wahren ihm geben. Aber wenn Gott es so fügt, daß jener weiter nicht fragt und einer ihm ist wie der andere, weil gleich an Gold und Gewicht, dann hätten wir, meine ich, kein Unrecht getan. Bestimmt er selbst und wählt er den deinen, dann ist uns ein Zeichen gegeben. Aber nicht unser sei die Entscheidung.»

So sandte Zacharias den Knecht in des Schatzmeisters Wohnung, und der Schatzmeister kam, ein behäbig heiterer Mann mit kleinen kugeligen Augen, die scharf und geübt hinter den rötlichen Bäckchen vorlugten. Kennerisch tastete er gleich in dem Vorraum zwei silbern getriebene Schalen an, die eben vollendet lagen, sorgsam klopfte er sie mit dem Finger ab und prüfte die zierliche Zeichnung. Neugierig hob er einen nach dem andern der geschnittenen Steine vom Werktisch und gegen das Licht; so verspielt und verliebt musterte er Stück um Stück, die fertigen wie die werdenden Werke des Goldschmieds, daß Zacharias ihn mahnen mußte, endlich die Leuchter zu beschaun, die still und golden nebeneinander standen auf dem Schautisch, der tausendjährige und der eben geschaffene, Urbild und Abbild.

Angespannt trat der Schatzmeister vor das Leuchterpaar. Man sah, daß es seine Kennerlust reizte, an einem winzigen Makel oder an verborgener Ungleichheit den neugebildeten von dem erbeuteten zu unterscheiden. Sorgsam wandte und drehte er einen nach dem andern nach allen Seiten, so daß immer von andern Flächen das Licht auf sie fiel. Er wog ihr Gewicht, er ritzte das Gold an: zurücktretend und wieder nahetretend verglich und verglich er mit gesteigerter Spannung ihr untadelig Ebenmaß. Schließlich beugte er sich, das Auge mit einem geschliffenen Kristall vergrößernder Art bewehrt, ganz nah über die feinen Ritzen und Rillen. Aber er konnte keinen Unterschied finden. Ermüdet ließ er vom vergeblichen Vergleichen und klopfte Zacharias auf die Schulter:

«Ein Meister bist du, Zacharias, und selbst ein Schatz für unser Schatzhaus. In alle Ewigkeit wird niemand mehr unterscheiden können, welcher der ältere ist und welcher der neue, so sicher werkt deine Hand. Vortrefflich, mein Lieber!»

Und schon wandte er sich lässig ab, um neuerdings die geschnittenen Steine zu betrachten und einen für sich selber zu wählen. So mußte Zacharias ihn mahnen.

«Also welchen der Leuchter begehrt Ihr?»

Gleichmütig und halb schon abgewandt antwortete der Schatzmeister:

«Welchen du magst! Mir bleibt es gleich.»

Da trat Benjamin aus dem Schatten, in dem er scheu und erregt sich verborgen:

«Herr, wir bitten dich: wähle du selbst einen von beiden als den deinen.»

Erstaunt blickte der Schatzmeister auf den fremden alten Mann. Was wollte dieser Wunderliche und warum sah er so flehend ihn an mit zuckenden, brennenden Blicken? Aber gutmütigen Sinnes, wie er war, und zu höflich, einem alten Mann einen Wunsch nicht zu gewähren, wandte er sich nochmals zurück. Spaßhaft gelaunt, nahm er eine kleine Münze und schnellte sie hoch in die Luft. Sie fiel und rollte kreiselnd auf den Boden, dreimal drehte und kehrte sie sich; dann blieb sie schließlich zu seiner Linken liegen. Lächelnd deutete der Schatzmeister auf den Leuchter, der gleichfalls zur Linken stand: «Diesen also!» Dann ging er und die gerufenen Diener trugen den gewählten in die Schatzkammer hinüber. Dankbar und höflich begleitete der Goldschmied seinen Gönner bis an die Schwelle der Stube.

Benjamin war zurückgeblieben. Mit zitternder Hand rührte er den Leuchter an. Es war der echte, der heilige, und jener hatte für den Kaiser den andern gewählt.

Da Zacharias zurückkehrte, sah er Benjamin noch unbewegt vor dem Leuchter verharren und so brennend ihn anblicken, als zehre er mit diesem seinen Blick ihn ganz in sich hinein. Als endlich der alte Mann sich ihm entgegenwandte, schien der goldene Widerschein noch in seinen Augensternen zu glänzen: jene stille Ruhe war über den Geprüften gekommen, wie sie klarer Entschluß immer dem Herzen schenkt. Nur leise bat er:

«Gott gebe dir Dank, mein Bruder. Und nun beschaffe noch eines: einen Sarg.»

«Einen Sarg?»

«Nicht wundere dich. Auch dieses hab' ich bedacht und durchdacht in diesen sieben Tagen und Nächten, wie man den Leuchter zum Frieden brächte. Wie du habe erst ich vermeint: wenn wir die Menorah erretten, so soll sie dem Volke gehören, und sie sollen sie wahren als heiligstes Unterpfand. Aber unser Volk, wo ist es und wo seine Stätte? Gejagte sind wir überall noch und Geduldete, nirgends ist ein Ort uns gesichert, um den Leuchter würdig zu hüten. Wo uns ein Haus ist, werden wir verjagt, wo wir einen Tempel bauen, zerbrechen sie ihn; solange die Gewalt noch gilt über den Völkern, hat das Heilige nirgends Frieden auf Erden. Nur unter der Erde ist Friede. Dort ruhen die Toten mit waagrechtem Fuß von ihrem Wandern, dort glänzt keinem Räuber das Gold und reizt die Begierde. In Frieden ruhe er dort, der Heimgekehrte, von tausend Jahren des Wanderns.»

«Für ewig» – Zacharias staunte – «willst du den Leuchter begraben?»

«Wann wäre dem Menschen gegeben, Ewigkeit nur zu erdenken? Wie könnte ich Frist setzen einem Dinge und weiß meine eigene nicht? Zur Ruhe will ich den Leuchter bringen, doch wie lange er ruht, wer weiß es denn Gott? Die Tat kann ich tun, doch was ihr entwächst, wie soll ich es messen, wie rechnen die Zeit und die Ewigkeit? Gott soll entscheiden, nur er und nur er des Leuchters Geschick. Ich grabe ihn ein, nicht anders weiß ich ihn wahrhaft zu hüten, doch für wie lange, wer sagt das aus! Vielleicht läßt Gott ihn ewig im Dunkel, und ungetröstet muß unser Volk wandern, zerstäubt und zersprengt auf dem Rücken der Erde. Doch vielleicht – und mein Herz ist voll dieser Zuversicht – vielleicht wird sein Wille es wollen, daß unser Volk heimkehre zur Heimat. Dann wird er – vertraue nur! – einen zu wählen wissen, der im Zufall den Spaten faßt und das Grab des Vergrabenen findet, wie Gott mich gefunden, auf daß ich den Ruhlosen berge. Nicht sorge dich um die Entscheidung, laß sie ihm und der Zeit! Möge er für verloren gelten, der Leuchter, und wir, die wir Gottes Geheimnis sind – wir sind nicht verloren! Denn nicht wie der irdische Leib vergeht das Gold im Schoße der Erde und nicht unser Volk im Dunkel der Zeit. Dauern wird eines, dauern das andere, das Volk und der Leuchter! So laß es uns glauben, daß er aufersteht, den wir begraben, und einstmals neu leuchtet dem Volke, dem heimgekehrten. Denn nur wenn wir nicht ablassen zu glauben, bestehen wir die Welt.»

Beide blickten sie voneinander weg, beide weit in die Ferne.

Dann wiederholte Benjamin noch einmal:

«Und nun schaff mir den Sarg.»

Der Schreiner brachte den Sarg. Es war ein Sarg gewöhnlicher Art, und so hatte Benjamin ihn erbeten, damit, wenn er ihn mit sich führte in der Väter Land, nicht besondere Neugier sich rege. Oftmals brachten ja die Frommen Särge mit sich auf die Pilgerschaft, um Väter und Sippen in der heiligen Erde zu betten; ungefährdet konnte in solchem fichtenen Sarg der Leuchter geborgen werden, denn von allen Dingen der Welt entgeht nur das Gestorbene der Menschen Begier.

Ehrfürchtig betteten die beiden die Menorah in den Totenschrein. Mit seidenen Tüchern und schweren Brokaten, wie man die Thora umhüllt, Gottes eigenes Kind, umwanden sie sorglich seine goldenen Arme, und sie füllten die Leere des Raums mit Werg und weicher Wolle, damit im Tragen das Metall nicht klingend anschlage gegen das Holz und das Geheimnis verrate. Sachter und bebender Hand betteten sie so die Menorah in den Sarg, die Wiege der Toten, und sie wußten beide und schauerten: vielleicht, wenn Gott nicht gnädig wendete des Volkes Geschick, würden sie beide in alle Ewigkeit die letzten bleiben, die den Leuchter Mosis, den heiligen Leuchter des Tempels, mit ihren Händen berührt und ehrfürchtigen Auges erschaut. Ehe sie aber den Sarg verschlossen, holten sie noch ein beständiges Pergament und schrieben darauf und bezeugten, daß sie beide, Benjamin Marnefesch, genannt der bitter Geprüfte, aus Abthalions Geschlecht, und Zacharias aus Hillels Geblüt im achten Jahre der Herrschaft Justinians zu Byzanz die heilige Menorah mit eigener Hand in diesen Sarg getan, damit, wenn einer einstmals im heiligen Lande diesen Leuchter ausgrabe, bekundet wäre, daß dieser der wahre des Volkes sei. Die pergamentene Rolle wickelten sie in eine bleierne Hülse und diese Hülse wiederum verlötete Zacharias, der Goldschmied, genauester Art, auf daß nicht Feuchte und Moder jemals die Schrift zerstöre; mit goldener Kette heftete er sie an des Leuchters Stamm derart, daß zugleich mit dem Gerät das Zeugnis gefunden werde. Dies vollbracht, schlossen sie den Sarg mit Nägeln und Spangen. Kein Wort mehr aber ward zwischen ihnen beiden gesprochen, bis die Knechte den Sarg zu Benjamin brachten, auf das Schiff, das gegen Joppe fuhr. Dort erst – schon prasselte das aufgezogene Segel im Wind – nahm Zacharias Abschied und küßte den Freund:

«Gott segne und behüte dich. Er führe deinen Weg und segne dein Vollbringen. Die letzten, die einzigen waren bis zu dieser Stunde wir beide, die wußten um den Weg des Leuchters. Von nun ab kennst nur du ihn allein.»

Benjamin beugte sich fromm:

«Auch meinem Wissen ist nur kurze Frist noch gegeben. Dann weiß nur mehr Gott, wo seine Menorah ruht.»

Wie immer sammelte sich, wenn ein Schiff in Joppe anlegte, eine große Menge von Neugierigen am Strande, um die Landenden von nah zu betrachten und zu begrüßen. Auch einige Juden waren darunter, und kaum erkannten sie, daß jener alte weißbärtige Mann einer der Ihren war, und als sie sahen, daß hinter ihm die Schiffsknechte einen Sarg hertrugen, traten sie alle zusammen und folgten in schweigendem Einverständnis dem Sarg in feierlichem Zuge. Denn als milde und gottgefällige Tat gilt es jüdischem Glauben, einen jeden Toten ein Stück seines letzten Weges zu begleiten und auch bei eines Fremden und Unbekannten Bestattung frommer Helfer zu sein. Kein Jude von Joppe, sobald er die Nachricht vernahm von dem Sarge, den einer von ihnen gebracht über das Meer, entzog sich der heiligen Pflicht. Aus allen Gassen und Häusern drängten sie, Werk und Arbeit verlassend, schweigsam heran, und mit immer wachsendem Geleite ward der Sarg bis zum Rasthaus getragen, wo Benjamin Nächtigung suchte. Dort erst, nachdem der Sarg neben seine Lagerstatt gestellt war – denn dies forderte sonderbarerweise der Greis –, brachen sie das Schweigen. Sie grüßten den Genossen ihres Glaubens mit dem Gruße des Segens und fragten ihn, von wannen er komme und wohin sein Weg ihn führe. Benjamin antwortete karg. Er fürchtete sehr, daß schon Nachricht von Byzanz zu jenen gedrungen sein könnte und einer ihn erkennte. Und nicht noch einmal wollte er ungestüme Erwartung unter den Brüdern entfachen. Doch auch Unwahrheit wollte er meiden im Schatten des Leuchters: so bat er sie, Schweigen bewahren zu dürfen. Auftrag sei ihm geworden, diesen Sarg zu bestatten, und nicht mehr ihm zu sagen erlaubt. Sorgsam entwich er der weiter fragenden Neugier, indem er selber nun fragte, wo hier heilige Stätten wären, um den Sarg in die Erde zu senken. Da lächelten die Juden von Joppe mit stillem Stolz: heilig sei in diesem Lande jedwede Stätte und allorts die Erde schon selbstens geweihte Erde. Aber dann nannten und bezeichneten sie ihm alle die Orte, wo in ihren Höhlen oder im flachen Feld, gekennzeichnet nur durch gehäufte, unbehauene Steine, in ihren Gräbern die Urväter und Erzväter, die Mütter des Stamms, die Helden und Könige des Volkes ruhten, und sie rühmten die wirkende Kraft dieser heiligen Stätten. Kein Frommer versäume, sie zu besuchen, um Tröstung von ihnen zu empfangen. Dienstwillig – denn ein Ehrfurchtgebietendes ging von diesem Uralten aus und ihre Seelen ahnten Geheimnis – erboten sie sich, ihn dahin zu führen und, sofern er es erlaube, vereint mit ihm im Gebet den unbekannten Toten zur Ruhe zu senken. Aber Benjamin lehnte um des Geheimnisses willen ihre Bereitschaft ab und entließ sie mit vielem Dank. Nur den Wirt des Rasthauses bat er, gegen gute Löhnung ihm morgens einen Knecht beizustellen, wegkundig und kräftig genug, um ein Grab an gebotener Stätte zu schaufeln, sowie ein Maultier zur Tragung des Sargs. Der Wirt versprach es: mit Sonnenaufgang würde sein eigener Knecht bereit sein und ihn geleiten, wohin er begehre.

Diese Nacht im Rasthause zu Joppe ward die letzte des schmerzlichen Fragens und der heiligen Qual im Leben Benjamins, des Geprüften. Noch einmal wich die Sicherheit von seiner Seele, noch einmal lastete schmerzhaft und schwer die Entschließung auf ihm. Noch einmal fragte und fragte er sich, ob er wirklich im Rechte sei, dem Volk die Heimkehr und Rettung des Leuchters zu verschweigen und vorzuenthalten seinen Brüdern, welch Heiligtum er eingrübe in dies fremde Grab. Denn wenn schon vom toten Gebein, von der Urväter und Erzväter

Gräber so mächtige Tröstung ausging für die Betrübten, wie beglückt erst müßte es sein, dies gejagte, getretene und in alle Winde verlorene Volk, wäre ihm nur leiseste Ahnung gelassen, daß der ewige Leuchter, dies sichtbarste Wahrzeichen seiner Einigkeit, nicht verloren sei, sondern gerettet und gesichert warte in heimischer Erde auf den Tag der endlichen Wiederkehr. «Wie darf ich die Hoffnung ihnen versagen», stöhnte der Schlummerlose, «wie das Geheimnis für mich behalten allein, wie nehmen mit in den Tod, was Tausenden Hoffnung schenkte und Freude? Ich weiß, wie sie dürsten der Tröstung: furchtbar Geschick eines Volks, immer nur warten zu sollen auf das Dereinst und Vielleicht, immer nur stumm zu vertraun auf geschriebene Schrift und nie ein Zeichen zu fassen! Und doch, nur wenn ich schweige, bleibt der Leuchter dem Volke bewahrt! Herr, hilf meiner Not: wie tue ich recht, wie tue ich unrecht an ihnen, den Brüdern? Darf ich den Diener, den mir jener versprochen, vom Grabe rücksenden mit der tröstenden Kunde, hier ruhe ein heiliges Unterpfand? Oder soll ich stumm verharren, daß keiner des Grabes Stätte kenne denn du? Herr, entscheide für mich! Schon einmal hast du ein Zeichen gegeben! Nun gib mir ein zweites: Herr, nimm die Entschließung von mir!»

Aber stumm blieb die Nacht und feindselig mied der Schlaf den Geprüften. Brennenden Augs lag er wach bis in den erwachenden Tag, fragend und fragend und mit jeder Frage tiefer verstrickt in das würgende Netz der Angst und Beschwerde. Und schon klärte der Osten sich und noch immer war des alten Mannes Seele nicht klar; da trat mit bekümmertem Blick der Wirt des Rasthauses in die Kammer:

«Verzeih, aber ich kann den wegkundigen Knecht nicht mit dir senden, wie ich gestern versprach. Hinfällig ist er plötzlich geworden des Nachts. Schaum sprang ihm zuckend vom Munde, und nun liegt er im fahrenden Fieber. Nur den andern der Knechte kann ich dir geben. Freilich, fremd ist ihm das Land und ein Stummer ist er dazu; seit seiner Geburt verschloß Gott ihm den Mund. Willst du aber vorliebnehmen mit ihm, so send' ich den Stummen dir gern.»

Benjamin blickte den Wirt nicht an. Er blickte nur dankbar nach oben. Antwort war ihm geworden. Ein Stummer war ihm gesandt zum Zeichen des Schweigens. Einer, der unkund war des Lands, damit ewig Geheimnis bleibe die Stätte. Nicht länger schwankte ihm mehr die Seele, und dankbar erwiderte er:

«Sende den Stummen. Und sorge dich nicht. Ich kenne selbst meinen Weg.»

Von morgens bis abends zog Benjamin mit seinem stummen Begleiter durch das leere Land. Hinter ihnen trottete, den Sarg quer über den Rücken gebunden, still und geduldig das Maultier. Manchmal kamen sie an Hütten vorbei, die arm und verstaubt am Wege standen, aber Benjamin hielt in keiner Rast. Und wenn ihnen Wandernde begegneten, grüßte er sie nur mit dem Gruß des Friedens und mied jede Zwiesprach: ihn drängte es schon, das gebotene Werk zu vollenden und den Leuchter zu Grabe zu tun. Noch wußte er den Ort nicht und die Stelle, und eine Scheu, dunkel und geheimnisvoll, verbot ihm die eigene Wahl. «Zweimal ward mir», dachte er fromm, «ein Zeichen gegeben. Ich will das dritte erwarten.» So zogen sie selbander durch das mählich dunkelnde Land, und über den Hügeln erhob sich mit schwarzen Schwingen die Nacht. Von schweren Wolken blieb der Himmel verhangen, unruhvoll gingen sie hin und wieder und deckten den Mond, der längst schon – man spürte es an einem leisen Schimmer über den Gipfeln – im Scheitel der Höhe stand. Eine Stunde mochte es noch sein oder zwei bis zu dem nächsten Ort, der Nächtigung bot. Aber mit guter Kraft schritt Benjamin dahin und neben ihm als schweigsamer Schatten der Stumme, die Schaufel geschultert, und hinter beiden mit ebenmäßig geduldigem Trott das Maultier.

Plötzlich stockte es und blieb stehen. Der Diener faßte den Maulesel am Zügel, um ihn weiterzuzerren. Doch bockig die Vorderbeine gegen den Boden gestemmt, stieß das Tier ihn zurück und schnappte bös mit den Zähnen. Es wollte nicht weiter. Zornig riß der Stumme die Schaufel von der Schulter, um mit dem hölzernen Stiel das störrische Tier in die Flanke zu stoßen, da fiel Benjamin ihm in den Arm. Er solle warten, gebot er, und in Frieden lassen das Tier. Vielleicht war dies Stocken ein Wink und das Zeichen.

Benjamin blickte um sich. Hüglig lag das dunkle Land und verlassen, kein Haus war nah und keine Hütte. Abseits mußten sie geraten sein von der Straße nach Jeruscholajim, und Benjamin überlegte: ja, ein rechter Ort war dies, unbelauscht konnte das Werk hier getan sein. Er prüfte die Erde mit dem Stecken: fett war sie und fest und ohne Gestein. Rasch war ein Grab hier zu graben und die Hügel ringsum boten Schutz vor dem wandernden Sand, der sonst leicht die Spuren verwehte. Nun galt es nur mehr, die gebotene Stelle zu finden. Ungewiß blickte er lange zur Rechten, zur Linken in letzter Wahl. Aber da gewahrte er zur Rechten, etwa drei Steinwürfe weit oder vier von dem Wege, im leeren Gelände einen schattenden Baum, sonderbar ähnlich in Wuchs und Gestalt jenem andern auf dem Hügel von Pera, unter dem er geruht und wo ihn die Botschaft zur Bergung des Leuchters erreicht. Er erinnerte sich seines Traums, und sicher ward ihm das Herz. Sofort gebot er dem Stummen, den Sarg abzubinden vom Rücken des Tragtiers, und siehe, kaum war dies getan, so lockerte der Maulesel schon die gesperrten Glieder, drängte an ihn heran, und er fühlte den warmen Hauch der Nüstern an seiner Hand. Es war die richtige Stelle, immer gewisser wußte er es nun, und er wies sie dem Knecht, der emsig die Arbeit begann. Silbrig klang der Spaten, gehorsam und frisch schaufelte der Stumme die stumme Erde. Bald war die Tiefe erreicht. Nun blieb noch das Letzte: den Leuchter in sie zu senken. Langsam hob mit seinen breiten Armen der ahnungslose Knecht die Last, vorsichtig glitt der Sarg hinab und lag endlich ausgestreckt zum ewigen Schlafe, hütend den kostbar goldenen Kern in der hölzernen Schale, den bald die atmende, grünende, sprossende, ewig lebendige Hülle der Erde bedecken sollte.

Voll Ehrfurcht beugte sich Benjamin nieder: «Der Zeuge bin ich, der letzte», dachte er und erschauerte abermals unter des Gedankens lastender Gewalt, «keiner auf Erden denn ich kennt nunmehr das Geheimnis unseres Leuchters. Keiner denn ich weiß sein Grab und ahnt die verborgene Stätte.» Jedoch in diesem Augenblicke entschleierte sich mit einmal der verhangene Mond. Die Wolken, die seit Abend seinen Schein verhielten, wichen ein wenig zur Seite, Helligkeit brach nieder als ein starker Strahl, und es war, als blickte aus der Mitte des Himmels zwischen dunklen Lidern ein riesiges weißes Auge herab. Nicht wie ein irdisches Auge war es, beschattet und bewimpert, weich und vergänglich, sondern ein Auge, rund und hart wie aus Eis, ewig und unzerstörbar. Bis in die Tiefe des offenen Grabs starrte und strahlte es hinein, sichtbar wurden die vier geschnittenen Kanten der Höhlung, und die fichtene Glätte des Sarges glänzte im weißflutenden Licht wie blankes Metall. Nur ein einziger Augenblick war es, ein einziger Blick von unermeßlicher Ferne herab; dann verhüllten neuerdings die Wolken den wandernden Mond. Aber Benjamin wußte: ein anderes Auge als das seine hatte des Leuchters Stätte erschaut.

Auf seinen Wink schaufelte der Knecht nun die Schollen nieder, und sobald die Arbeit geendet war und flach wieder die Erde über dem geschlossenen Grab, gebot Benjamin dem Knechte, heimzukehren und das lastlose Maultier mit sich zu nehmen. Der Stumme machte verzweifelte Zeichen mit den Händen. Er wollte dartun, nicht allein dürfe der alte Mann hier im Fremden und Finstern bleiben, es drohe Gefahr von Räubern und wildem Getier. Wenigstens bis zur nächsten Raststätte wolle er den gütigen Herrn begleiten. Aber entschlossen und ungeduldig befahl der Greis dem Stummen, genau sein Gebot zu befolgen, und trieb den Zögernden scheltend davon. Er konnte es nicht erwarten, bis Mann und Tier endlich verschwunden waren hinter der Wende des Weges und er allein blieb unter dem Himmel, dem maßlos leeren, und mitten im Unfaßbaren der riesigen Nacht.

Einmal trat er noch hin an das Grab und sprach gebeugten Hauptes das Totengebet: «Groß ist der Name und heilig der Name des Ewigen auf dieser Welt und in den andern Welten und auch in den Tagen der Auferstehung.» Zwar verlangte es ihn sehr, frommen Brauchs einen Stein zu legen oder sonst ein Zeichen auf die geschüttete Erde. Aber er bezwang sich um des Geheimnisses willen, und ohne nochmals sich umzuwenden, ging er weiter ins Leere, er fragte sich nicht, wohin. Er hatte kein Ziel, seit er den Leuchter zur Ruhe gebracht. Alle Angst war von ihm gefallen und seine Seele bangte nicht mehr. Er hatte getan, was ihm zu tun gesetzt war. Nun lag es bei Gott, ob der Leuchter im Verborgenen bleiben sollte bis ans Ende der Tage und das Volk weiter zerstreut über die Erde, oder ob er endlich heimführen wollte das Volk und auferstehen lassen den Leuchter aus seinem unbekannten Grab.

Der alte Mann ging hin durch die Nacht, die dunkel mit Wolken spielte und halb schon wieder in Sternen erglänzte, froh und froher ward ihm bei jedem Schritte der Schritt. Zauberisch fiel sie ab, die Last und Schwere der vielen gelebten Jahre, und von innen heraus hob eine Leichte an in seinen Gliedern, dergleichen er niemals gekannt. Wie von weichem und warmem Öl gelockert, gehorchten ihm plötzlich die alten, die greisen Gelenke, wie über Wasser schritt er dahin, flügelnd und frei. Schweben ward ihm das Gehn, aufwärts hob sich das Haupt, aufwärts hob sich, gleich angeschwungen von unfühlbarem Wind, die eine Hand, und schon ward ihm – oder träumte er dies nur im Wachen? –, als könnte er zum erstenmal die zerschlagene wieder heben und regen. Hell und heller fühlte er innen das Blut, und wie gärender Saft im Stamm, so stieg es jetzt klingend empor, schon pochte es hell an die Schläfen und mit einmal hörte er großen Gesang. Nicht wußte er mehr, ob es die Toten waren unter der Erde, die da brüderlichen Chores sangen, ihn, den Heimgekehrten, zu grüßen, oder ob dies warme Brausen herab von den Sternen kam, die immer heftiger glänzten. Er wußte es nicht. Er ging nur und ging, wie von Flügeln getragen, weiter hinein und hinein in die rauschende Nacht.

Am nächsten Morgen fanden Kaufleute, die zum Markt nach Ramleh gezogen waren, auf einem Felde unweit vom Fahrwege einen alten Mann. Er war tot. Unbedeckten Haupts lag der Unbekannte auf dem Rücken. Die Arme hielt er, als wolle er ein Unendliches umfassen, weit von sich gebreitet, offen und mit gespreiteten Fingern spannten sich die Handflächen wie die eines, der großes Geschenk empfangen soll. Hell standen in dem friedlich verklärten Gesicht des selig Ruhenden die Augen aufgetan. Und als einer der Kaufleute sich beugte, sie fromm dem Toten zu verschließen, sah er, daß sie voll Lichtes waren und daß in ihren runden ruhenden Sternen der ganze Himmel sich spiegelte.

Streng aber stand unter dem Barte die Lippe des Fremden verschlossen: es war, als hielte er, noch über den eigenen Tod, zwischen den Zähnen ein Geheimnis fest.

Auch der unechte Leuchter ward wenige Wochen später in das Heilige Land gebracht und gemäß Justinians Gebot in der Kirche zu Jeruscholajim aufgestellt unterhalb des Altars. Aber nicht lange war dort seines Bleibens. Denn die Perser brachen ein und zerschlugen und zerstückten ihn, um Spangen daraus zu formen für ihre Frauen und eine Kette für ihren König: wie immer Menschenwerk vergeht an der zehrenden Zeit und dem zerstörenden Sinne des Menschen, so ging auch dies Zeichen dahin, das jener Goldschmied nachahmend gefertigt, und für immer verloren blieb seine Spur.

Geborgen aber durch Geheimnis, wartet und wacht noch immer der ewige Leuchter, unerkannt und unversehrt, in seinem heimatlichen Grabe. Über ihn rauschten unbändig die Zeiten, Völker um Völker umstritten in Hunderten Jahren sein Land, fremde Geschlechter, andere und abermals andere, kriegten ob seinem Schlafe: ihn aber konnte kein Raub erraffen, keine Gier zerstören. Manchmal schreitet heute ein eilender Fuß über die schirmenden Schollen, manchmal rasten im Mittagsbrand Schlummernde am Wegrand, nah seinem Schlummer, aber keine Ahnung weiß um seine Nähe und keine Neugier griff noch hinab in seine Tiefe. Wie immer Gottes Geheimnis, ruht er im Dunkel der Gezeiten, und niemand weiß: wird er ewig so ruhen, verborgen und seinem Volke verloren, das noch immer friedlos umherwandert von Fremde zu Fremde, oder wird endlich einer ihn finden an dem Tag, da sein Volk sich wieder findet, und er abermals dem befriedeten leuchten im Tempel des Friedens.

DIE LEGENDE DER DRITTEN TAUBE

In dem Buche vom Anfang der Zeit ist die Geschichte der ersten Taube erzählt und die der zweiten, die Urvater Noah aus der Arche um Botschaft sandte, als die Schleusen des Himmels sich schlossen und die Gewässer der Tiefe versiegten. Doch die Reise und das Schicksal der dritten Taube, wer hat sie gekündet? Auf dem Gipfel des Berges Ararat war das rettende Schiff gestrandet, das in seinem Schoß alles von der Sintflut verschonte Leben barg, und als des Urvaters Blick vom Maste nur Woge und Welle sah, unendliches Gewässer, da sandte er eine Taube, die erste, aus, daß sie ihm Botschaft bringe, ob irgendwo schon Land zu schauen sei unter dem entwölkten Himmel.

Die erste Taube, so wird dort erzählt, hob sich auf und spannte die Schwingen. Sie flog gen Osten und gen Westen, aber Wasser war noch überall. Nirgends fand sie Rast für ihren Flug, und allmählich begannen ihr die Flügel zu lahmen. So kehrte sie zurück zum einzigen Festen der Welt, zur Arche, und flatterte um das ruhende Schiff auf dem Berggipfel, bis Noah die Hand ausstreckte und sie heim zu sich in die Arche nahm.

Sieben Tage wartete er nun, sieben Tage, in denen kein Regen fiel und die Gewässer sanken, dann nahm er neuerlich eine Taube, die zweite, und sandte sie um Kunde. Die Taube flog aus des Morgens, und als sie wiederkam zur Vesperzeit, da trug sie als erstes Zeichen der befreiten Erde ein Ölblatt im Schnabel. So vernahm Noah, daß die Wipfel der Bäume schon über Wasser ragten und die Prüfung bestanden sei.

Nach abermals sieben Tagen sandte er wiederum eine Taube, die dritte, auf Kunde, und sie flog in die Welt. Morgens flog sie aus und kehrte doch des Abends nicht zurück, Tag um Tag harrte Noah, doch sie kam nicht wieder. Da wußte der Urvater, daß die Erde frei sei und die Wasser gesunken. Von der Taube aber, der dritten, hat er niemals wieder vernommen und auch die Menschheit nicht, nie ward ihre Legende gekündet bis in unsere Tage.

Dies aber war der dritten Taube Reise und Geschick. Des Morgens war sie von der dumpfen Kammer des Schiffes ausgeflogen, darin im Dunkel die gepreßten Tiere murrten vor Ungeduld und ein Gedränge war von Hufen und Klauen, ein wüstes Getön von Brüllen und Pfeifen und Zischen und Bellen, sie war ausgeflogen aus der Enge in die unendliche Weite, aus dem Dunkel in das Licht. Da sie aber die Schwinge nun hob in die lichtklare, vom Regen süß gewürzte Luft, wogte mit einemmal Freiheit um sie und die Gnade des Unbegrenzten. Von der Tiefe schimmerten die Wasser, wie feuchtes Moos leuchteten grün die Wälder, von den Wiesen stieg weiß der Brodem der Frühe, und das duftende Gären der Pflanzen durchsüßte die Wiesen. Glanz fiel von den metallenen Himmeln spiegelnd herab, an den Zinnen der Berge brach die steigende Sonne sich in unendlichen Morgenröten, wie rotes Blut schimmerte davon das Meer, wie heißes Blut dampfte davon die blühende Erde. Göttlich war es, dies Erwachen zu schauen, und seligen Blicks wiegte die Taube sich mit flachen Schwingen über der purpurnen Welt, über Länder und Meere flog sie dahin und ward im Träumen allmählich selber ein schwingender Traum. Wie Gott selbst sah sie als erste nun die befreite Erde und ihres Schauens war kein Ende. Längst hatte sie Noah, den Weißbart der Arche, vergessen und seinen Auftrag, längst vergessen die Wiederkehr. Denn die Welt war ihr nun Heimat geworden und der Himmel ihr eigenstes Haus.

So flog die dritte Taube, der ungetreue Bote des Urvaters, über die leere Welt, weiter, immer weiter, vom Sturm ihres Glückes getragen, vom Wind ihrer seligen Unrast, weiter flog sie, immer weiter, bis die Schwingen ihr schwer wurden und bleiern das Gefieder. Die Erde zog sie nieder zu sich mit wuchtigem Zwang, immer tiefer senkten sich die matten Flügel, daß sie der feuchten Bäume Wipfel schon streiften, und am Abend des zweiten Tages ließ sie sich endlich sinken in die Tiefe eines Waldes, der noch namenlos war wie alles in jenem Anfang der Zeit. Im Dickicht des Gezweigs barg sie sich und ruhte von der luftigen Fahrt. Reisig deckte sie zu, Wind schläferte sie ein, kühl war es im Gezweige des Tags und warm in der waldigen Wohnung des Nachts. Bald vergaß sie die windigen Himmel und die Lockung der Ferne, die grüne Wölbung schloß sie ein und die Zeit wuchs ungezählt über sie.

Es war ein Wald unserer nahen Welt, den die verirrte Taube sich zur Hausung erkoren, aber noch weilten keine Menschen darin, und in dieser Einsamkeit ward sie allmählich selber zum Traum. Im Dunkel, im nachtgrünen, nistete sie und die Jahre gingen an ihr vorüber und es vergaß sie der Tod, denn alle jene Tiere, jeder Gattung das eine, das noch die erste Welt vor der Sintflut gesehen, sie können nicht sterben, und kein Jäger vermag etwas wider sie. Unsichtbar nisten sie in den unerforschten Falten des Erdkleids und so diese Taube auch in der Tiefe des Waldes. Manchmal freilich kam Ahnen über sie von der Menschen Gegenwart, ein Schuß knallte und sprang hundertfach wider von den grünen Wänden, Holzfäller schlugen gegen die Stämme, daß rings das Dunkel dröhnte, das leise Lachen der Verliebten, die verschlungen ins Abseits gingen, gurrte heimlich im Gezweige, und das Singen der Kinder, die Beeren suchten, tönte dünn und fern. Die versunkene Taube, versponnen in Laub und Traum, hörte manchmal diese Stimmen der Welt, aber sie lauschte ihnen ohne Ängste und blieb in ihrem Dunkel.

Einmal aber in diesen Tagen hub der ganze Wald an zu dröhnen, und es donnerte, als bräche die Erde entzwei. Durch die Luft sausten pfeifend schwarze, metallene Massen, und wo sie fielen, sprang die Erde entsetzt empor, und die Bäume brachen wie Halme. Menschen in farbigen Gewändern warfen den Tod einander zu, und die furchtbaren Maschinen schleuderten Feuer und Brand. Blitze fuhren von der Erde in die Wolken und Donner ihnen nach; es war, als wolle das Land in den Himmel springen oder der Himmel niederfallen über das Land. Die Taube fuhr auf aus ihrem Traum. Tod war über ihr und Vernichtung; wie einst die Wasser, so schwoll nun das Feuer über die Welt. Jäh spannte sie die Flügel und schwirrte empor, sich andere Heimstatt zu suchen als den stürzenden Wald: eine Stätte des Friedens.

Sie schwirrte auf und flog über unsere Welt, um Frieden zu finden, aber wohin sie flog, überall waren diese Blitze, diese Donner der Menschen, überall Krieg. Ein

Meer von Feuer und Blut überschwemmte wie einstens die Erde, eine Sintflut war wieder gekommen, und hastig flügelte sie durch unsere Länder, eine Stätte der Rast zu erspähn und dann aufzuschweben zum Urvater, ihm das Ölblatt der Verheißung zu bringen. Aber nirgends war es zu finden in diesen Tagen, immer höher schwoll die Flut des Verderbens über die Menschheit, immer weiter fraß sich der Brand durch unsere Welt. Noch hat sie die Rast nicht gefunden, noch die Menschheit den Frieden nicht, und eher darf sie nicht heimkehren, nicht ruhen für alle Zeit.

Keiner hat sie gesehen, die verirrte mythische Taube, die friedensuchende, in unseren Tagen, aber doch flattert sie über unsern Häuptern, ängstlich und schon flügelmatt. Manchmal, des Nachts nur, wenn man aufschreckt aus dem Schlaf, hört man ein Rauschen oben in der Luft, ein hastiges Jagen im Dunkel, verstörten Flug und ratlose Flucht. Auf ihren Schwingen schweben all unsere schwarzen Gedanken, in ihrer Angst wogen all unsere Wünsche, und die da zwischen Himmel und Erde zitternd schwebt, die verirrte Taube, unser eigenes Schicksal kündet sie nun, der ungetreue Bote von einst, an den Urvater der Menschheit. Und wieder harrt wie vor Tausenden Jahren eine Welt, daß einer die Hand ihr entgegenbreite und erkenne, es sei genug nun der Prüfung.

DIE GLEICH-UNGLEICHEN SCHWESTERN

Eine «Conte drôlatique»

Irgendwo in einer südländischen Stadt, die ich lieber nicht nennen mag, überraschte mich, aus enger Gasse biegend, der unvermittelt großartige Anblick eines Bauwerkes sehr früher Art, überhöht von zwei mächtigen Türmen in derart gleichförmigen Maßen, daß im sinkenden Licht einer wie der Schatten des andern wirkte. Eine Kirche war es nicht und ebensowenig mochte es ein Palast gewesen sein in verschollenen Zeiten; klösterlich mutete es an und doch wieder mit seinen breiten, wuchtigen Flächen wie ein profanes Gebäude, allerdings unbestimmbarer Art. So störte ich, höflich den Hut lüftend, einen rotbackigen Bürger, der eben auf der Terrasse eines kleinen Cafés ein Glas strohfarbenen Weines trank, mit der Frage nach dem Namen dieses so wuchtig über niedere Schwalbendächer emporgetürmten Baus. Der Gemächliche sah verwundert auf, lächelte dann langsam und feinschmeckerisch, ehe er mir antwortete: «Ganz zuverlässig kann ich Ihnen da nicht Bescheid geben. Im Stadtplan mag es anders stehen, wir aber sagen noch immer wie in alter Zeit: das Schwesternhaus, vielleicht weil die beiden Türme einander so ähnlich sind, vielleicht aber auch, weil...» Er stockte und zog vorsichtig ein Lächeln zurück, als ob er sich meiner angefachten Neugier erst vergewissern wollte. Eine halbe Antwort aber macht ungeduldig nach der ganzen – so kamen wir ins Gespräch, und ich gehorchte gern seiner Aufforderung, ein Glas dieses herbflüssigen Goldweines zu versuchen. Vor uns glänzte im langsam sich erhellenden Mondlicht träumerisch das Spitzenwerk der Türme, der Wein mundete mir gut und trefflich, auch an jenem lauen Abend die kleine Legende von den gleich-ungleichen Schwestern, die er mir erzählte und die hier möglichst getreu, wenn auch ohne Bürgschaft für ihre historische Wahrhaftigkeit wiedergegeben sei.

Als der Heerbann des Königs Theodosius genötigt war, in der damaligen Hauptstadt Aquitaniens Winterquartiere zu nehmen und dank einer üppigen Rast die abgerackerten Gäule wieder seidenglattes Fell und die Soldaten Langeweile bekamen, geschah es dem Anführer der Reiterei, Herilunt mit Namen, einem Langobarden, daß er sich in eine schöne Krämerin verliebte, die dort im verwinkelten Schatten der Unterstadt Gewürz und süßes Honigbrot ausbot. Und so heftig übermannte ihn die Leidenschaft, daß er, gleichgültig gegen ihren niederen Stand, sie um der baldigen Umarmung willen eiligst ehelichte und mit ihr in ein fürstliches Haus auf dem Marktplatz zog. Dort blieben sie unsichtbar viele Wochen lang, einer dem andern verfallen, und vergaßen die Menschen, die Zeit, den König und den Krieg. Aber während sie so ganz in Liebe versunken waren und allnächtlich schlummerten, einer in des anderen Arm, schlief nicht die Zeit. Mit einem schwang warmer Wind sich von Süden her, unter seinem hitzigen Fuß barst das Eis in den Strömen, Krokus und Veilchen nisteten ihr farbig Geblüh unter seine flüchtige Spur auf den Wiesen. Über Nacht buschten die Bäume sich grün, knospig Gewinde brach in feuchten Beulen aus erfrorenen Ästen, der Frühling hob sich auf von der dampfenden Erde und mit ihm wieder der Krieg. Eines Morgens schlug herrisch und fordernd der kupferne Klöppel des Tores in den Morgenschlummer der Liebenden: ein Bote des Königs befahl seinem Führer Rüstung und Ausmarsch. Trommeln klirrten die Quartiere auf, Wind krachte hell in den Fahnen, und bald knatterte der Marktplatz vom Gehuf der gesattelten Pferde. Da löste Herilunt sich rasch aus den weich angerankten Armen seiner Winterfrau, denn so loh seine Liebe war: noch stärker brannten in ihm Ehrgeiz und die männliche Lust an der Feldschlacht. Unfühlsam gegen ihre Tränen und hart gegen ihren Wunsch, ihn zu begleiten, ließ er die Frau im weiträumigen Hause und brach mit dem reisigen Schwarm ins mauretanische Land. In sieben Gefechten überrannte er die Feinde, fegte mit brennendem Besen die Raubburgen der Sarazenen aus, zerbrach ihre Städte und plünderte siegreich hinab bis zur Küste, wo er Segler heuern mußte und Galeeren, die Beute heimwärts zu senden, so unermeßlich staute sich ihre Fülle. Nie ward ein Sieg rascher erfochten, nie ein Feldzug blitzender vollendet. Kein Wunder daher, daß der König, um so kühnem Kriegsknecht zu danken, ihm gegen geringen Zins Nord und Süd des gewonnenen Landes zu Lehen und Verwaltung übertrug. Nun hätte Herilunt, dessen Heimat bislang der Sattel gewesen, gemächlich Rast halten und zeitlebens sich satten Wohlseins erfreuen können. Doch sein Ehrgeiz, mehr gestachelt als gemildert durch den raschen Gewinst, wehrte sich, Untertan zu sein und zinspflichtig selbst seinem Herrn: einzig ein Königsreif schien ihm nunmehr hell genug für die blanke Stirn seines Weibes. So reizte er heimlich die eigenen Truppen zur Empörung wider den König und rüstete einen Aufstand. Doch frühzeitig verraten, mißlang die Verschwörung. Geschlagen noch vor der Schlacht, gebannt von der Kirche, verlassen von den eigenen Reitern, mußte Herilunt ins Gebirge flüchten, und dort erschlugen um der hohen Belohnung willen Bauern den Geächteten mit Keulen im Schlafe.

Zur gleichen Stunde, da Häscher des Königs den blutenden Leichnam des Rebellen im Strohbett jener Scheune auffanden, ihm Schmuck und Kleider abrissen und den entblößten Leib dann auf den Schindanger warfen, gebar seine Frau, völlig unkund seines Unterganges, in dem Brokatbett des Palastes ein Zwillingspaar, zwei Mädchen, die unter großem Zulauf der Stadt die eigene Hand des Bischofs Helena und Sophia taufte. Noch dröhnten die Glocken in den Türmen und klirrten silberig Pokale beim Festmahle, als jählings die Botschaft von Herilunts Aufruhr und Untergang eintraf, rasch gefolgt von der zweiten, daß der König nach allgültigem Gesetz Haus und Habe des Rebellen einfordere für seinen Schatz. So mußte die schöne Krämerin, kaum daß sie der Wochen genesen, nach kurzer Herrlichkeit wieder im alten dünnwolligen Kleide hinab in die moderige Gasse der Unterstadt, nur daß sie nun noch zwei unmündige Kinder und die Bitternis so arger Enttäuschung mit in ihr Elend nahm. Wieder saß sie von Morgen bis Abend auf dem niederen Holzschemel ihres Ladens und bot der Nachbarschaft Gewürz und süße Honigware, höhnische Spottreden oft einstreichend mit den kärglich errafften Kupfermünzen. Gram löschte ihr rasch das helle Licht in den Augen, frühes Grau entfärbte ihr Haar. Doch für Not und Mißgeschick entschädigten sie bald der holden Zwillingsschwestern aufgeweckte Munterkeit und besonderer Liebreiz, hatten sie doch beide von der

Mutter die strahlende Schönheit geerbt und waren so zwiefach ähnlich einander in Gestalt und Anmut der Rede, daß man vermeinte, hier blicke als lebender Spiegel ein liebliches Bild das andere an. Nicht nur Fremde, sondern selbst die eigene Mutter vermochte die beiden Gleichaltrigen und Gleichgestalteten, Helena und Sophia, nicht zu unterscheiden, derart vollkommen war ihre Ähnlichkeit. So hieß sie Sophia ein billig leinenes Bändchen als Armreif tragen, damit sie kenntlich sei von der Schwester an diesem sichtbaren Zeichen. Hörte sie aber ihre Stimme oder blickte sie einzig in ihrer Zwillingskinder Gesicht, so war sie bei jeder unkund, mit welchem der Namen sie die allzu Ähnlichen rufen sollte.

Wie aber von der Mutter die stürmische Schönheit, so hatten verhängnisvollerweise die Zwillingsschwestern von ihrem Vater auch jenen Unband von Ehrgeiz und Herrschsucht geerbt, so daß jede von ihnen die andere und überdies noch alle Gleichaltrigen in jeder Beziehung zu übertreffen strebte. Noch in jenen anfänglichen Jahren, da Kinder sonst gleichgültig und arglos spielen, trieben die beiden schon jede Tätigkeit zu Wettstreit und Eifersucht gewaltsam empor. Hatte ein Fremder, von der Anmut des einen Kindes erfreut, ihm ein schmuckes Ringlein an den Finger gesteckt, ohne der anderen gleiche Gabe zu bieten, hatte der einen Kreisel sich länger gedreht als jener der Schwester, so konnte die Mutter die Benachteiligte flach hingestreckt auf dem Boden finden, die Fäuste verkrampft in die Zähne und mit wütigen Absätzen den Boden hämmernd. Keine gönnte der anderen ein Lob, eine Zärtlichkeit, ein besseres Gelingen, und obzwar sie einander derart ähnlich waren, daß scherzhaft die Nachbarn sie Spiegelchen nannten, verwüsteten und verhärmten sie ihre Tage in beständig lodernder Eifersucht widereinander. Vergebens suchte die Mutter dies ungeschwisterliche Übermaß des Ehrgeizes zu hemmen, vergebens die allzeit gespannte Sehne ihres Wetteifers zu lockern; bald mußte sie einsehen, daß hier ein unseliges Erbe in den noch unreifen Gestalten dieser Kinder weiterwuchs, und nur der geringe Trost entschädigte ihre Sorgen, daß gerade dank diesem unablässigen Wettstreben die beiden Mädchen bald die gewandtesten und geschicktesten ihres Alters wurden. Denn was immer die eine anfing zu lernen, gleich drängte die andere nach, ungeduldig, sie zu überflügeln. Und da sie beide beweglichen Leibes und beschwingten Sinnes waren, lernten die Zwillingsschwestern in kürzester Frist alle nützlichen und anziehenden Künste der Frauen, so da sind: Linnen zu weben, Stoffe zu färben, Geschmeide zu fassen, Flöte zu spielen, anmutig zu tanzen, kunstvolle Gedichte zu machen und sie dann wohllautend zur Laute zu singen, schließlich, über die übliche Art höfischer Frauen hinaus, sogar Latein, Geometrie und höhere Wissenschaften der Philosophie, in denen ein alter Diakonus sie gütig unterwies. Und bald fand man in Aquitanien kein Mädchen, das an Anmut des Leibes wie an feiner Sitte und Gelenksamkeit des Geistes vergleichbar gewesen wäre den beiden Töchtern der Krämerin. Doch hätte niemand zu sagen gewußt, welcher der beiden Allzuähnlichen, ob Helena oder Sophia, der Preis der Vollendung gebühre, unterschied sie doch keiner, weder an Gestalt noch an Regsamkeit und Rede von der anderen.

Mit der Liebe zu den schönen Künsten aber und der Kenntnis all der zarten und linden Dinge, die dem Geist wie dem Körper jene Feurigkeit verleihen, die allzeit aus der Enge ins Unendliche des Gefühles hinüberzuschwingen sich sehnt, erwuchs den beiden Mädchen bald eine brennende Unzufriedenheit mit dem niederen Stand ihrer Mutter. Kamen sie heim von den Disputationen der Akademie, wo sie mit den Doktoren wetteiferten im künstlichen Ballschlag der Argumente, oder kehrten sie, noch umströmt von Musik, aus dem Kreise der Tänzer in die räucherige Gasse zurück, wo ihre Mutter unsauberen Haares hinter ihren Gewürzen saß und bis in die Nachtstunden um eine Handvoll Pfeffernüsse oder verschimmelte Kupferstücke feilschte, so schämten sie sich zornig ihres hartnäckigen Elends, und die borstige alte Strohmatte ihres Lagers scheuerte scharf ihren innerlich glühenden und noch immer jungfräulichen Leib. Lange lagen sie wach des Nachts und vermaledeiten ihr Schicksal, daß sie, berufen, Edelfrauen zu übertreffen an Anmut und geistiger Art, auserwählt, in weichen, wogenden Kleidern zu wandeln, überklirrt von Edelsteinen, hier in dumpfer Moderhöhle eingesargt seien, bestenfalls dem Faßdreher zur Linken oder dem Schwertfeger zur Rechten als Hausfrau zubestimmt, sie, Töchter des großen Feldherrn und königlich selber durch Geblüt und herrischen Sinn. Sie sehnten sich nach funkelnden Gemächern und dienendem Troß, nach Reichtum und Macht, und wenn zufällig in verbrämtem Pelzwerk eine Edelfrau vorüberkam, Falkner und Trabanten geschart um die leise schaukelnde Sänfte, so wurden ihre Wangen vor Zorn weiß wie die Zähne in ihrem Munde. Machtvoll rollten dann in ihrem Blute Ungestüm und Ehrgeiz des rebellischen Vaters, der gleichfalls sich nicht bescheiden wollte mit der Mitte des Lebens und kleinem Geschick, und Tag wie Nacht dachten sie nichts anderes, als welcher Art sie vermöchten, dieser Unwürdigkeit des Daseins zu entrinnen.

So geschah es unvermuteter-, doch nicht unerklärlicherweise, daß Sophia eines Morgens beim Erwachen die Lagerstatt an ihrer Seite leer fand: Helena, das Spiegelbild ihres Leibes, der Widerpart ihrer Wünsche, war heimlich verschwunden über Nacht, und die erschrockene Mutter sorgte sich sehr, sie sei mit Gewalt von einem der Edelleute weggeschleppt worden – denn schon waren viele unter den Jünglingen von dem zwiefachen Strahl der Mädchen getroffen und bis zum Wahnwitz verblendet. Unordentlichen Kleides, in der ersten Hast noch stürzte sie hin zum Präfekten, der die Stadt verwaltete in des Königs Namen, und beschwor ihn, den Frevler aufzugreifen. Er versprach's. Doch schon am nächsten Tage verbreitete sich zu arger Beschämung der Mutter das immer deutlicher werdende Gerücht, durchaus freien Willens sei Helena, die kaum Mannbare, mit einem adeligen Jüngling geflüchtet, der um ihretwillen Truhen und Schränke seines Vaters gewaltsam aufgestemmt. Eine Woche später hastete dieser ersten Botschaft noch schlimmere nach, denn Reisende erzählten, in welcher Üppigkeit die junge Buhlerin in jener Stadt mit ihrem Liebsten lebe, umringt von Dienern, Falken und südländischen Tieren, gehüllt in Pelzwerk und glänzenden Brokat, ein Ärgernis allen ehrbaren Frauen des Ortes. Und noch war diese böse Kunde nicht durchgekäut im geschwätzigen Munde der Leute, so übersprang sie abermals schlimmere: überdrüssig jenes flaumbärtigen Fants, habe Helena, kaum daß sie ihm Säcke und Taschen geleert, sich in den Palast des steinalten Schatzverwalters begeben, ihren jungen Körper gegen neuen Prunk verkauft und plündere nun mitleidslos den bislang Geizigen. Nach wenigen Wochen tauschte sie, nachdem sie seine goldenen Federn gerupft und ihn kahl wie einen ausgebalgten Hahn zurückgelassen, diesen abgetanen gegen einen neuen Buhlen, ließ ihn neuerdings um eines Reicheren willen fahren, und bald gab es kein Verhehlen mehr, daß Helena in der Nachbarschaft ihren jungen Leib nicht minder emsig verhandle als ihre Mutter daheim Gewürz und süßes Honigbrot. Vergebens sandte die unglückliche Witwe Boten um Boten zu der verlorenen Tochter, sie möge doch nicht derart lästerlich das Andenken ihres Vaters erniedern: um das Maß der Unbill bis zum Rande vollzuschenken, geschah es zur Schande der Mutter, daß eines Tages ein prächtiger Zug die Straße vom Stadttor heraufkam. Läufer vorerst, in Scharlachfarben gewandet, Reiter hernach wie vor eines Fürsten Einzug, und zwischen ihn, umspielt von persischen Hunden und seltsamem Affengetier, Helena, die frühreife Hetäre, an Anmut der Urmutter ihres Namens gleich, jener Helena, die Reiche verwirrte, und geschmückt wie die heidnische Königin von Saba, als sie einzog in Jerusalem. Da sperrten sich die Mäuler auf und liefen die Zungen: Handwerker ließen ihre Hütten, Schreiber ihre Schrift, neugierig schwärmende Menge umdrängte den Zug, bis schließlich auf dem Markte die flatternde Schar der Reiter und Diener sich ordnete zu ehrfürchtigem Empfang. Endlich flog der Vorhang auf und die kindliche Buhlerin schritt hochmütig gerade hinein zur Tür ebendesselben Palastes, der einst ihrem Vater gehört und den nun ein verschwenderischer Liebhaber um dreier heißer Nächte willen aus dem Königsschatze für sie zurückgekauft. Wie ein leibeigen Herzogtum betrat sie das Gelaß mit dem prunkvollen Bett, darin ihre Mutter sie in Ehren geboren, und bald füllten sich die lang verlassenen Räume mit kostbaren Statuen heidnischen Ursprungs. Marmor kühlte die hölzernen Treppen empor und breitete sich aus zu künstlichen Fliesen und Mosaiken, gewebte Teppiche voll Bildnis und Geschehen wuchsen, ein farbiger Efeu, warm über die Wände, golden klirrte Geschirr in die immer bereite Musik festlicher Mähler, denn in allen Künsten gewandt, lockend durch Jugend und verführerisch durch Geist, wurde Helena in kürzester Frist Meisterin aller Liebesspiele und die reichste aller Hetären. Von den Städten der Nachbarschaft, aus fremden Ländern sogar drängten die Reichen heran, Christen, Heiden und Ketzer, zumindest einmal ihre Gunst zu genießen, und da ihre Gier nach Macht nicht minder maßlos war als ihres Vaters Ehrgeiz, so hielt sie die Verliebten hart in der Schraube und drosselte der Männer Leidenschaft derart grimmig den Hals, bis das Letzte ihrer Habe erpreßt war. Selbst des Königs eigener Sohn mußte bitteres Lösegeld zahlen an Pfandleiher und Borger, als er nach einer Woche der Lust, noch trunken und grausam ernüchtert zugleich, Helenas Arme und Haus verließ.

Kein Wunder, daß solch ein vermessen Treiben die ehrbaren Frauen der Stadt, insbesondere die älteren, erbitterte. In den Kirchen eiferten die Priester gegen die frühe Verderbnis, auf dem Marktplatze ballten die Weiber zornig die Fäuste, und mehr als einmal klirrten nachts Steine gegen Fenster und Tor. Aber so sehr auch die Sittigen sich ergrimmten, alle die verlassenen Ehefrauen, die einsamen Witwen, so belfernd sie aufmuckten, die alten, im Handwerk erfahrenen Dirnen, denen plötzlich dies übermütig freche Fohlen in ihre Lustwiese sprang – keiner von allen Frauen brannte der Unmut dermaßen übermächtig in der Seele wie Sophia, ihrer Schwester. Nicht, daß jene so lästerlichem Lebenswandel sich ergab, riß ihr die Seele wund, sondern die Reue, daß sie selber damals versäumt, demselben Antrag des Edelknaben zu folgen, und jener derart alles zugefallen, was sie selber heimlich ersehnte, Macht über Menschen und Üppigkeit des Daseins: ihr aber fuhr noch immer nachts der Sturm in die windoffene kalte Kammer und heulte mit der zänkischen Mutter um die Wette. Zwar hatte wiederholt die Schwester im eitlen Gefühl ihres Reichtums ihr kostbare Kleider zugesandt; doch Sophias Stolz weigerte sich, Almosen zu empfangen. Nein, das konnte ihren Ehrgeiz nicht kühlen, der kühneren Schwester jetzt ruhmlos nachzuschreiten und nun mit ihr sich um Liebhaber zu balgen wie einstens um süßes Pfefferbrot. Ihr Sieg, so fühlte sie, müsse vollkommener sein. Und als Sophia nun Tag und Nacht sann, welcher Art sie jene an Ruhm und Bewunderung zu übertreffen vermöchte, ward sie an dem immer unbändigeren Andrang der Männer gewahr, daß jenes bescheidene Gut, das ihr verblieben war, ihre Jungfräulichkeit und unberührte Ehre, ein köstlich Lockmittel sei und gleichzeitig ein Pfand, mit dem eine kluge Frau prächtig wuchern könne. So beschloß sie, gerade das in eine Kostbarkeit zu verwandeln, was ihre Schwester vorzeitig verschwendete, und ihre Tugend ebenso sichtlich zur Schau zu stellen wie jene Buhlerin den jungen Leib. War jene gefeiert um ihrer prunkvollen Hoffart willen, sie wollte es nun werden durch ihre ärmliche Demut. Und noch standen die lästernden Mäuler nicht stille, als eines Morgens die staunende Stadt neuen

Schmaus ihrer Neugier empfing: Sophia, die Zwillingsschwester Helenas, der Buhlerin, sei aus Scham und gleichsam zur Buße für ihrer Schwester unziemlichen Lebenswandel der irdischen Welt entflüchtet und habe sich als Novizin jenem frommen Orden beigesellt, der sich der Wartung und Pflege der Gebrestigen im Siechenhause mit unermüdlicher Sorge hingab. Nun rauften die zu spät gekommenen Liebhaber wütig ihr Haar, daß dieses unberührte Juwel ihnen entgangen. Die Frommen wiederum, gern die seltene Gelegenheit nutzend, einmal der sinnlichen Verworfenheit das schöne Bild der Gottesfurcht entgegenzustellen, verbreiteten mit Eifer die Botschaft in alle Länder, so daß von keiner Jungfrau in Aquitanien je mehr Redens und Rühmens war denn von Sophia, dem aufopfernden Mädchen, das tags und nachts der Schwärigen und Hinfälligen warte und selbst den Dienst bei den Aussätzigen nicht scheue. Die Frauen beugten das Knie vor ihr, wenn sie in ihrer weißen Haube gesenkten Blickes über die Straße ging, der Bischof rühmte sie in oftmaliger Rede als vornehmstes Beispiel weiblicher Tugend, und die Kinder blickten auf zu ihr wie zu einem seltenen Sternbild. Mit einmal war – wie man wohl glauben mag, sehr zum Ärger Helenas – die ganze Aufmerksamkeit des Landes nicht mehr ihr zugewandt, sondern einzig dem weißen Sühnopfer, das, um der Sünde zu entfliehen, wie eine Taube sich in die Himmel der Demut aufgeschwungen.

Ein sonderbar dioskurisches Zwiegestirn leuchtete nun in den nächsten Monaten über dem staunenden Land, den Sündern sowohl als auch den Frommen zu gleichem Wohlgefallen. Denn war jenen durch Helena verschwenderische Lust des Leibes allzeit geboten, so vermochten diese ihre Seele an dem tugendhaft leuchtenden Spiegelbilde Sophias zu erbauen, und dank solcher Zwiefalt schien in dieser Stadt zu Aquitanien zum erstenmal seit Weltbeginn das Reich Gottes auf Erden säuberlich und sichtlich von jenem des Widerparts getrennt. Wer die Reinheit liebte, dem war die Schutzpatronin zur Stelle, und wer in Wollust des Fleisches versunken war, dem winkte irdischer Genuß in den Armen der unwürdigen Schwester. Aber in jedem einzelnen irdischen Herzen gehen ja zwischen dem Guten und Bösen, zwischen Fleisch und Geist sonderbar schmugglerische Wege hinüber und herüber, und es dauerte nicht lange, bis es sich erwies, daß gerade diese Zwiefalt unvermuteter Art den Frieden der Seelen bedrohte. Denn da die Zwillingsschwestern trotz höchst ungleichem Lebenswandel körperlich kaum unterscheidbar blieben, gleichen Wuchses, gleicher Augenfarbe, gleichen Lächelns und gleicher Lieblichkeit, wie natürlich, daß alsbald eine leidenschaftliche Verwirrung unter den Männern der Stadt entstand. Hatte etwa ein Jüngling eine heiße Nacht in den Armen Helenas verbracht und trat dann morgens hastig, gleichsam um das Sündige sich von der Seele zu baden, in die Frühe hinaus, so rieb er verwundert und wie von Teufelsspuk erschreckt die Augen. Denn die schöne Novizin im bescheidenen grauen Gewand der Pflegerin, die da eben einen keuchenden Greis im Rollstuhle durch den offenen Garten des Spittels schob und ihm ohne Ekel mit einer milden und zugleich zarten Gebärde den Speichel von dem zahnlosen Munde wischte, schien ihm genau dieselbe, die er eben noch nackt und glühend im buhlerischen Bette verlassen. Er starrte hin: ja, es waren die gleichen Lippen, dieselben runden und zärtlichen

Bewegungen, freilich jetzt nicht der irdischen Liebe dienend, sondern einer höheren Liebe zum Menschlichen. Er starrte hin, und die Augen wurden ihm brennend, daß sie allmählich das graue und kahle Gewand durchsichtig machen wollten und hindurch der wohlbekannte Leib der Buhlerin ihm entgegenzuleuchten schien. Und gleiches Affenspiel der Sinne narrte wiederum diejenigen, die eben frommen Besuch der Krankenhelferin ehrfürchtig mitangesehen und, um die Ecke kehrend, die eben noch züchtige Sophia sonderbar verwandelt, entblößten Busens und üppigen Kleides, umringt von Buhlern und Dienern, zu einem Festmahl eilen sahen. Helena war dies, nicht Sophia, sie sagten sich's wohl, aber doch, sie konnten von nun ab die Fromme nicht denken ohne ihre Blöße und wurden unfromm inmitten ihrer Andacht. So schwankte der Sinn ungewiß von einer zur andern und wurde dermaßen irr, daß die Sinne oft verkehrten Weg des Wunsches gingen, daß die Jünglinge von der Unberührbaren Leib träumten bei der Käuflichen und die fromme Samariterin wiederum anblickten mit dem lästerlichen Blick des Begehrens. Denn irgendwie hat der Weltschöpfer die Sinne der Männer quer gezimmert, daß ihr Wünschen allzeit von Frauen das Gegenteil dessen fordert, was sie gewähren: gibt eine leichtfertig ihren Leib, so wissen sie der Gabe geringen Dank und tun, als könnten sie nur Unschuld rechtschaffen lieben. Wehrt aber eine Frau sich ihrer Unschuld, so reizt es sie wieder siebenfach, ihr die behütete zu entreißen. So füllt und erfüllt kein Verlangen jemals den männlichen Zwiespalt, der ewiges Widerspiel will zwischen Fleisch und Geist: hier aber hatte ein spaßender Teufel den Knoten noch doppelt geschürzt, denn die Buhlerin und die

Fromme, Helena und Sophia, erschienen äußerlich dermaßen als ein und derselbe Leib, daß man die eine von der anderen nicht unterscheiden konnte und keiner mehr richtig wußte, welche er eigentlich begehrte. So kam es, daß die Lotterbuben der Stadt mit einmal mehr vor dem Siechenhause als in der Schenke zu sehen waren und die Wüstlinge die Buhlerin durch Gold verlockten, zum Liebesspiel das graue Schwesterngewand umzutun und dermaßen die Täuschung zu vollenden, als hätten sie die Unberührbare, als hätten sie Sophia genossen. Die ganze Stadt, ja das ganze Land wurden allmählich mitgerissen in dies unsinnig aufreizende Spiel der Verwechslung, und kein Wort des Bischofs, keine Mahnung des Stadtvogtes hatte mehr Macht über das täglich erneute Ärgernis.

Statt aber geschwisterlich sich zu bescheiden und ein Genügen daran zu haben, daß die eine die Reichste sei und die andere die Reinste der Stadt, beide umschwärmt von Bewunderung und Ehre, pochten den beiden Ehrgeizigen grimmig die Herzen, welcher Art sie einander Abbruch tun könnten. Sophia zerbiß die Lippen im Zorn, wenn sie vernahm, wie jene ihren aufopfernden Wandel in sündhaftem Maskenspiel schändete. Helena wiederum schlug mit Peitschen ihre Wut unter die Knechte, berichteten ihr jene, daß fremde Pilger sich ehrfürchtig vor ihrer Schwester beugten und Frauen den Staub küßten, den sie mit ihren Schuhen berührt. Je mehr die beiden Ungestümen aber einander übelwollten, je grimmiger sie einander haßten, desto mehr heuchelten sie Mitgefühl eine für die andere. Helena beklagte bei der Tafel mit ergriffener Stimme die Schwester, daß sie Lust und Jugend so sinnlos mit der Pflege verhutzelter Greise verhärme, die das Leben ohnehin doch sichtbarlich für den Tod bestimmt habe. Sophia wieder endete alltäglich ihr Abendgebet mit einem besonderen Spruch für arme Sünderinnen, die törichterweise um flüchtiger und vergänglicher Genüsse willen die höhere Genugtuung versäumten, ihr Leben in frommes und hilfreiches Werk zu verwandeln. Als sie aber beide merkten, daß sie weder durch Boten noch durch Zuträger einander von dem betretenen Wege ablenken könnten, begannen sie allmählich sich wieder eine der andern zu nähern, wie zwei Ringer, die, indes sie absichtslos scheinen, mit Blick und Hand schon den Griff vorbereiten, mit dem sie den Gegner zu Boden zu schleudern gedenken. Immer häufiger huben sie an, eine die andere zu besuchen und zärtliche Sorge zu heucheln, indes jede ihre eigene Seele dafür gegeben hätte, der Schwester das Schlimmste zu tun.

Nun war Sophia, die aus Hoffart Demütige, wieder einmal nach dem Vesperläuten zu ihrer Schwester gekommen, um sie neuerdings von dem ärgerlichen Lebenswandel mit dringenden Worten abzumahnen. Abermals hatte sie in umscheifiger Rede der schon Ungeduldigen vorgehalten, wie unrecht sie tue, ihren gottergebenen Leib zu einem Dickicht der Sünde zu erniedrigen. Helena, die diesen ihren gottgegebenen Leib eben salben ließ von den Mägden, damit er rüstig sei zu ihrem frevlerischen Gewerbe, hörte halb zornig und halb lachend zu und überlegte, ob sie die langweilige Mahnerin mit blasphemischen Scherzen tollwütig machen oder besser noch ein paar Knaben zur Verwirrung ihrer Blicke ins Gemach rufen solle. Da war ihr, als ob, leise schwirrend wie eine Fliege, ein sonderbarer Gedanke ihr die Schläfe gestreift hätte, ein recht teuflischer Gedanke, schalkig und gefährlich, so daß sie kaum ein innerliches Lachen verhalten konnte. Und plötzlich änderte die eben noch Freche ihr Gehaben, jagte Mägde und Badeknechte aus dem Zimmer, um, kaum mit der Schwester allein, sich eine Maske von Zerknirschung über die innen funkelnden Augen zu schatten. Ach, die Schwester möge nicht meinen – so begann die in allen Künsten der Verstellung Geübte –, sie habe nicht selber oft Scham darüber empfunden, ein wie sündhafter und törichter Wandel sie umstricke. Oft und oft schon habe sie ein Ekel vor der hündischen Wollust der Männer überkommen, oft schon habe sie beschlossen, sich jener für immer zu erwehren und ein schlichtes, ehrliches Leben zu beginnen. Aber sie fühle es schon, vergeblich sei da jede Gegenwehr, denn Sophia, die Stärke der Seele besitze und nicht wie sie der Schwäche des Fleisches anheimfalle, sie ahne ja nichts von der verführerischen Macht der Männer, der keine wissende Frau widerstehen könne. Ach, sie ahne nicht, sie, Sophia, die Glückliche, wie gewaltig der Andrang des Mannes sei, aber eben in dieser Gewalt wirke auch eine sonderbare Süße, der man sich wider das eigene Wollen willig ergeben müsse.

Sophia, höchlichst erstaunt von derart unverhofftem Bekenntnis, wie sie es niemals aus dem Munde ihrer geld- und lustfreudigen Schwester erwartet, raffte eiligst alle ihre Beredsamkeit an die Lippe. So habe auch Helena endlich ein Strahl des Göttlichen berührt, begann sie ihren Sermon, denn schon der Abscheu vor dem Sündhaften sei der rechten Erkenntnis Anbeginn. Doch Irrtum und Selbstverzagen befremde noch ihren Sinn, wenn sie behaupte, es sei nicht möglich, dank des gefestigten Willens den Anfechtungen des Fleisches zu obsiegen: der

Wille zum Guten könne, wenn ehern im Herzen gehärtet, jede Versuchung besiegen, und dafür biete doch bei Heiden und Gläubigen die Geschichte Beispiele ohne Zahl. Doch Helena senkte nur wehmütig den Kopf. Ach ja, klagte sie, auch sie habe mit Bewunderung von dem heldischen Kampfe wider den Teufel der Sinnlichkeit gelesen. Doch den Männern habe Gott nicht nur stärkere Körperkraft, sondern auch einen härteren Geist verliehen und sie auserlesen zu siegreichen Kriegern im Gottesstreit. Niemals aber könne – und sie seufzte sehr, da sie dies letztere sagte – ein schwaches Weib den Tükken und Verführungen der Männer widerstehen, und zeitlebens habe sie niemals ein Beispiel gesehen, daß eine Frau, sobald man wider sie dringlich geworden, der Manneslíebe sich hätte erwehren können.

«Wie kannst du derlei sagen», fauchte Sophia in ihrem unbändigen Hochmut herausgefordert. «Bin ich nicht selbst Beispiel dafür, daß ein entschlossener Wille sich wohl des hündischen Zudranges der Männer zu erwehren vermag? Von morgens bis abends umlagert mich die Rotte, bis ins Siechenhaus schleichen sie mir nach, und abends finde ich Briefe mit den abscheulichsten Lockungen auf meinem Lager. Und doch hat niemand gesehen, daß ich je nur einen Blick einem gewährt hätte, denn mich schirmt mein Wille wider jede Versuchung. Unwahr ist also, was du sagst: sofern eine Frau wahrhaften Willens bleibt, vermag sie sich zu wehren, dessen bin ich selber ein Beispiel.»

«Ach, ich weiß es wohl, daß du allerdings bisher jeder Versuchung dich erwehren konntest», heuchelte Helena, voll falscher Demut zur Schwester aufschielend, «aber dies vermagst du nur, weil du Glückliche geschützt bist durch dein Kleid und den strengen Dienst, den du auf dich genommen. Du bist umhütet von frommen Schwestern und in die schirmende Mauer der Gemeinschaft gebannt – du bist nicht allein, nicht wehrlos wie ich! Meine aber nicht darum, daß du deiner eigenen Kraft deine Lauterkeit dankst, denn ich bin sogar gewiß, Sophia, daß auch du, sofern du einmal einem Jüngling gegenüberstündest, ihm nicht Trotz bieten könntest und wolltest. Auch du würdest ihm so erliegen, wie wir alle ihm erlegen sind.»

«Niemals! Ich niemals!» fuhr die Ehrgeizige ihr entgegen. «Ich mache mich anheischig, auch ohne den Schutz meines Kleides, jede Probe einzig kraft meines Willens zu bestehen.»

Genau dies aber war es, was Helena von Sophia hatte hören wollen. Schritt für Schritt die Hoffärtige näher heranlockend an die aufgerichtete Falle, ließ sie nicht ab, die Möglichkeit solchen Widerstandes zu bezweifeln, bis schließlich Sophia selber ungebärdig auf einer entscheidenden Prüfung bestand. Sie begehre diese Probe, ja sie fordere sie, damit die Schwachmütige endlich einmal erkennen möge, daß sie nicht fremdem Schutze, sondern innerer Kraft ihre Unberührbarkeit verdanke. Da schien Helena langwierig nachzudenken – und das Herz klopfte ihr vor böser Ungeduld im Leibe – dann sagte sie endlich: «Höre, Sophia, vielleicht wäre dies die rechte Probe. Morgen abend erwarte ich Sylvander, den schönsten Jüngling des Landes, dem noch keine Frau widerstand und der doch mich vor allen begehrt. Achtundzwanzig Meilen kommt er geritten um meinetwegen und bringt sieben Pfund reinen Goldes sowie andere Geschenke einzig darum, mein Nachtgefährte zu sein. Doch käme er auch mit leeren Händen, ich würde ihn nicht von mir weisen, ja mit gleichem Gewicht von Gold sein Beilager erkaufen, denn schöner ist keiner als er und feinerer Art. Nun hat uns Gott so leibesähnlich geschaffen an Antlitz, Rede und Gestalt, daß, trügest du mein Kleid, dann keiner eine Täuschung mutmaßen würde. So erwarte du morgen Sylvander an meiner Statt in meinem Haus und teile mit ihm die Tafel. Begehrt er aber dann, mich vermeinend, deines Leibes, so verwehre dich mit allerlei Ausflüchten. Ich aber will im Nachbargemach warten und horchen, ob du vermagst, bis Mitternacht deine Sinne wider ihn zu verschließen. Aber nochmals, Schwester, ich warne dich; groß ist die Versuchung seiner Gegenwart und noch gefährlicher die Schwachheit unseres eigenen Herzens. Ich fürchte, Schwester, leicht könntest du, verwirrt von deiner Abgeschiedenheit, in unvermutete Versuchung fallen, darum beschwöre ich dich, lieber abzulassen von so verwegenem Spiel.»

Indem die Tückische dermaßen ihre Schwester gleichzeitig lockte und abmahnte, träufte derart glatte Rede nur Öl in die brennende Flamme ihres Hochmuts. Wenn es nichts sei als solch eine kleine Probe, rühmte Sophia sich stolz, so wolle sie leichtlich bestehen, und nicht nur bis Mitternacht, sondern bis zum Morgengrauen vermesse sie sich, seines Zudranges Herrin zu bleiben – nur dies eine verlange sie, einen Dolch mit sich führen zu dürfen, falls der Freche wagen sollte, Gewalt zu versuchen.

Bei dieser stolzen Rede fiel Helena in die Knie vor ihrer Schwester, scheinbar bemeistert von Bewunderung, in Wirklichkeit aber, um die böse Freude zu bergen, die in ihren Augen glänzte, und sie kamen überein, daß am folgenden Abend Sophia, die Fromme, Sylvander empfangen solle; Helena hinwieder schwor, für immer von ihrem schlimmen Wandel zu lassen, falls ihrer Schwester die Abwehr gelänge. Eilends begab sich Sophia zu ihren Gefährtinnen, um die eigene Kraft an der jahrelang erprobten dieser herrlich weltabgewandten Frauen zu stärken, die nur fremdem Elend und Siechtum lebten. Sie pflegte mit doppelter Hingebung die Schwersten und Schwierigsten unter den Kranken, um an ihren gebrechlichen und zerstörten Leibern die Vergänglichkeit alles Irdischen zu empfinden; denn waren diese eingefallenen, morschen Gestalten nicht auch einmal Liebende gewesen und der Leidenschaft verschworen: was aber war geblieben – ein lebender Moder, eine mühsam nur atmende Hinfälligkeit.

Doch auch Helena blieb indes nicht müßig. Wohlbelehrt in den Künsten, die Eros, den launischen Gott, herbeirufen und den gerufenen zurückhalten, ließ sie zunächst von ihrem kalabrischen Küchenmeister Gerichte sonderlichster Art bereiten, gefährlich durchwürzt mit allen Inzitantien der Wollust. In die Pastete ließ sie Biberbrunst mischen, Geilkraut und kantharidisches Pfefferwerk, den Wein aber durchdunkelte sie mit Bilse und schweren Kräutern, die blaue Müdigkeit vorzeit auf die Sinne legen. Zudem bestellte sie Musik, damit auch dieser Erzkuppler nicht fehle, der sich einschleicht wie lauer Wind in die sehnsüchtig geöffnete Seele. Schmeichlerische Flötenspieler und hitzige Zimbelschläger hieß sie im Nebengemach sich bergen, unsichtbar dem Blick und darum noch gefährlicher für das ahnungslos schwärmende Gefühl. Nachdem sie derart vorsorglich den Ofen des Teufels geheizt, wartete sie voll Ungeduld des Wettkampfes, und als dann abends Sophia, die Hoffärtig-Fromme, erschien, blaß vom Wachen und erregt von der Nähe selbstbeschworener Gefahr, umfing sie an der Hausschwelle schon eine drängende Schar junger Dienerinnen, die sogleich die Erstaunte hingeleiteten zu einem mit duftenden Kräutern durchwürzten Bade. Dort nahmen sie der Errötenden die grau alltägliche Kutte von dem jungen Leibe und rieben ihr Arme, Schenkel und Rükken mit zerknitterten Blüten und scharfduftenden Salben so zärtlich und hart, daß sie ihr Blut durch die Poren prickelnd vorfahren fühlte. Bald strömte kühlrieselndes Wasser, bald warmglühende Welle über ihre schauernde Haut; dann glätteten fliegende Hände mit weichem Narzissenöl den gehitzten Leib, kneteten ihn sanft und rieben den erstrahlenden derart feurig mit knisternden Katzenfellen, daß die Funken blau von den Spitzen der Haare sprangen: kurz, sie rüsteten die Fromme, ohne daß sie Widerstand zu leisten wagte, genau wie sie Helena allabendlich rüsteten zum Liebesspiele. Dazwischen atmeten zag und drängend die Flöten, und von den Wänden duftete mit tropfigem Wachs die brennende Sandel der Fackeln. Als endlich Sophia, sehr verwirrt von diesem fremden Gehaben, auf dem Ruhebett sich hinlöste und die metallenen Spiegel ihr Antlitz zurückwarfen, schien sie sich selber fremd und doch schön wie nie. Sie spürte ihren Körper leicht und als eine lebendige Lust und schämte sich wiederum sehr, dies Wohlige so wohlig zu fühlen. Doch nicht lange ließ ihre Schwester ihr Zeit zu solchem Zwiespalt des Gefühls. Zart wie eine Katze kam sie heran und umschmeichelte der Schwester Schönheit mit glitzernden Worten, bis jene ihr verwirrt und barsch dies verwies. Noch einmal umarmten einander heuchlerisch die Schwestern, zitternd die eine vor Unruhe und Angst, zitternd die andere vor Ungeduld und böser Begier. Dann ließ Helena die Lichter entzünden und verschwand wie ein Schatten in den Nebenraum, das kühn ersonnene Schauspiel zu belauschen.

Nun hatte die Buhlerin längst Sylvander Botschaft zugesandt, welch sonderbares Abenteuer seiner warte, und ihn mit vieler Dringlichkeit angewiesen, durch zurückhaltende Art und große Züchtigkeit die Hochmütige zunächst unvorsichtig und sorglos zu machen. Und als Sylvander, neugierig und eitel, in so eigenartigem Wettkampf zu siegen, endlich eintrat und Sophia unwillkürlich mit der Linken nach dem Dolche tastete, den sie zum Schutz gegen Gewalt mitgenommen, war sie verwundert, mit wie ehrerbietiger Höflichkeit dieser vermeintlich freche Buhler ihr entgegentrat. Denn weder versuchte er – wohl unterrichtet von der Schwester – die ängstlich Atmende in die Arme zu ziehen, noch grüßte er sie mit vertraulicher Anrede, sondern zart-demütig bog er vorerst das Knie. Dann nahm er von dem zurückweichenden Diener eine goldene Kette schwersten Gewichtes sowie ein purpurnes Obergewand aus provenzalischer Seide und bat artig, das Gewand ihr anlegen und die Kette ihren Schultern umstreifen zu dürfen. So viel Anstand konnte Sophia nicht anders erwidern, denn ihm zu willfahren; reglos ließ sie sich die Kette umlegen und das reiche Gewand, nicht ohne zu fühlen, wie schmeichlerisch leicht seine heißen Finger zugleich mit der kühlen Kette längs ihres Nackens hinglitten. Doch da Sylvander weiterhin nichts Verwegenes unternahm, ward Sophia keine Gelegenheit zu voreiligem Zürnen geboten. Statt dringlich zu werden, verbeugte sich der Heuchlerische abermals und sagte im Tone äußerster Beschämung, er fühle sich unwürdig, die Tafel mit ihr zu teilen, denn noch hafte der Staub der Straße auf seinem Gewande, und sie möge ihm gestatten, sich vorerst Haar und Leib zu säubern. Verlegen rief Sophia die Dienerinnen und hieß sie Sylvander in den Baderaum führen. Doch die Mägde, einem geheimen Befehle ihrer Herrin Helena gehorchend und mit Absicht Sophias Worte mißverstehend, schälten hurtig dem Jüngling die Kleider ab, so daß er nackt und schön vor ihr enthüllt ward, ähnlich jenem Bildnis des heidnischen Apoll, das vordem auf dem Marktplatz gestanden und das der Bischof in Stücke hatte schlagen lassen. Dann erst salbten sie ihn mit Öl, badeten ihm die Füße mit warmem Geström; ohne sich zu beeilen, flochten sie dem lächelnd Nackten Rosen ins Haar, bevor sie ihm endlich ein neues schimmerndes Gewand überwarfen. Und nun er neu geschmückt ihr entgegentrat, schien er noch schöner als vordem. Kaum aber bemerkend, daß sie seiner besonderen Anmut gewahr wurde, zürnte sie schon den eigenen Augen und vergewisserte sich rasch, daß griffnah der rettende Dolch in ihrem Kleide verborgen sei. Doch kein Anlaß bot sich, ihn zu fassen, denn nicht anders als die gelehrten Magister im Siechenhause unterhielt sie in höflich bewahrter Distanz der schöne Jüngling mit freundlich belangloser Rede, und noch immer wollte – mehr schon zu ihrem Verdruß als zu ihrer Freude – keine Gelegenheit sich bieten, vor der nebenan lauschenden Schwester mit dem Beispiel weiblicher Standhaftigkeit zu prunken. Denn um Tugend zu verteidigen, ist bekanntlich nötig, daß sie vorerst bestürmt werde. Dieser Sturm der Leidenschaft aber wollte bei Sylvander sich durchaus nicht regen, nur ein kärglich blasses Windchen von Höflichkeit überkräuselte matten Atems sein Gespräch, und die Flöten, die allmählich vom Nebengemach her ihre dringlichen Stimmen erhoben, sprachen zärtlicher als dieses Knaben roter und sonst wohl begehrlicher Mund. Ununterbrochen erzählte er nur von Wettkämpfen und Kriegsfahrten, nicht anders, als ob er im Kreise männlicher Tafelgenossen säße, und seine Gleichgültigkeit war so meisterlich gespielt, daß sie Sophia vollkommen sorglos machte. Ohne Bedenken genoß sie die gefährlich gewürzten Speisen und den heimlich einlullenden Wein. Ja, ungeduldig und allmählich ärgerlich, daß dieser Kühle nicht die geringste Veranlassung bot, die Hartnäckigkeit ihrer Tugend zu beweisen und sich vor ihrer Schwester mit schönem Unmut zu bewähren, begann sie schließlich selber die Gefahr herauszufordern. Von ungefähr fand sie ein Lachen in der Kehle, ihr selber fremd, eine muntere Lust, auszufahren und sich zurückzuwerfen in heiterem Übermut, aber sie zähmte sich nicht und schämte sich nicht, war doch Mitternacht nicht mehr ferne, der Dolch nah ihrer Hand und dieser vorgeblich so hitzige Jüngling kälter als jenes Messers eiserne Schneide. Näher und näher rückte sie ihm zu, damit endlich ihre Tugend Gelegenheit fände zu glorreicher Verteidigung, und unwillentlich entfaltete die Eitle aus der ehrgeizigen Lust, ihre Festigkeit zu erweisen, genau dieselben Künste der Verlockung, die sonst ihre buhlerische Schwester um allzu irdischen Lohn ausübte.

Aber man soll, wie ein weises Sprichwort sagt, auch nicht ein Haar von des Teufels Bart streifen, sonst faßt er einen unversehens am Genick. Und ähnlich erging es auch hier der kampfbegierig eitlen Streiterin. Denn ungewohnt des Weins, dessen lüsterne Beize sie nicht ahnte, verwirrt von dem allmählich aufschwülenden Duft des Rauchwerks, süß entkräftet vom saugenden Getön der Flöten, wurden ihr die Sinne allmählich verworren. Ihr Lachen schwankte in Lallen, ihr Übermut in Kitzel hinüber, und kein Doktor beider Fakultäten hätte vermocht, vor Gericht zu bekunden, ob es im Wachen geschehen oder im Schlummer, ob in Nüchternheit oder Trunkenheit, ob mit ihrem Willen oder dawider – kurz, es geschah, noch lange, bevor es Mitternacht schlug, was Gott oder sein Widerpart will, daß zwischen Frau und Mann schließlich geschehe. Mit einmal klirrte aus gelöstem Kleide der heimlich gerüstete Dolch auf den marmornen Estrich; doch sonderbar, die ermüdete Fromme hob ihn nicht als eine andere Lukretia empor, um ihn gegen den gefährlich nahen Jüngling zu zücken, kein Weinen und Wehren ward vernommen im Nebengemach. Und als triumphierend um Mitternacht die verderbte Schwester mit ihrer Dienerschar einbrach in die bräutlich gewordene Kammer und eine neugierige Fackel über das Lager der Besiegten schwang, da gab es kein Verschweigen mehr und kein Sich-Schämen. So streuten die frechen Mägde nach heidnischer Art Rosen auf das Ruhebett, röter als die Wangen der Errötenden, die jetzt taumelnd und zu spät ihr frauliches Mißgeschick gewahrte. Aber die Schwester nahm die Verwirrte heiß in die Arme, die Flöten jauchzten, die Zimbeln schmetterten, als wäre Pan wieder heimgekehrt auf die christliche Erde, frech entblößt tanzten die Mägde und riefen Eros, den verstoßenen Gott, lobpreisend an. Dann aber entzündete die bacchantisch wirbelnde Schar ein Feuer von duftenden Holzern, und mit gierigen Zungen fraßen die Flammen das zum Spott erniedrigte fromme Gewand. Der neuen Hetäre aber, die sich schämte, ihre Niederlage zu gestehen, und wirrlächelnd tat, als habe sie freien Willens dem schönen Jüngling sich hingegeben, legten sie die gleichen Rosen wie ihrer Schwester um, und nun die beiden nebeneinander standen, glühend die eine vor Scham und die andere im Feuer des Triumphes, hätte keiner mehr vermocht, Sophia und Helena, die Scheinbar-Demütige von der Hoffärtigen, zu unterscheiden, und des Jünglings Blicke schwankten begehrend zwischen beiden hin, in erneutem und zwiefach ungeduldigem Gelüst.

Unterdes hatte die übermütige Rotte unter Lärmen Tore und Fenster des Palastes geöffnet. Nachtschwärmer und rasch erwecktes lockeres Volk strömte lachend herzu, und noch ehe die Sonne über die Dächer floß, lief die Kunde schon wie Wasser von allen Traufen durch die Straßen, welchen herrlichen Sieg Helena über die weise Sophia, die Unkeuschheit über die Keuschheit errungen. Kaum aber vernahmen die Männer der Stadt, daß diese langbewahrte Tugend gefallen, so eilten sie schon hitzig herbei, und sie fanden (die Schande sei nicht verschwiegen) guten Empfang, denn Sophia blieb, ebenso rasch umgewandelt wie umgewandet, bei Helena, ihrer Schwester, und suchte es ihr gleich zu tun an Eifer und Feurigkeit. Nun ward alles Streitens und Neidens ein Ende, und seit sie dem gleichen schnöden Gewerbe sich zugewandt, lebten die schlimmen Schwestern fortan in munterster Eintracht nebeneinander im Hause. Sie trugen gleiche Haartracht, gleichen Schmuck, genau dieselbe Gewandung, und da die Zwillinge auch in Lachen und Liebeswort nicht mehr unterscheidbar waren, so begann für die Lüstlinge ein immer erneutes, üppiges Spiel, ein Rätselraten mit Blicken und Küssen und Zärtlichkeiten, welche es sei, die sie gerade im Arm hielten, die buhlerische Helena oder die einstens fromme Sophia. Doch nur selten gelang es einem, zu wissen, bei welcher er sein Geld vertan, so vollkommen ähnlich erschienen die beiden, und überdies machte das kluge Paar sich's zur besonderen Lust, die Neugierigen zu narren.

So hatte, und nicht zum erstenmal in unserer trüglichen Welt, Helena gesiegt über Sophia, Schönheit über Weisheit, das Laster über die Tugend, das allzeit willige Fleisch über den schwanken und selbstherrlichen Geist, und abermals ward bewiesen, was schon Hiob beklagte in seiner denkwürdigen Rede, daß es dem Bösen wohl erginge auf Erden, indes der Fromme zuschanden komme und ein Spott werde der Gerechte. Denn kein Zollmeister und kein Steuereinnehmer, kein Küfer und Pfandleiher, kein Goldschmied und Bäckermeister, kein Beutelschneider und Kirchenräuber im ganzen Land sackte mit saurer Arbeit so viel Geld wie die beiden Schwestern mit ihrem linden Eifer. Treulich gesellt, melkten sie die dicksten Felleisen und löcherten sie die vollsten Truhen, Geld und Juwelen liefen ihnen hurtig wie Mäuse allnächtens ins Haus. Und da die beiden von ihrer Mutter zu der Schönheit auch den sorglichen Krämersinn geerbt hatten, vertaten die Zwillingsschwestern dieses Gold durchaus nicht, wie die meisten ihrer Art, in eitlen Nichtigkeiten; nein, klüger als jene, liehen sie ihr Geld sorglich auf Wucher und Zins, gaben es zur Mästung an Christen, Heiden und Juden und scharrten so kräftig mit dem Wucherrechen, daß bald nirgends so viel Reichtum aufgehäuft war an Münzen und Kameen, sicheren Verschreibungen und gültigen Pfandbriefen wie in jenem argen Haus.

Kein Wunder, daß, mit solchem Beispiel vor Augen, die jungen Mädchen des Landes nicht mehr Scheuerfrauen werden wollten und sich die Finger blaufrieren am Waschtrog, und bald war diese Stadt berüchtigt unter den Städten als ein neues Sodom dank der schlimmen Gegenwart der endlich einig gewordenen Schwestern.

Doch auch dies ist wahr in den alten Sprüchen, wenn sie sagen: Wie rasch der Teufel auch reitet, schließlich bricht er doch vor dem Ziele das Bein. Und so sollte auch hier das Ärgernis noch erbaulich enden. Denn wie die Jahre gingen und vergingen, wurden die Männer des immer gleichen Rätselspieles allmählich müde. Seltener kamen Gäste, früher löschten die Fackeln im Haus, schon wußten längst alle anderen, und nur die Schwestern wußten es nicht, was der Spiegel stumm den flackernden Lichtern erzählte: daß kleine Falten nisteten unter den übermütigen Augen und das Perlmutter zu blättern begann von der mählich erschlaffenden Haut. Vergebens, daß sie jetzt mit Künsten rückzukaufen suchten, was Natur, die mitleidlose, stündlich ihnen nahm, vergebens, daß sie das Grau löschten um die Schläfen, die Runzeln mit elfenbeinernen Messern strichen und rot sich die Lippen malten um den ermüdeten Mund; die Jahre, die stürmisch durchlebten, waren nicht länger zu verhehlen, und kaum daß die Jugend von den Schwestern ging, wurden auch die Männer der beiden satt. Denn indes jene abblühten, wuchsen rings in den Straßen immer wieder junge Mädchen auf, jedes Jahr ein anderes Geschlecht, süße Wesen mit kleinen Brüsten und schelmischen Locken, doppelt verlockend der männlichen Neugier durch Unberührtheit des Leibes. Immer stiller ward es darum im Hause auf dem Marktplatz, die Angeln der

Türe begannen zu rosten, vergeblich brannten die Fakkeln und dufteten die Harze, niemandem zur Wärme wartete der Kamin und der Schwestern geschmückter Leib. Gelangweilt übten die Flötenspieler, denen keiner zu lauschen kam, statt ihrer schmeichlerischen Kunst endlose Würfelspiele, und der Pförtner, der allnächtens der Gäste warten sollte, wurde rundlich vom Übermaß unbehelligten Schlafes. Ganz einsam aber saßen oben die beiden Schwestern an der langen Tafel, die einstmals klirrte vom Andrang des Gelächters, und da kein Liebhaber mehr Zeitvertreib brachte, hatten sie höchlichst Muße, sich des Vergangenen zu erinnern. Insbesondere Sophia dachte mit Wehmut der Zeiten, da sie, abgewandt von aller irdischen Wollust, einzig ernstem und gottgefälligem Wandel gedient; oftmals nahm sie darum wieder die verstaubten frommen Bücher zur Hand, denn gern zieht ja die Weisheit bei Frauen ein, sobald die Schönheit flieht. Und so bereitete sich allmählich eine wunderbare Umkehr des Sinnes in den beiden Schwestern vor, denn so wie in den Tagen ihrer Jugend Helena, die Buhlerin, gesiegt über Sophia, die Fromme, so geschah es, daß Sophia nun – spät allerdings und nach reichlicher Sündigkeit – bei ihrer allzu irdischen Schwester Gehör fand, wenn sie zu Verzicht mahnte. Ein heimlich Kommen und Gehen begann in den Morgenstunden: erst war es Sophia, die in das Siechenhaus schlich, das sie so beleidigend verlassen, um Verzeihung zu erbitten, dann war es Helena, die sie begleitete, und als die beiden erklärten, sie wollten ihr lästerlich zusammengerafftes Geld restlos diesem Hause für alle Ewigkeit übermachen, durften selbst die Mißtrauischsten nicht länger den Ernst ihrer Buße bezweifeln.

So kam es, daß eines Morgens, als der Pförtner noch schlummerte, zwei Frauen, einfach gekleidet und verhüllten Gesichts, wie Schatten aus dem üppigen Hause am Marktplatz traten, nicht unähnlich in ihrem scheudemütigen Gang jener Frau, ihrer Mutter, da sie vor fünfzig Jahren aus raschem Reichtum zurückschlich in die niedere Gasse ihrer Armut. Vorsichtig glitten sie durch den zaghaft geöffneten Türspalt, und die ein Leben lang in wetteiferndem Unmaß der Eitelkeit die Aufmerksamkeit eines ganzen Landes für sich gefordert, nun deckten sie ängstlich ihr Antlitz, daß keiner um ihren Weg wisse und in verborgener Demut ihr Schicksal vergessen sei: in einem Frauenkloster fremden Landes, wo niemand ihre Herkunft ahnte, sollen sie – niemand weiß es genau – nach Jahren schweigsamster Zurückgezogenheit gestorben sein. So reichlich aber waren die Schätze, die sie dem frommen Asyl hinterließen, so viele Scheffel Goldes wurden aus den Spangen und Münzen und Edelsteinen und Schuldverschreibungen gelöst, daß man beschloß, ein neues und herrliches Siechenhaus zu Schmuck und Krönung der Stadt zu entrichten, schöner und größer, als jemals eines gesehen ward im aquitanischen Land. Ein nordischer Meister entwarf den Riß, zwanzig Jahre baute Tag und Nacht die werkende Schar, und als endlich das hohe Werk sich enthüllte, stand abermals staunend die Menge. Denn nicht, wie es bislang Brauch war, hob hier über das Viereck des Hauses ein einziger Turm sein vierkantiges Haupt trotzig gequadert zur Höhe – nein, hier stieg weibisch schlank und in steinerne Spitzen gehüllt zur Rechten einer empor und einer zur Linken, so völlig einander gleich in Wuchs und Maßen und der zarten Anmut des gemeißelten Steins, daß bereits vom ersten Tage an die Leute die beiden Türme «die Schwestern» nannten– mag sein, bloß um ihrer äußeren Ebenmäßigkeit willen, vielleicht aber auch, weil man im Volke, das ja allezeit denkwürdige Begebenheiten durch Jahre und Jahrhunderte gerne überliefert, die ungebührliche Legende von Weltfahrt und Wandlung der beiden gleich-ungleichen Schwestern nicht vergessen wollte, die mir jener biedere Bürger, vielleicht schon ein wenig vom Weine beschwingt, im Mondlicht der Mitternacht erzählte.